DOCTOR MEDINA

OFELIA MARTINEZ

Traducido por

LIZ ESPINO

Esta es una obra de ficción. Los nombres, personajes, lugares y situaciones son producto de la imaginación de la autora o están siendo utilizados de forma ficticia. Cualquier similitud con alguna persona, viva o muerta, o con algún evento o lugar, es pura coincidencia.

Copyright © 2022 por Ofelia Martinez.

Todos los derechos reservados.

Ni una parte de este libro puede ser reproducido de forma alguna, ya sea de forma digital o mecánica, incluyendo sistemas de guardado o recuperación, sin permiso por escrito de la autora, con excepción de breves citas para reseñas del libro.

Primera edición

ISBN 978-1-954906-12-9 (libro electrónico)

ISBN 978-1-954906-13-6 (pasta blanda)

ISBN 978-1-954906-14-3 (pasta dura)

Library of Congress Control Number: 2021924955

DOCTOR

Medina

Este libro va dedicado a todas esas mujeres que no pude encontrar en los libros de romance.

NOTA DE TRADUCCIÓN

Esta traducción no fue hecha en castellano. El español en esta novela es únicamente Mexicoamericano, e incluye Spanglish.

Tanto la protagonista de este libro como la autora somos Mexicoamericanas (Chicanas). Estoy escribiendo para las mujeres en mi comunidad, y es muy importante para mí que la novela suene como nosotras.

UN DEMONIO EN LA AUDIENCIA

La entrevista formal iba bien, hasta ahora no había vomitado, ni me había desmayado. Por fin pude relajarme, descruzar mis piernas y sentarme más erguida en mi silla. A continuación, seguía mi parte preferida, la sección de preguntas y respuestas con la audiencia. El poder hablar y aconsejar a jóvenes aspirantes a ser doctoras es razón suficiente para aguantar tener que dar lecturas en las universidades.

—Por favor, den un fuerte aplauso para la Dr. Carolina Ramírez ¡Bravo!

El auditorio, lleno hasta el tope, estalló en aplausos. Todos se habrían dado cuenta de lo sonrojada que estaba de no ser por los kilos de maquillaje que me puse, anticipando algo por el estilo. ¡Por Dios! ¡Tengo treinta y cinco años! Ya no debería de ponerme tan nerviosa. Uno pensaría que en esta etapa en mi carrera ya no me daría tanto miedo dar discursos públicos.

—Gracias, gracias, son demasiado amables —dije mientras les hacía señas para que se sentaran.

—Le queremos agradecer mucho por estar con nosotros el día de hoy —dijo la entrevistadora.

—Antes de darle el turno a las personas de la audiencia,

quiero que los estudiantes sepan que cuando usted aceptó ser entrevistada, dijo que solo lo haría con la condición de dejar mucho tiempo al final para la sección de preguntas de la audiencia.

—Eso es cierto. Es una estipulación en todos mis contratos de conferenciante.

—¿Por qué es eso importante para usted? —preguntó la sonriente joven aspirante a periodista, dejando sus notas en sus piernas, una clara señal de que la entrevista formal ya estaba por terminar. Durante la entrevista, una constelación de gotitas de sudor se acumuló arriba de su labio superior y a cada rato se secaba sus manos discretamente con el costado de sus pantalones de vestir negros. Yo ya he tenido miles de este tipo de entrevista, pero esta fue la primera vez que la entrevistadora estaba más nerviosa que yo. Le regalé una sonrisa comprensiva, diciéndole con la mirada, *también yo estoy nerviosa, pero juntas lograremos sobrellevar esto.*

—A decir la verdad, si pudiera, omitiría la lectura y la entrevista formal, y en vez de eso, le invitaría a cada uno un café para charlar de uno-a-uno. Desafortunadamente, a menos que me clonen, dudo tener el tiempo para eso.

—Si existiera alguna forma de hacerlo, seguro usted sería la que la descubriera —dijo la entrevistadora.

Reí, refutando —no, por ahora seguiré enfocándome en mis investigaciones en oncología y en el cuidado de mis pacientes. Siempre seguiré mis pasiones y ya le dejaré la clonación a alguien más, —bromeé.

—Tenemos a algunas personas en la audiencia ya con micrófonos. Por favor, alcen la mano si tienen una pregunta para la Dra. Ramírez.

Subí mi mano a la altura de mi frente para bloquear la luz de los reflectores y poder ver a la persona quien haría la primera pregunta.

La muchachita no podía ni alzar la mirada, solo apretaba fuertemente mi libro en sus manos temblorosas.

—Dra. Ramírez, ¡me encantó su libro! —dijo, su voz buscando fuerzas

—Muchas gracias, ¿cómo te llamas?

—Araceli

—Hola Araceli, es un placer conocerte —le sonreí, tratando de animarla a decir más.

—También es un placer Dra. Ramírez —dijo, con una sonrisa nerviosa. Se acomodó un mechón de pelo atrás de su oído; se veía que no sabía que hacer ni con sus manos ni con el libro. —Su libro se trata más que nada sobre sus investigaciones . . . a decir verdad, había muchas cosas con las cuales no estoy familiarizada. Sin embargo, su forma de escribir hacía los temas más... accesibles y comprensibles. También mencionó lo difícil que es avanzar en su carrera. ¿Por qué fue importante el incluir esos detalles en su publicación, la cual pudo ser como cualquier otra investigación científica?

—Gracias Araceli, en verdad eso es un gran elogio para mí. Me esforcé mucho para que mi libro fuera accesible para todos, no solo para las personas que ya están en el ámbito médico. Mi deseo es despertar la curiosidad de las personas por la medicina. Necesitamos más soldados en esta batalla. Pero, deja respondo bien tu pregunta. Este libro se lo escribí a mi yo anterior, es decir, lo escribí pensando en todas esas jovencitas que tienen curiosidad en la medicina, pero que se sienten demasiado cohibidas como para entrar a esta carrera. Las doctoras que entraron a este medio antes que yo, abrieron camino y lo hicieron más accesible, sin embargo, aún es muy difícil ser una doctora. Especialmente cuando eres parte de alguna minoría. Tantito peor si creciste sin dinero... y la lista sigue. Quiero que las mujeres que crecieron en circunstancias similares a la mía vean que *sí* es posible lograrlo. No va a ser fácil, pero les puedo asegurar de que podrán encontrar a personas quienes las guiarán en sus carreras médicas.

— ¡Gracias Dra. Ramírez!

—Antes de avanzar a la siguiente pregunta, Araceli, veo que traes mi libro aquí contigo. Si gustas, quédate después de la sesión de preguntas y te lo firmaré. Me encantaría charlar un poquito más.

Araceli sonrió como si hubiese ganado la lotería. Me pregunté si algún día ella también se convertiría en una doctora.

La siguiente joven se llamaba Estefany. Ella se veía más segura de sí misma y preguntó algo muy común.

—¿Por qué se interesó en la medicina? —preguntó.

Escondí mi disgusto por lo mundano de su pregunta, nunca avergonzaría a nadie en público, pero cómo me jode esa pregunta. Para colmo, es la pregunta más popular. Es una pregunta que aparenta ser sencilla, pero no me gusta compartir toda la verdad acerca de ese tema, así que siempre solo doy una respuesta a medias. No miento, simplemente doy una respuesta de cajón. –Toda persona que se interesa en la medicina quiere salvar vidas. Así que, si eso es algo que te llame la atención, una carrera en el ámbito médico es para ti—. Sonreí, terminando su turno mucho más rápido que con Araceli.

El micrófono pasó a la siguiente persona, quien, de pura cagada, estaba parada atrás de un reflector el cual no me dejaba verle la cara. Ajusté mi silla y traté de acomodarme mejor para ver a la persona, pero mis esfuerzos fueron en vano.

—Hola, —dijo una voz. Esta vez, era un hombre.

—Hola —sonreí— ¿cuál es tu pregunta?

—Su primera beca de investigación...— mi sangre se heló. Esa voz. Conozco esa voz tan

bien como mi propia anatomía. —usted obtuvo su primera beca de investigación a una muy temprana edad. Muchos doctores llevan años antes de poder conseguir ese tipo de financiamiento para sus investigaciones. Pero usted, apenas estaba haciendo su residencia médica— dijo él.

Mi corazón se golpeaba con mis costillas de lo acelerado que estaba. Mis pobres pulmones estaban siendo torturados entre mi corazón y mi inhabilidad para respirar. Escuchaba sus palabras, pero no las entendía. Aún no. Traté aun más de ver la cara para que hasta mis huesos supieran a quién le pertenecía esa voz. Pero las luces eran demasiado fuertes y tuve que desistir.

Aparenta confianza en ti misma hasta el final. Me regañé a mí misma. *Siente confianza, ten confianza en ti misma.*

—Lo siento, aun no escucho que pregunte algo.

—Discúlpeme —dijo, su acento se había suavizado tras los años, pero esa voz era definitivamente de él. —Mi pregunta es ¿de dónde salió la inspiración para su primera investigación?

Hijo de puta. ¡Me estaba tratando de provocar! Aquí. Enfrente de toda esta gente. Está bien, yo puedo con este jueguito. Aguanto vara, pero también la doy.

—Hubo otra persona que trabajó en una investigación sobre una subespecialidad del cáncer en la cual yo estaba interesada. Leí todas sus investigaciones y encontré las partes que yo podía mejorar.

—¿Acaso eso no es plagio? —preguntó.

—A decir verdad, esa es una idea errónea, —contesté. Todos los avances médicos son construidos en base al trabajo de las personas que estuvieron antes que nosotros. Un mentor una vez me dijo que las investigaciones son como un baile. Un doctor toma un paso, el siguiente asume el mando, dándole vuelta a la investigación y hace que avance a un más —sonreí triunfante, alzando mi ceja y retándolo con la mirada sin recordar que él estaba demasiado lejos para apreciar mi gesto.

—Suena como un mentor muy sabio —dijo él.

—Tenía sus momentos —y así como si nada, nuestra familiaridad regresó. —Las investigaciones médicas no significan siempre vivírsela en un laboratorio como un químico loco inventando cosas nuevas... Aunque a veces sí hay algo de eso. Muchas de las investigaciones, incluyendo las mías, se tratan de ajustar las medicinas y los protocolos para crear nuevas modalidades. Hay medicamentos que fueron creados para ciertas enfermedades, pero que ahora son utilizadas para curar otras. Yo no he inventado ni una de las medicinas que utilizo, ni la radiología. Otros científicos las crearon antes que yo. Pero lo que sí he hecho es cambiar la dosis y experimentar con diferentes combinaciones de medicinas. Gran parte de mis investigaciones también incluye componentes psicológicos, ¿qué tanto puede aguantar un paciente antes de que sea demasiado para él o ella? — Por fin me senté, satisfecha con mi respuesta. Él no se atrevería a más. Suficiente era con lo que ya me había robado.

—Gracias dra. Ramírez. Si está bien con usted, tengo una segunda pregunta, o más bien, una solicitud.

—¿Sí?

—También yo traje mi copia de su libro, ¿está bien si también me quedo después para pedir su autógrafo?

—¡Claro!

Lo que me faltaba. Ni de chiste quería hablar con él, ¡mucho menos firmarle su libro! ¿Y quién se cree el comprando mi libro? Respiré hondo; este no era el momento oportuno para darle rienda suelta al odio que le tengo a Héctor Medina.

Respondí otras preguntas más. Unas veinte más o algo por ahí. No lo pude ver durante todo ese tiempo, pero podía sentir su mirada pegada a mi piel. De puro milagro pude concentrarme en lo que me preguntaron. Sé que no estaba dando mi 100 %, pero para mi suerte, mi 90 % aún es muy bueno. Cuando terminamos las preguntas, tomé un breve descanso para tomar agua, esperando eso me ayudara a calmarme.

Ya cuando el auditorio estaba casi vacío, salí otra vez para ver a Araceli, tal como se lo prometí. La luz del reflector por fin estaba apagada, y ahora sí podía ver a la segunda persona que me esperaba. Decidí no darle el gusto de voltear a verlo.

Me senté en la orilla del escenario, con mis piernas colgando del borde. Agarré el libro de Araceli y platicamos por unos diez minutos. Quería conocerla un poco más para así poder escribirle una dedicación personalizada. Se fue de ahí con una mirada entre las nubes, como si estuviera flotando. Sonreí como una tonta al verla así.

No lo vi acercarse, sino más bien lo sentí, guiado por ese magnetismo que no nos dejaba estar separados por mucho tiempo.

—Eso fue muy amable de su parte, Dra. Ramírez —dijo él.

Crucé mis brazos mientras él caminaba hacia mí, sus pasos llenando de ecos el vacío del auditorio. Me gustaba esta posición de poder en la que yo estaba, sentada arriba del escenario como toda una reina esperando a que el plebeyo llegara a mi trono. Sonreí al visualizar esto, y de lo mismo tome fuerza para lidiar con esta persona a quien tanto detestaba.

—Dr. Medina, que... *gusto* en verle.

—Por favor, Carolina, llámame Héctor, —contestó, tratando de calmarme con su tono como si fuera una niña. ¡El descaro de este hombre!

—Es «Dra. Ramírez». Mantengamos el profesionalismo, Dr. Medina.

Finalmente se paró en frente de mí, mirando hacia arriba para poder verme desde metros abajo. Me encantaba este punto de vista. Con una ceja alzada, dejó salir un suspiro y me dio su copia de mi libro.

—No era broma lo que dije. Realmente quiero tu autógrafo y que me escribas una dedicatoria.

—Claro que debes de estar bromeando, —rezongué.

—No, Carolina, enserio. Estoy muy orgulloso de ti.

¿Orgulloso? Eso sí me enfureció. ¿El hombre que casi arruina mi carrera estaba *orgulloso de* mi?

Incrédula, le arrebaté el libro, lo abrí hasta la tercera página la cual tenía más espacio para alguna dedicatoria, sonreí y escribí:

"Para al mero demonio—

No me pudiste jalar a tu infierno.

Con todo mi odio,

La Dra. Ramírez"

Bajé de un brinco y quedé exactamente en frente de él. Assh... me choca la diferencia en estatura. Soy alta, pero él aun así me rebaza por varios centímetros. Detesto cómo su altura invade mi espacio personal. ¡Y maldita sea! ¿Por qué tenía que verse más guapo que antes? Estos siete años que pasaron sin verlo mejoraron lo que ya era bello. Su piel bronceada brillaba como acariciado por el sol. Sus pocas canas que antes lo hacían ver maduro, ahora llenaban sus cienes, dándole un aspecto aún más interesante. Había subido de peso, pero de buena forma. Sus hombros ahora eran más anchos y fuertes. Me detesté a mí misma por darme cuenta de qué tanto se había estado ejercitando, pero ese hombre realmente era como un buen vino.

Él por fin abrió el libro y se rio.

—Ah, ¿se te hizo chistoso?

¿Qué demonios estaba sucediendo? No entendía nada. ¿Qué hacía él aquí? ¿Por qué estaba él feliz y decía estar orgulloso de mí? Nada tenía sentido. Pero ni madres que le iba a preguntar.

—Lo guardaré como mi más preciado tesoro, —dijo, apretando el libro en su pecho –veo que aún me juzgas y me criticas.

—Veo que aún no te importa nada y no tienes tacto —contesté.

Se rio y noté que le brillaban los ojos. Conocía ese brillo, pero ahora parecía más intenso.

Tomé mi bolso, lista para salir de ahí y olvidar todo lo acontecido ese día de locos, pero Héctor me tomó de mi brazo antes de que me pudiera alejar.

—No, espera, por favor —los dos volteamos a ver su mano sujetando mi muñeca y el tiempo se detuvo por un instante.

Solo bastaron esos dos o tres segundos para sentir la electricidad que corría entre nosotros. Habían pasado nueve años desde la primera vez que sentí su piel y siete desde la última vez que hablé con él. ¿Cómo es que mi cuerpo aun reaccionaba de la misma forma después de todo este tiempo?

—Lo siento. —dijo.

—Está bien, —respondí, poniendo mi mano sobre mi muñeca, queriendo quitar la sensación que él había dejado en ella.

—Déjame te invito un trago ¿o mejor un café?

No pude ni hablar, solo le respondí sacudiendo mi cabeza indicando que no.

—Por favor, Carolina, tengo mucho que decirte.

Ya había dicho mi nombre varias veces, estaba prácticamente suplicando. Demoré demasiado en responderle. Él se quitó sus lentes y comenzó a limpiarlos. Conozco muy bien ese gesto, significaba que él estaba tramando algo. Él estaba buscando qué decirme para que no pudiera negar su invitación a tomar un trago.

—Aunque quisiera, lo cual no quiero, no puedo. Mi vuelo va a partir dentro de poco —por fin contesté.

—¿Qué tal si nos vemos en Kansas City? —Preguntó.

Me quedé helada —¿En... Kansas City? —pregunté.

—Sí, mañana. En el café de Westport que te gusta tanto. ¿Aún sigue abierto?

—Sí, lo está, pero ¿vas a estar en Kansas City?

—Sí. ¿Qué te parece mañana a las cinco? —Sonrió con una sonrisa inocente y tierna.

—¿Por qué? —pregunté buscando toda la paciencia que tenía en mi ser. —¿Qué vas a hacer en Kansas City? No me digas que vas a regresar a vivir allí.

—¿Acaso eso sería algo malo?

—Ya me tengo que ir

—Está bien, pero por favor, ¿sí nos vemos? A las cinco de la tarde.

Finalmente accedí. Necesitaba saber qué hacía mi pesadilla de regreso en mi ciudad. Salí casi corriendo del edificio, me faltaba el aire estando ahí dentro con él.

NUEVE AÑOS ATRÁS

EL DIOS DE LAS INVESTIGACIONES

—Assshh, —dijo Valentina apenas entré a su cuarto, poniendo los ojos en blanco y volteándose para no verme. Ignoré el gesto y examiné su expediente médico.

—También es un placer verte, —dije.

—Te detesto, —Rezongó.

—Claro que no, soy tu doctora preferida, —le sonreí quitando mi mirada de sus resultados de sus análisis, los cuales eran otra razón por la cual sonreír.

—Eso es lo que tú crees, pero no eres mi doctora favorita. Eso lo crees porque *yo* soy tu paciente favorita, —dijo Valentina.

—Yo no tengo favoritos. Adoro a todos mis pacientes por igual.

Ella se metió el dedo a la boca pretendiendo vomitar.

—¿Ah, sí? ¿Quieres vomitar? —pregunté con poca preocupación.

—No, pero esto da tanto asco que debería de ser ilegal.

—¿Qué debería ser ilegal?

—Tener a doctoras como tú, con pacientes como yo.

—¿Doctoras como yo?

—Sí. Vienes aquí con tu falda entallada, tu bata blanca, tu... tu piel color miel, tus ojos ámbar y tus piernas largas. Andas así enfrente de todos nosotros que parecemos esqueletos. Debería de ser ilegal lo perfecta que eres.

Resoplé al reírme. —No soy perfecta, Valentina. Nada que ver. Y tú no eres un esqueleto.

—Sí, lo soy. Soy el esqueleto de quien solía ser... —dijo, quedando pensativa y con la mirada distante.

Detesto verla así de derrotada. Maldita sea, ya sabíamos que esta lucha iba a ser muy difícil. Ella no puede rendirse ahora. Ella quería un tratamiento muy agresivo y apenas estábamos comenzando. Me desconcertó lo bajo que estaba su estado de ánimo cuando apenas estábamos en la parte inicial del tratamiento.

Esto apenas es el inicio. Ella está en shock y solo necesita acostumbrarse. Me dije a mí misma. Decidí que si en unas semanas no mejoraba su estado de ánimo, agregaría atención psiquiátrica a su tratamiento.

—Pero ya en serio, ¿Por qué estás tan arreglada hoy? No estuviste presente en las rondas de esta mañana, —se quejó ella.

—No estuve en las rondas por que hoy es mi día de descanso. Y no estoy *tan arreglada*.

Valentina alzó la ceja. —Ajá, ¿entonces siempre te vistes así en tus días de descanso?

—¿Qué tiene? Esto es un atuendo profesional.

—¿Entonces no tienes una cita? Qué lástima. ¡Acuérdate que quiero vivir a través de ti!

Me reí y respondí —No, no tengo ni una cita. Vine a una junta. Me toca conocer a mi nuevo jefe y los de arriba le organizaron una bienvenida.

—¿Y te arreglaste así? Con maquillaje y todo para el nuevo jefe. Algo tramas Ramírez, ¡ya cuéntame bien!

—Es *doctora* Ramírez. Me costó mucho sacar ese diploma así que más respeto, jovencita. Solo trato de verme profesional. Mi nuevo jefe es alguien importante, así que pensé que lo mejor sería verme bien.

—¿Alguien importante? —preguntó, aun con un tono incrédulo.

—Si, y tú también deberías considerarlo así.

—¿Y yo por qué?

—Porque fueron los resultados de sus investigaciones los que me llevaron a los estudios clínicos de los tratamientos que ahora estás tomando.

—¡No! ¿En serio es el hombre del que siempre estás hablando?

—Sí, el Dr. Medina. Y más bien son sus investigaciones de las que no paro de hablar.

—Pues se ve que te gusta.

—¡Valentina! —La regañé mientras ella se escondía bajo la sábana, como si fuera una niña chiquita y no la mujer adulta que realmente era.

—¡Me muero! —dijo en voz burlona.

—No te estás muriendo. No la hagas de mártir, no te queda.

—¿Y está guapo?

—Guácala. Nunca lo he visto, pero ya ha de estar bien viejo. Pero bueno, si te gustan los viejos calvos, con narices grandes y pelos de Einstein, entonces sí se te ha de hacer guapo.

Se reacomodó en su cama. Me fui, sintiéndome bien de haberla dejado en mejor humor del con que la encontré.

A pesar de que me lo imaginaba con la apariencia de un troll, aun así, estaba super nerviosa de conocer a mi héroe. Especialmente porque nunca me imaginé llegar a conocerlo en persona. El hecho que dejó su trabajo en el IFIM, Instituto Federal de Investigaciones Médicas, y que terminara viniendo a trabajar aquí fue un milagro. El hecho que terminó en el mismo hospital que yo fue coincidencia. Sería como decirle a alguien que iban a conocer a Brenner Reindhart – el cantante de *Industrial Novem-*

ber, la mejor banda de rock de todo el mundo— y decirle que él va a ser su nuevo jefe.

Di una buena mirada dentro del cuarto de conferencias, mitad de los empleados habían llegado temprano. Sonreí cuando encontré a Sara, como siempre, parada a lado de la mesa de entremeses.

—¡Caro! Gracias por avisarme, —dijo Sara, mi mejor amiga del hospital. —¡Esto es una delicia! Mucho mejor de lo que nos dan a las enfermeras en nuestras juntas. Nosotras *sí* necesitamos comida, —dijo con un gran trozo de melón en la boca.

—De nada, —le dije abrazándola.

Cuando nos alejamos, se me quedó viendo, dándome una barrida de arriba abajo. Con una mano en la cadera, terminó su último bocado y remarcó. — ¡Mírala, qué bien te ves!

Me masajeé las sienes . . . otra vez con esta canción.

—No es tan fuera de lo normal, —refunfuñé.

Sara se rio y entre risas dijo —Claro que sí lo es. Nuevamente, gracias por avisarme de la comida. —Se marchó sin pena y con plato lleno de comida.

Sara estaba enfocada en lo correcto, en cambio yo, mi panza rugía de hambre. Había estado tan nerviosa que no comí en todo el día. Pero ahora que estaba en mi bata blanca y en mi lugar favorito, el hospital, me sentía más calmada y mi hambre se hizo presente.

Estaba llenando mi plato de fruta cuando entraron tres doctores. No tuve que ni alzar la mirada para saber de que uno de ellos era el Dr. Braxton Keach. Él era un hombre apuesto, con pelo negro y ojos azules. Pero hasta ahí acababan sus cualidades buenas. Juro que el Dr. Keach traía consigo el hedor del mal, por dondequiera que el estuviera. Podía sentir su presencia desde antes que lo viera. Qué bueno, en realidad lo que se notaba eran los kilos de perfume ya que utilizaba spray, como adolescente en el colegio. No le importaba dejar a sus pacientes mareados y nauseabundos por su perfume.

Los dos estábamos tras la misma beca de investigación que nuestro hospital ofrecía, pero mi desdén por él no era una simple rivalidad profesional. El hombre, aparte de apuesto, mentía hasta por ojos. Las otras mujeres en el cuarto estaban atraídas a él y se reían como colegialas apenas él se acercaba. Cómo quisiera sentarlas, regañarlas y recordarles que son doctoras. Deberían comportarse mejor. Pero aun así les ganaría las ganas por el Dr. Keach. Aparte de apuesto y mentiroso, el hombre tenía dinero de sobra; era de las mejores familias de Kansas City. Lo cual hacía que todos se hicieran de la vista gorda al echo que él no era de los mejores médicos. El resultado era un diablo con carisma. Pero a mí no me podía engañar.

—Dra. Ramírez, —dijo con encanto fingido.

—Dr. Keach, —respondí volteando al frente del cuarto, buscando a alguien con quien más platicar, pero me detuvo antes de que me pudiera escapar.

—Qué curioso, ¿no crees? —dijo, contento consigo mismo.

Traté de no seguirle la corriente, ya que era mi día de descanso y estaba libre de irme apenas terminara la junta. Pero era mejor lidiar con esto ahora, en vez de cuando tenga que trabajar.

—¿Qué es curioso? — Pregunté.

—La última vez que tuvimos una junta así fue hace un año. Lo recuerdas, ¿no? Cuando el director de oncología te entregó un ramo de flores, ya que eras la doctora más joven en haber logrado conseguir la beca de diez millones de dólares.

—Lo recuerdo, —respondí, —cuidado Keach, alguien podría pensar que aun sientes envidia.

Él se rio, —No, envidia no. ¿pero no crees que es raro? —dijo tomando un sándwich de la mesa y poniéndolo en su plato. —Ahora el director trajo al Dr. Medina. El hombre que hizo la investigación inicial en la cual basaste la tuya.

—Ve al grano.

—No sé, Dra. Ramírez. Si yo estuviera en tu lugar, encontraría esto algo sospechoso. Él llegó quitándote la atención que tenías. Podría parecer que el jefe te cambió por algo mejor. ¿Crees que a él también le dé un ramo de flores?

Él sonrió y yo me aguanté las ganas de soltarle un puñetazo en la cara. Yo admiraba al Dr. Medina y quería aprender de él. Esta era mi mejor oportunidad de hacerlo y el Dr. Keach estaba tratando de arruinarlo. Esto es lo que realmente hace. Siempre trata de hacerme la vida de cuadritos. Él ha querido que renunciara desde que me conoció, y entre más le hacía al frente, más me peleaba.

—No todos son tan víboras como tú, Dr. Keach. Algunos de nosotros estamos aquí para curar el cáncer. Tenemos cosas más importantes que hacer.

—¿Acaso no te das cuenta cómo suenas? Suenas como niña ilusa. ¿Tú? ¿curar el cáncer? ¡Qué va!

—Tal vez no hoy, pero cada día estoy más cerca que ayer, —di la vuelta y me despedí diciendo adiós con mi servilleta, demostrándole lo poco que me importaba su opinión.

Me acerqué a mis otros compañeros, lista para platicar, pero en eso las puertas de atrás del cuarto se abrieron. Entró el director, Stuart, seguido por un hombre alto, moreno y apuesto. Quedé pasmada. Ese no podía ser el Dr. Medina . . . ¿o sí?

El hombre traía un traje de sastre azul marino, con una camisa blanca y una corbata gris. Su pelo, negro, grueso y ondulado, estaba bien peinado hacia atrás. Ya portaba algunas canas, las cuales hacían contraste con su piel bronceada. No alcanzaba a ver bien sus ojos, pero sus facciones eran fuertes y marcadas. Todas, excepto sus labios gruesos y suaves. A pesar de la ligera barba que portaba, podía ver que la forma de su mandíbula era marcada.

Quedé boquiabierta mientras mis ojos lo seguían por el resto de la junta. Ahí, parado a lado del director, él empezó a analizar a cada una de las personas en el cuarto, como si buscando a alguien.

—Muchas gracias a todos por estar presentes, —dijo el director, —mantendré esto breve. Como les informé en mi email del mes pasado, tenemos a un nuevo doctor. Por favor, denle una cálida bienvenida al Dr. Héctor Medina.

Todos los doctores que no tenían platos en las manos aplaudieron. El ruido me sacó del trance en el que había caído y por fin cerré mi boca. Tenía que bajarle. Ese hombre no solo era mi nuevo jefe, si no también quería que fuera mi mentor. Y por si eso no fuera suficiente, traía un brilloso y dorado anillo de bodas.

El director continuó, —somos realmente afortunados de tenerlo con nosotros. Él dejó una muy buena posición de liderazgo en el IFIM para poder estar aquí. Si me preguntan a mí, eso fue dar un paso abajo, —exclamó poniendo una mano en el hombro del Dr. Medina, quien seguía viendo alrededor del cuarto con una sonrisa que me estaba derritiendo mis rodillas. —Pero esta decisión dice mucho de él, ya que él quiere reenfocarse en el cuidado de los pacientes y trabajar con ellos más de cerca. Pero dejaré que él nos platique más de él. Dr. Medina, ¿nos podría regalar algunas palabras?

—Gracias, Dr. Stuart. Es un gran honor poder trabajar aquí con ustedes, en un hospital con mentes jóvenes con ganas de empujar los límites, —dijo, con una voz grave y seria, la cual tenía un acento latino al hablar en inglés. —Por eso, así como dijo, di un paso abajo. Quiero encontrar nueva inspiración para mis investigaciones y la mejor inspiración viene de los pacientes. Sé que seré el jefe de la mayoría de ustedes y quiero dejar en claro que soy un jefe estricto, pero siempre justo. Estoy muy emocionado de poder trabajar con ustedes y aprender de ustedes.

Hizo una breve pausa, aun buscando alguien. Se tardó tanto que empezamos a vernos los unos a los otros, tratando de adivinar a quién buscaba. Al ver que no reconoció a quien buscaba, continuó hablando.

—He estado al tanto de las investigaciones que salen de este hospital desde hace ya un año y, a decir verdad, estoy muy impresionado. Esa es la razón que escogí el Hospital Heartland Metro como mi nuevo hogar de trabajo. Hay una investigación en particular que me trae fascinado. La propuesta para la beca llegó a mi escritorio en el FIMI hace un par de años.

Oh no, pensé. Si estaba a punto de decir lo que creía que iba a decir, lo más seguro que vomitaría. Fue hace dos años cuando entregué mi propuesta para la beca. ¿Vino a asesorar mi investigación? O peor aún ¿acaso vino a remplazarme? Dejé mi plato en la mesa y me arreglé mi bata, deseando no estar en lo correcto, pero preparándome por si lo estaba. Como siempre.

—Si lo recuerdo bien, —siguió el Dr. Medina, —los estudios están siendo realizados ahora mismo, y tienen que ver con cambios en los protocolos para el tratamiento del cáncer de cuello uterino en mujeres menores de 30 años.

Sentí como todos voltearon a verme... malditos traidores.

El Dr. Medina se enfocó inmediatamente en mí. Lo había planeado a la perfección. Él sabía que apenas diera esos detalles, los demás me delatarían. Era como tener una gran flecha roja con focos brillosos apuntando a mi cabeza. *Bien hecho Dr. Medina, buena jugada.*

Mantuvo su mirada en mí durante el resto de su discurso. —Imagínense la gran sorpresa que me llevé cuando leí esta propuesta y que esta empezaba justo en el lugar que dejé la mía antes de haber llegado al IFIM. Fue como si alguien me hubiese clonado para darle continuación a la investigación que había comenzado. Qué bueno, mejor hubieran clonado alguien más joven —Se rio de su propia broma, aunque se veía que no era tan viejo. Máximo tendría unos 40 años. No fue chistoso, pero todos se rieron. Lameculos.

—Me imagino que usted es la Dra. Ramírez.

¿Ah sí? ¿Qué le habrá dado esa idea? Aclaré mi garganta y

respondí —Sí doctor, soy Carolina Ramírez. Es un placer conocerle.

—¿Tiene algún paciente a quien ver después de esta junta? —indagó con mirada seria.

Puta madre, puta madre, puta madre. —No doctor, no tengo a nadie.

El Dr. Keach dejó escapar una risa burlona. *Mierda. ¿Por qué lo dije de esa manera?*

—Perfecto, entonces nos vemos en mi oficina al salir de aquí. Más bien, espéreme. Voy a necesitar que me diga dónde está mi oficina. —Todos se rieron otra vez. Yo simplemente asentí.

El Dr. Medina habló acerca de su misión y su visión para el programa, diciendo que ahora que él estaba al volante, nos guiaría en nuevas e innovadoras investigaciones. Dejé de poner atención. Estaba entusiasmada y totalmente aterrada de que posiblemente él estuviera aquí para remplazarme en el estudio clínico de mi investigación. ¿Qué otra razón tendría para dejar el IFIM? Ya todo tenía más sentido. Trabajé muy duro en estos estudios, los resultados eran prometedores. El perder el control de esto me dejaría en la ruina.

El Dr. Medina no dejaba de verme. Volteaba a ver a alguien más y luego regresaba su mirada a mí. Sentí que estaba a punto de vomitar. Al fin de todo, qué bueno que aún no había comido.

La junta terminó después de que el Dr. Stuart dio unas últimas palabras. Todos salieron, regresando a sus trabajos.

El Dr. Keach no se aguantó las ganas de decir algo antes de irse. Se acercó a mí y susurró. —Te lo dije.

Jódete, pensé, pero solo le lancé una mirada que lo dejó helado. Él se fue dejándome a solas con el Dr. Medina.

—Usted vaya por delante, Dra. Ramírez.

Asentí y abrí la puerta frente a él.

—Gracias.

Entramos al elevador y busqué cualquier cosa que decirle —Su oficina está en el séptimo piso —. Mantuve mi mirada en mis manos por el resto del camino, sin prestar atención a quien salía o entraba al elevador. Parecía estar tomando una eternidad. Podía sentir cómo la espalda me empezaba a sudar.

Por fin salimos del elevador y lo llevé a su oficina. Abrí la puerta y dejé que él entrara.

—Gracias Dra. Ramírez, por favor, tome asiento.

La vista desde su oficina era espectacular. Se veía un mar de árboles verdes que escondían la gran y ocupada metrópolis, como si el hospital fuera el único edificio en kilómetros de distancia. Claro que le dieron lo mejor de lo mejor. Lo que no haría por una oficina así.

Escuché cómo se movía y volteé a verlo. Él cerró la puerta de su oficina, colgó su saco y se aflojó su corbata.

—Detesto estas cosas, —dijo, —siempre siento que me ahorcan—. Se quejó mirando a la corbata como si fuera su peor enemigo. Me dio risa que un pedazo de tela lo pudiera ofender tanto, pero en eso me acordé que estaba a punto de perder todo mi trabajo y mi sonrisa desvaneció.

Se acercó a su escritorio subiéndose las mangas, se sentó y respiró hondo. Sacó el aire lentamente y gruñó. —Esto es tonto.

Miré su escritorio sin entender qué estaba mal.

—¿No le gusta su escritorio?

—El escritorio está bien. Pero los estadounidenses siempre hacen esto.

—¿Qué hacen?

—La vista. Es perfecta. Pero luego ponen una monstruosidad de escritorio con vistas al lado opuesto de la ventana.

—Podemos pedir a los de mantenimiento que vengan a mover los muebles.

—Sí, por favor, eso sería bueno. —Alzó la mirada, sonriéndome. Sentí cómo mi cuerpo empezó a relajarse. Qué extraño era, y cómo cambia su atención de una cosa a otra.

—Me imagino que se estará preguntando por qué le pedí que viniera.

—Me imagino que es porque ¿quiere remplazar mi lugar en los estudios clínicos? —dije con cierta pena.

—¿Remplazarla? ¿Por qué haría eso?

—Usted no cree que le robe su idea de investigación?

—¿Es eso lo que usted cree?

Lo pensé un poco. Nunca lo había pensado hasta que el maldito de Keach se entrometió.

—No, doctor. Usted dio sugerencias de pasos a seguir. Yo tomé esos pasos y les di una nueva dirección, —contesté.

—¿Entonces por qué llegó a pensar eso?

—A decir verdad, nunca lo había pensado así hasta que alguien lo sugirió.

—¿Quién? —Preguntó interrumpiéndome.

Volteé a verlo y vi sincera preocupación. —Eso no importa, —dije —Pero si esa no es la razón, ¿entonces por qué me llamó a su oficina?

—No quise decir nada enfrente de todos para no hacer su vida profesional difícil. Pero la verdad, mi única razón de estar aquí es su investigación.

No lo podía creer, ¿lo escuché bien? Sacudí mi cabeza tratando de entender lo que estaba pasando. Es como si Keith Richards de los Rolling Stones me acabara de decir que vino a buscarme por lo bien que toco la guitarra. Pude haber muerto feliz en ese instante.

—¿Perdón?

—La dirección en que llevó su propuesta, ¡fue genial! —exclamó. —Bueno, que no se le suba a la cabeza. Fue genial para una novata, —dijo con tono burlón.

¿Acaso este hombre me estaba viendo la cara? ¿Realmente estaba *mi héroe* aquí por mí? Esto debe de ser un sueño. ¿Enserio me acababa de decir engreída?

—Juntos podemos lograr cosas increíbles, Dra. Ramírez. Usted está a punto de finalizar el primer año del estudio clínico, ¿cierto?

Él acababa de decir, *¡JUNTOS!* Me relajé al darme cuenta de que mis temores no se materializaron. Simplemente fueron ideas que instigó el Dr. Keach.

El Dr. Medina estaba aquí para ser mi mentor.

—Sí, es una beca de cinco años.

—Tengo un presentimiento de que va a tener mucho éxito.

—No vamos a tener estadísticas significantes hasta fines del tercer año.

—Sí, lo sé, pero estoy seguro de ello y usted también debería de estarlo.

Mi corazón se llenó de orgullo y felicidad. Si mi madre estuviera aquí, estaría tan feliz. Sentí cómo mis ojos se empezaron a llenar de lágrimas, así que traté de reenfocarme en lo que estaba pasando. No podía ponerme a llorar en frente de mi nuevo jefe.

—Quiero que escribamos la propuesta de seguimiento juntos, Dra. Ramírez. Lo que usted está haciendo me ha recordado por qué entré a la medicina.

—Es todo un honor, doctor. La verdad, no sé ni que decir.

—Diga *gracias*. Con mi nombre como co-investigador, podrá conseguir los fondos que usted quiera. Ya que obtengamos las estadísticas al final del tercer año, quiero que escribamos la propuesta para darle seguimiento de por vida con los pacientes de estos estudios. Podemos también diseñar otros estudios, pero estos son los que más me interesan.

—Eso sería increíble. Muchas gracias.

—Eso es todo, Dra. Ramírez, —dijo abriendo su laptop y dejando que me fuera, así como si no acabara de cambiar mi vida.

Estaba a punto de salir cuando él me detuvo, —Oh, y antes de que lo olvide. Dra. Ramírez, si alguien le pregunta, solo dígale que me estaba poniendo al corriente de los estudios —dijo poniendo su dedo índice enfrente de sus labios, —será nuestro secreto por ahora.

DÍA DE DESCANSO

Descansar un domingo por la mañana era casi un milagro, y aún más cuando ese día coincide con el día de descanso de Sara, quien inevitablemente me obligaría a salir a correr con ella.

Ella era más rápida que yo. Chaparrita y rápida. No podía evitar notar su lindo trasero, cómo su pelo rubio sujeto rebotaba de arriba abajo con cada paso. Siempre nos reíamos del hecho que las dos teníamos algo que la otra quería, en especial diferentes partes de nuestro cuerpo. Lo que no daría por tener un cuerpo chiquito como el de ella, mientras ella anhelaba ser alta y fuerte como yo. Yo quería su pelo rubio, mientras ella envidiaba mi grueso pelo castaño. Yo era mucho más fuerte que ella, y podía con más peso. Pero su estatura y físico la hacían rápida y ágil. Apenas y podía ir a la par de ella cuando salíamos a correr.

Cuando por fin terminamos, nos dejamos caer en el pasto. Sara se quitó sus audífonos y jaló los míos para llamarme la atención. El peso de mi pelo había hecho que la liga se aflojara. Volteé a verla mientras volvía a atar mi pelo.

—¿Crees que pueda convencer a tu papá que nos haga unos

chilaquiles? —preguntó con una sonrisa tan grande, que era difícil negarle algo. A excepción de esta vez.

—¿Lo podríamos dejar para otro día?

—Umm . . . Okey. . . ¿Y eso? Me imagino que eso significa que tampoco quieres ir a desayunar a otro lugar.

Sacudí mi cabeza y bebí un poco de agua, evitando contestar su verdadera pregunta.

—Caro, ¿Qué traes? ¿Debería de estar preocupada?

¿Por qué tenía que ser ella tan apegada a mi familia? Mi papá la adoraba como si fuera su segunda hija y nunca le podía negar nada, especialmente cuando ella le pedía que cocinara algo.

Sara básicamente se la vivía con mi papá en sus días de descanso. Creo que la única razón que él sobrevivió mi tiempo en la escuela médica fue porque ella lo acompañaba mientras yo estudiaba todo el día y toda la noche.

—¡Ash! Está bien. Lo que pasa es que aún no le he dicho a mi papá y no quiero que vayas de chismosa antes de que tenga chance de decirle.

—¿Pero de qué hablas?

Sentada en el piso, masajeando mis pantorrillas le contesté —Aún no le digo que el Dr. Medina va a ser mi nuevo jefe.

—No sabía que eso era algo importante que le tenías que decir.

Suspiré y le expliqué. —Está bien, te voy a contar algo, pero me tienes que prometer que no se lo vas a decir ni a tu sombra.

—Ya sabes que mi boca es una tumba.

—Está bien. Cuando estaba en el colegio, estaba algo obsesionada con el Dr. Medina. Bueno, más bien con el trabajo del Dr. Medina.

—Oh Dios. ¡Eres una nerda! —Sara se rio.

—¡En fin! Mi papá sabe de eso, así que quiero contarle esa noticia sin que esté nadie que pueda cambiar su reacción.

—¿Qué? O sea, ¿crees que le diría que por fin te peinaste y hasta te arreglaste para conocerlo?

Volteé a verla y le apunté un dedo amenazador. —¡Sí! Justamente eso es lo que me temo.

—Dudo mucho que Don Ramírez se acuerde de eso, o que le importe.

—Es que aún no lo entiendes. En mi cuarto tenía tres posters. Uno de *Industrial November.* Otro del libro *Jane Eyre,* y el tercero era del abstracto de la composición que escribió el Dr. Medina después de sus estudios clínicos.

—Eres la nerda mayor. La reina de las nerdas. Si no fuera por el poster de *Industrial November,* creo que no seríamos amigas.

En sí, yo fui quien le mostró la música de *Industrial November* durante nuestro primer año en la universidad, poco después de habernos conocido. Ella no había escuchado ese tipo de música antes, así que se podía decir que tenía un pésimo gusto en la música. Pero después de escuchar la voz fuerte y grave de Brenner, quedó enamorada del rock metalero. —Sí, *Industrial November* me ha salvado más de una vez.

—También a mí, —dijo Sara con un tono triste. La universidad no fue fácil para ella. Su familia nunca le prestó atención, ya que sus padres eran drogadictos. Fue justamente ese año que decidió alejarse de ellos. Las canciones de *Industrial November* tenían ese enojo y frustración que ella sentía, y que por fin podía sacar después de haberla encerrado por tanto tiempo.

—Está bien, solo dile a Don Ramírez que me debe unos chilaquiles por tu culpa.

—¡Va! Por cierto, mi turno termina a las diez de mañana, ¿quieres pasar por un trago después?

—¿En un lunes? Mírala, qué fiestera.

Sara estaba ya parada. Le aventé mi botella de agua, la cual atrapó con facilidad y se la llevó sin decir adiós.

Sabía que mi papá tomaría bien esta noticia. Hasta se sentiría orgulloso que el Dr. Medina estuviera interesado en mi trabajo. La mayoría de los padres no sabrían qué hacer si sus hijas idolatraran a alguien como el Dr. Medina, pero mi papá siempre fue comprensivo y me animó a seguir mis sueños. Creo que él se daba cuenta lo importante que el trabajo del Dr. Medina era para mí y, por ende, era importante para él también.

Aun así, no quería que Sara o que nadie más diera la idea incorrecta de la situación. Esto era solo una amistad profesional. Si el Dr. Medina hubiese sido una mujer, no me preocuparía nada de todo esto ya que nadie cuestionaría mis intenciones.

Cuando llegué a casa, tomé mi celular y le mandé un mensaje a mi papá de que quería que desayunáramos juntos.

Papá: *¡Claro que sí mija! Te cocino lo que tú quieras* emoji sonriendo

Sacudí mi cabeza riéndome

Yo: *Llego en una hora*

Papá: *Aquí te espero*

Me tomé un vaso de agua mientras decidía qué ropa ponerme antes de meterme a bañar. No sé si era por la plática que había tenido con Sara, o el vapor de mi baño, pero no podía dejar de pensar en el Dr. Medina. Cualquier persona con algo de pulso se podía dar cuenta lo guapo que estaba.

Recorrí mi cuerpo suavemente con el jabón, pensando en esa mirada, sus ojos cafés buscándome en aquel cuarto de conferencias. Recordando como cuando se alzó las mangas, reveló sus brazos fuertes y musculosos. Me mordí el labio recordando los suyos, y cómo su dedo rozó su boca cuando dijo que sería un secreto, nuestro secreto.

Mis manos encontraron mis senos. Acaricié mis pezones con suaves círculos. El agua caliente bajaba por mi cuerpo, llevándose la espuma sobre mi piel. El recuerdo de sus ojos obscuros causó que bajara mi mano de mis senos, pasando mi estómago. Podía escuchar su voz, su acento latino. El recuerdo de él quitándose su corbata y subiendo sus mangas se repetía en mi mente. Ese hombre tan apuesto . . . ¿se estaba desvistiendo? Estaba casi a punto de llegar al clímax cuando salí de mi trance.

¿Qué estás haciendo, Carolina? Quité mi mano apresuradamente. ¡Acababa de mandarle un mensaje a mi papá con esa mano!

Seguro todo esto pasó por los comentarios que todos estaban haciendo. Yo era una simple fan, pero Valentina, Sara y Keach tuvieron que insinuar otras cosas inapropiadas. A mí él no me gustaba de esa forma. Simplemente eran los comentarios de los otros que me hicieron pensar eso.

¿A quién le estoy mintiendo? A mí, al parecer. Héctor Medina era todo un bombón. Pero tenía que dejar de pensar en él de esa manera.

Me lavé mi pelo con demasiado desdén. Prendí las noticias para terminar de apagar las ganas que me quedaban. Me puse unos jeans y camiseta blanca. Salí de casa sin cepillarme el pelo y con cara lavada.

El aroma a chilaquiles llenó mi nariz apenas entré a la casa de mi papá. Pareciera que hasta pudiera leer la mente de Sara. La boca se me hacía agua con el olor, a pesar del sentimiento de culpa de no haber dejado que Sara viniera. Creo que esta fue la única vez durante toda nuestra amistad que no la había invitado a comer con mi familia.

Mi papá me pasó un plato bien servido de chilaquiles. Es por esto que nunca tendría un cuerpo como el de Sara. El plato incluía: chilaquiles, frijoles refritos, un huevo estrellado y unos pedazos de aguacate. ¿Cómo no adorar a este hombre?

—Gracias papi, —dije.

—Qué gracias ni que nada. A mí no me des las gracias, —me quejé, pero él tomó mis manos en las suyas y dimos gracias a Dios por la comida.

—Amén

—Amén, —dije como si fuera su eco.

Comimos y platicamos un poco del trabajo. Mi papá era dueño del taller *Reparaciones de Tavo* desde antes de que yo naciera. Era trabajo duro, pero él amaba lo que hacía. —¿Qué tal va el trabajo? —pregunté.

—Todo bien. Cada vez estoy más viejo. La verdad, no podría con el trabajo si no fuera por Ramiro. Él es un buen gerente.

Ignoré el comentario acerca de Ramiro. Ya estaba acostumbrada de que a cada rato lo mencionara y de que hablara de que tan buen partido era para mí. Como si no hubiéramos crecido juntos. Sacudí mi cabeza.

Cuando terminamos de comer, serví café para contarle mi gran noticia.

—Papi, ¿se acuerda del doctor a quien yo siempre seguía cuando estaba en el colegio?

—¿El doctor Medina? Cómo olvidarlo.

Esto no iba a ser tan fácil.

—Sí, él.

—Sí, me acuerdo de él. Nunca dejabas de hablar de él.

—Sí, ese mero. Pueeees . . .

—Hasta dijiste que te ibas a casar con él cuando crecieras.

—¡¿QUÉ?! —dije casi escupiendo mi café.

—Sí, estabas platicando con tu tía Jacinta. Ni te diste cuenta de que yo estaba escuchándolas.

—¡Apá!

—¿Qué? No estaba de entrometido, lo juro, —dijo alzando sus manos proclamando inocencia—. Solo estaba pasando por tu cuarto y tenías la puerta abierta. No es mi culpa que hables tan fuerte.

—¡Papá! —Ni me acordaba de haber dicho eso, pero nada más de pensar como era antes, seguro si lo hice.

—Un padre nunca olvidaría un comentario así. Rompiste mi corazón pensando que algún día te casarías. Yo sé que no te ibas a casar con él, pero nada más de imaginarte casada y dejándome solo. Sabía que él era muy viejo para ti, pero nada más de imaginármelo, me rompió mi corazoncito.

—Papá... no está haciendo esto nada fácil para mí, —dije.

—¿De qué hablas?

—Tengo un jefe nuevo. —Era mejor acabar con esto rápido.

—¡No! No me digas que . . .

—Sí, el Dr. Medina es el nuevo médico a cargo del departamento de oncología en el Hospital Heartland Metro y mi nuevo jefe.

—¡Ja! Eso me pasa por menso.

—¿Qué?

—Cuando dijiste que te casarías con él, me consolé con la idea de que nunca lo conocerías.

—Apá, no se preocupe. Él ya está casado. —Admití recordando el anillo en su dedo. —Y usted ya sabe que yo nunca . . .

—Yo sé, mija, — dijo mi papá acariciando tiernamente mi cabeza, con una sonrisa reconfortante.

—Pero eso no es todo, — dije, —él vino porque está interesado en mi investigación.

—¿Cómo?

—Si, al parecer él fue uno de los jueces de la beca del IFIM que gané. Él leyó mi propuesta y vino a Heartland para trabajar conmigo. ¡Quiere ser mi mentor!

No estoy segura de qué tipo de reacción esperaba de él. Tal vez una como la de Sara, pero no. Mi papá siempre terminaba sorprendiendo.

—Claro que quiere trabajar contigo. Estoy seguro de que él está agradecido que tú quieras trabajar con él, —se paró tomando nuestras tazas ya vacías. Por esto y más, adoro a este hombre.

UN LARGO DÍA

El primer día de rondas con el nuevo doctor fue en popa. El Dr. Medina se mantuvo callado la mayoría del tiempo, pero sabíamos que nos estaba analizando, viendo si hacíamos un buen trabajo como doctores. Todos los otros residentes se veían nerviosos e inquietos, todos menos yo.

El guardar aquel secreto con él me hacía sentir segura. Yo lo veía como un humano y no como el dios que aun representaba para los otros doctores. Mi alta autoestima debió de ser obvia ya que él prestaba atención a mis planes y hasta me animaba a seguir exponiendo mis ideas. En pocas palabras, estaba arrasando con todo.

Hubiera andado por las nubes con todo y arcoíris si no fuera por el aguafiestas del Dr. Keach, quien hacía todo lo posible por nublar mi día. Siempre se paraba cerca de mí, respirando hondo, demostrando su descontento con suspiros y refunfuños. Sí, Keach, ya entendimos, estás bien ardido.

Su pobre y frágil ego no era mi problema. Si quería atención de sus mentores, tendría que trabajar tan duro como el resto de nosotros. Mejor lo saqué de mis pensamientos para enfocarme en lo que realmente era importante —el cuidado de nuestros pacientes.

El Dr. Medina revisó la lista en su tableta. —¿Ya visitamos a todos los pacientes que no son parte de los estudios de la Dra. Ramírez? —preguntó.

—Sí, —contesté, —tenemos a otras cinco posibles candidatas que tenemos que evaluar y una participante que ya es parte del estudio—. Prefería llamarles participantes. Detestaba llamarlas sujetos. Eso hacía sentir a los pacientes como si fueran conejillos de india, lo cual no lo eran. Ya era lo suficiente difícil tratar de educar al público de qué se tratan los estudios clínicos y convencerlos de que recibirán tratamiento (aunque fuera experimental), como para aparte hacerlos sentir como objetos usando términos como *sujeto*... ni hablar.

—Perfecto, entonces la acompañaré. El resto de ustedes, sigan trabajando, —dijo el Dr. Medina.

Los demás se alejaron, dejándome parada a solas con él. De repente me acordé que él aún me ponía nerviosa.

—¿Está lista?

—¿Perdón?

—Para llevarme con sus pacientes, —dijo el Dr. Medina con un tono de molestia. Mi primer error del día.

Visitamos a mis primeras tres pacientes y el Dr. Medina se presentó como el nuevo miembro de nuestro equipo. Él era carismático y agradable, así que cada una de ellas inmediatamente se sintió en confianza con él. Lo que más me impresionó fue su trato con Valentina; se quedó hasta que ella le agarró confianza. Ella pone tantas barreras para protegerse que es difícil que las personas se le acerquen.

Empecé a exponer el caso de Valentina, aunque ella estuviese presente con nosotros.

—Valentina Almonte. Edad, 24 años. Fue diagnosticada hace dos meses. Aceptó ser parte del estudio el mes pasado. Protocolo general comenzó la semana pasada. —Valentina movía sus brazos como si estuviera dirigiendo una orquesta. Me detuve por un momento alzando mi ceja y dándole mi mejor mirada de madre a punto de soltar la chancla.

—Está bien, está bien, —dijo, —ya no hago nada, —declamó mientras se escondía debajo de las sábanas.

—La paciente está respondiendo bien a la quimio-radiación, —continué sin perderla de vista.

—Tiene un buen equipo de doctores cuidándola, Srta. Almonte, —dijo él.

—Llámeme Valentina, por favor.

El Dr. Medina leyó la información de Valentina detenidamente. Se volteó para dejar el tablero en una repisa cerca de él. Valentina aprovechó ese momento para voltear a verme y decir con una voz casi inaudible «¡No mames!» y procedió a mover sus caderas como si fuera perro chihuahua con una almohada. Quedé boquiabierta y con los ojos le pedía que dejara de hacer eso antes de que el Dr. Medina se diera cuenta.

—Valentina, estoy muy emocionado de ser parte de su equipo.

—Gracias, doctor, —dijo con voz tierna. Era obvio que le estaba coqueteando. No pude evitar sonreír al ver eso. Me encantaba todo lo que le mejorara el ánimo, y si el doctor Medina la animaba, con mucho gusto se lo aventaría.

El Dr. Medina se percató de que seguía sonriendo mientras nos alejamos del cuarto.

—Ya, déjate de esas cosas.

—¿De qué?

—Bien sabes a qué me refiero.

—Me imagino que le ha de pasar mucho eso, doctor, —dije, imitando la dulce voz de Valentina. Sus ojos se entrecerraron y frunció el ceño. Me pregunté si era demasiado serio como para bromear un poco. Decidí regresar a mi tono profesional.

—Lo siento doctor, no lo vuelvo a hacer. Pero, es la primera vez que veo a Valentina sonreír de esa manera. Sus ánimos habían estado por los suelos, y con mucho respeto, pero si el interactuar con usted le alza los ánimos de esa manera, pues estoy dispuesta a sacrificar su dignidad por ella. Aparte, ella es inofensiva.

—¡Me está usando, Dra. Ramírez! – exclamó de forma exagerada, sacudiendo su cabeza y ahogando su risa delatadora.

No lo volví a ver hasta ya en la noche. Ya había terminado mi trabajo, y lo único que tenía que hacer era actualizar la información de mis últimas tres consultas. Tomé mi laptop y fui al cuarto de descanso de los doctores. No había tenido tiempo de cenar, así que me compré un chocolate Twix, el cual dejé a lado de mi computadora. Me quedé perdida en mi trabajo por una hora, lo cual significaba que hasta del bendito chocolate me olvidé. No solo estaba ingresando la información de mis pacientes, estaba analizando cada aspecto de sus enfermedades: su presentación, su tratamiento y los resultados hasta ahora. Estaba buscando cualquier pista que me ayudara a derrotar este maldito bastardo llamado cáncer.

De la nada, la puerta se abrió y el Dr. Medina entró. Se sentó en un sillón cerca sin darse

cuenta de que estaba allí.

—Hola, —lo saludé. —¿Cómo le fue en su primer día?

Volteó a verme, sorprendido de encontrarme escondida en una esquina. —Técnicamente, es mi segundo día.

—Bueno, ¿Qué tal le fue en su segundo día?

—Bien, nada fuera de lo común, —se acercó a mi mesa y se sentó enfrente de mí. Por alguna razón, ese comentario no me cayó nada bien. Él sonrió al ver que obtuvo la reacción que quería de mí.

—¿Qué es esto? —preguntó tomando el chocolate Twix.

—Mi cena.

—¿Esto es tu cena? Esto no es comida, mucho menos cena.

—No me juzgue, —dije arrebatándole mi chocolate. Abrí la envoltura y tomé uno de los pedazos de chocolate. Le di un gran mordisco como si para demostrar que sí contaba como cena. Cerré mis ojos y empecé a hacer gestos y gemir con placer. Un poco de caramelo quedo en mi labio el cual lamí con gusto. Por fin abrí los ojos otra vez y me sorprendí al darme cuenta de que el Dr. Medina me veía boquiabierto. Después de un momento, regresó en sí y aclaro su garganta.

Me di cuenta de lo que él acababa de ver. Él no sabía que esa es mi reacción cotidiana al

chocolate. Lo más seguro que él pensó que lo estaba provocando y no simplemente bromeando de mi obsesión con los chocolates. Pensé en disculparme otra vez, pero él interrumpió mis pensamientos.

—Pues si así está de bueno, entonces tendré que probarlo, —dijo tratando de alcanzar el otro pedazo que aún quedaba.

—¡Ah, no! usted no va a venir a insultar mi comida y luego tratar de robársela, —dije arrebatándole el chocolate una vez más.

—Si recuerdas que soy tu jefe, ¿verdad?

—Y el que me obligue a dar la mitad de mi cena sería un abuso de poder.

Abrió la boca para decir algo, pero en eso entró Sara como si viniera a matar a alguien.

Demonios, ¿y ahora qué hice?

—Carolina. Isabel. Ramírez. Fuentes —dijo pausadamente, con las manos en las caderas y con mirada asesina. Mi nombre completo...mierda.

—¿Gustas? —pregunte ofreciendo mi chocolate.

—¿Por qué no me dijiste? —protestó.

El Dr. Medina trató de interrumpir —Lo siento, pero este es un cuarto para doctores, tal vez usted debería de...— Sara lo calló subiendo su dedo índice a sus labios.

—¿A caso a usted le gusta cambiar las bacinicas de sus pacientes, doctor?

—¿Me está hablando a mí? — preguntó el doctor, confundido ya que Sara nunca me perdió la mirada.

—Creo que sí, —respondí.

Él tragó saliva y dijo, —Lo siento Sara, no volverá a suceder.

Me percaté de que ya se había aprendido el nombre de ella.

—Es nuevo aquí, se la dejaré pasar. Esta vez.

—¿Y ahora qué traes, Sara? —pregunté.

—Tu papá me acaba de enviar un mensaje de texto. ¿Por qué no me invitaste a la carne asada?

—Yo no voy a ir a esa carne asada.

—Claro que sí vas a ir. Le acabo de pagar a otro doctor para que cubra tu turno.

—Sara, ¡no puedes hablar en serio!

—Sí, lo hice, y vas a ir.

Me dejé caer en el respaldo de mi silla. Esta mujer es un dolor de cabeza. —Sara, detesto celebrar mi cumpleaños. Eso ya lo sabes.

—No es por ti. Es por tu papá. ¡Eres su adoración! Deja de ser tan egoísta.

—¿Egoísta? Pero es mi cumpleaños.

—Ya está decidido, señorita. Pero ahora tenemos otro problema.

Me quejé, olvidándome por completo que mi jefe seguía ahí viendo todo este vergonzoso regaño.

—Se trata de Valentina, —dijo. Intenté pararme, pero ella hizo gesto de que me quedara sentada.

—Ella está bien por ahora, pero ya es tiempo.

—¿Tiempo? ¿de qué?

—Hoy le estaba cepillando el pelo y…

—Oh…— sentí cómo mis ojos empezaban a llenarse de lágrimas. Valentina no era vanidosa, pero su pelo era tan hermoso. Sabía que le dolería su pérdida.

—Ella ahora está pasando un muy mal momento. Será mejor que no la vayas a ver. Quiere estar a solas por ahora. Llorar a gusto. Mañana tendremos que arreglar esto.

Sara tenía la razón.

—¿Cómo vas a querer manejar esta situación?

—Ave María.

—¿Quieres que hagamos un Ave María?

—Sí. Descanso en la mañana, así que tendré tiempo de ir a comprar lo necesario. Te veo en su cuarto a medio día.

—Ok. Traeré lo necesario, —Respondió Sara. —Y sí, tomaré con gusto este chocolate — Dijo dando la media vuelta, llevándose la mitad de mi cena. —Recuerda que quedamos de ir por unos tragos a las diez.

Alcanzó a decir al partir.

—Lo siento por su comportamiento. Es algo...

—¿Sinvergüenza? —sugirió Héctor.

Me reí, causando que por fin se me escapara una lágrima. La Limpié tan rápido como si nada hubiese pasado. —Si, sinvergüenza. Esa es la mejor forma de describirla. Ya se acostumbrará a ella. Entre más pronto se dé cuenta de que ella hace que este lugar siga en pie, mejor para usted. —dije, el quebranto en mi voz delatándome. —Lo siento, no quise llorar en frente de usted.

—Nunca pida disculpas por preocuparse por sus pacientes.

—No, de eso no pido disculpas. Es solo por llorar. Esta es la razón que muchos no toman a las mujeres enserio en nuestra profesión.

—No, —replicó. —no lleves ese peso contigo. Cualquier hombre que piense de esa forma no vale la pena. También yo he llorado por mis pacientes y no me apena. Soy humano. Simplemente hay algunos pacientes que nos llegan más a fondo que otros. Eso no nos hace malos doctores, sino más bien nos hace mejores.

Se marchó, sabiendo que necesitaba ... un poco de privacidad. Lo que él había dicho era cierto, pero, aun así, no podía llorar en frente de mi jefe.

LA OFICINA

Ya estaba bien encarrilada en mi camino a ser una alcohólica, y no me daba pena. Mi trabajo puede ser muy satisfactorio, pero también podía torturar mi alma y a veces romper mi corazón. Me tomé mi trago de tequila en segundos. No sabía de dónde iba a sacar el valor para entrar al cuarto de Valentina mañana.

Sí, era su doctora, pero también estaba luchando por su vida tanto como ella misma,

aunque pareciera que solo le quitaba cosas. Le quité su autonomía, le quité sus placeres, y maldita sea, le quité todo lo que era su estado "normal." Mañana iba a tener que entrar a su cuarto y tratar de sonreír mientras le quitaba su hermoso cabello.

Ella no era la primera. Ya había tenido varios pacientes como ella antes y aun en peores

condiciones. Las palabras del Dr. Papasito rodaban en mi mente. Hay algunos pacientes que nos llegan más a fondo que otros. Sí, era cierto. Di un ligero golpe con mi uña a mi vaso vacío, —Cantinera ¡sírvame otro trago por favor!

Sofía se acercó sacudiendo su cabeza, —ya bájele, mi doctora, —dijo —ni ha llegado Sara, no la vayas a dejar atrás. Sabes que no te lo perdonará. —Sonrió Sofía con esos labios tan llenos y suaves. Si fuera del otro equipo, soñaría con estar besando esos labios día y noche.

Ella no era solo la barman local, sino que también era una de mis mejores amigas. Sara y yo tomábamos seguido aquí, y a veces hasta de gratis. Así fue desde que le curé la mano a Sofía cuando se cortó con un vaso roto. Le suturé su herida sin cobrarle y así empezó nuestra amistad.

—Tienes razón, pero ahorita soy yo la que está molesta con ella, así que no me importa…

—Ya, ya, está bien, —dijo Sofía —al fin y al cabo. ¿Quién soy yo para decirte nada?

—Y pásame uno de los buenos, por favor, un añejo, —pedí. Sofía llenó mi trago hasta el tope sin quitarme la mirada. —¿Te habían dicho antes que eres como un ángel oscuro? Te puedo imaginar tus alas de plumas tan negras como el color de tu pelo —.

—¿Ya se te subió tan rápido? Apenas llevas un trago, —dijo con tono bromista, pero en

sus ojos vi un poco de inquietud.

—No. Solo tuve un mal día. Quiero distraerme y por eso digo boberas

El segundo trago lo tomé lento, saboreando cada sorbo. Nunca desperdicio un buen tequila tomándolo rápido. Sonreí sintiendo cómo aquel suave líquido ámbar bajaba lentamente por mi garganta enviando agradables sensaciones cálidas por todo mi cuerpo.

—¿Habías escuchado que... — reconocí su voz y volteé a verlo—. las mujeres que toman tequila sin hacer gestos vienen desde el mismito infierno?

¿Cuánto tiempo llevaba aquí? ¿Y por qué se aparecía por todos lados? Me reí de lo que dijo.

—Cualquiera que diga eso no ha tenido el placer de disfrutar de un buen tequila.

—¿Estás aquí sola?

—No, estoy con una amiga.

—La barman no cuenta.

Sofía llegó al rescate. —Normalmente estaría de acuerdo contigo, pero esta es una de las raras excepciones a esa regla. Caro realmente es mi amiga.

No pude evitar reírme de lo sobreprotectora que era Sofía. Me llenó de calidez tanto como el tequila.

—Tranquila corazón, tenemos que tratar bien a este hombre. ¿Acaso no sabes que este es el mero jefe?

Alcé mi trago y choqué mi vaso con el de el, —¡Salud!

Sofía le extendió su mano para saludarlo. —En ese caso, bienvenido a La Oficina. Yo me llamo Sofía. Él tomó su mano y la saludó. —Yo soy Héctor, mucho gusto.

Me reí y hasta casi escupí mi trago, —¿de cuándo acá Héctor? — pregunte.

—Así me llamo

—Lo siento, pensé que siempre se presentaba como el Dr. Medina.

—¿Dr. Medina? —preguntó Sofía. —¿Qué no ese es el que tú...— Sofía se detuvo al ver la mirada que le eché. —tengo que ir a contar el inventario. Caro, si necesitas algo, ya sabes dónde está todo,

El Dr. Medina se me quedó viendo, —No estamos en el hospital. ¿Por qué me presentaría con mi título profesional?

—No sé, solo lo supuse.

—Carolina, ¿no te has detenido a pensar que tal vez supones demasiadas cosas de mí?— Tomó su trago, se levantó y se fue a otra mesa dejándome sin palabras. Esa fue la primera vez que me llamaba por mi primer nombre y no sabía cómo reaccionar. Quería mantener todas nuestras interacciones a nivel profesional. Quería que fuera mi mentor y que trabajara conmigo en mis estudios clínicos. Pero cada vez que estábamos juntos, el universo se aferraba a que yo dijera o hiciera alguna tontería.

Pasé al otro lado de la barra y me serví dos tragos del tequila más caro que pude encontrar. Sofía regresó para platicar y pronto me olvidé que el Dr. Medina seguía ahí.

Ya una hora después recibí un mensaje de Sara.

Sara: Por favor, no te enojes. No voy a poder ir. Te amo mil. Besos.

—Déjame adivinar, —dijo Sofía quien iba cargando una caja de cervezas, —no va a venir.

—No, y ya me imagino por qué.

—Ni lo menciones. Ya está grandecita, ella puede tomar sus decisiones.

—Lo sé, ¡Pero él es un patán! ¿Por qué no se da cuenta que ella se merece alguien mucho mejor que él?

—Dale tiempo. Ella tiene que darse cuenta por sí misma. Entre más le digamos que lo deje, más se va a aferrar a él. Cuando por fin salga de esta, va a necesitar a sus amigas. No podemos alejarla de nosotras, por más que nos joda verla así.

—¿Segura que no eres psicóloga?

Sofía se rio, —todos los bármanes tienen algo de psicólogos. Viene con el territorio.

—Bueno, más vale que me vaya ahora, tengo que levantarme temprano mañana.

Me estiré para alcanzarla al otro lado de la barra y me despedí de ella dándole un beso en los labios en vez de la mejilla. No lo pude resistir. Me sonrió y dijo —ve con cuidado.

—Sí.

Estaba agarrando mi bolso cuando me di cuenta de que el Dr. Medina aún seguía aquí. Se le había caído su trago en su camisa y se estaba limpiando. ¿En serio reaccionó así por un simple piquito entre dos mujeres? Damas y caballeros, este es el hombre que estaba siguiendo a ciegas en mi carrera profesional... qué horror. Sin más ni menos, me fui del bar.

Busqué en mi celular la aplicación para pedir un taxi. Había pasado mi límite de tres tragos y a pesar de que no estaba borracha, prefería no tomar riesgos. Sofía me conocía bien y sabía que eso era lo que haría, así que no se preocupó. Sin embargo, Héctor, quiero decir, el Dr. Medina, no sabía esto de mí y pronto me alcanzó afuera. Me tomó del brazo y me detuvo.

—Yo te llevo a tu casa.

—No, no lo va a hacer.

—Sí, yo te llevo. Tomaste de más.

—Lo sé, es por eso que no voy a manejar, —le dije mostrándole mi celular y la aplicación ya lista para pedir mi taxi. Suspiró y se relajó.

—Qué bueno que no ibas a manejar. Aun así, me gustaría llevarte a tu casa.

—No es necesario.

—¿Prefieres pagar por un taxi a que te lleve de gratis?

Tenía un buen argumento. Accedí a que me llevara y lo seguí a su carro. Me sorprendió ver que no manejaba un carro de lujo como los otros doctores con sus estatus. Más bien, era un sedán Honda. Sencillo y económico.

Pasamos la primera mitad en camino a mi apartamento en silencio. A pesar de ello, me sentí cómoda en nuestro silencio. Ya después dijo. —Me gustó ese bar.

—¿El bar o Sofía?

—¿Por qué dices eso?

—Todo hombre que la conoce, se enamora de ella inmediatamente. No lo culparía si así fuera. Es casi inevitable. Si hasta yo que soy hetero estoy casi enamorada de ella.

Me echó un vistazo rápido. —No, no Sofía. Ella es agradable, pero me gustó mucho el bar. El nombre es algo interesante, ¿no?

—La Oficina. Sí. Era genial cuando acaba de abrir, uno podía decir «Hey, te veo en la oficina» y los demás no sabían que nos referíamos al bar. Pero ya los demás se enteraron del lugar y ahora como dicen, les salió el tiro por la culata.

—¿En qué forma?

—Pues ahora si le dices a alguien que hay junta en la oficina, otros pueden suponer que…

—Ah, ya veo. ¿Así que lo mejor sería ser específico y decir *'nos vemos en el trabajo'*?

—Exacto.

—Esta ciudad es algo peculiar.

—¿Es su primera vez en Kansas City?

Asintió. Me encamino a mi edificio a pesar de que le dije que no era necesario.

—Gracias, realmente no tenía que hacer esto.

—Buenas noches, Carolina.

NO AGUANTÉ MÁS la tentación y me puse a buscar todo lo que podía de él en el internet. Aun cuando estaba más chica, siempre me había enfocado en su carrera profesional y no en su vida personal. Para mí se trataba lo enigmático de su mente, no el hombre en sí. Hasta ese entonces solo lo veía como el cerebro que estaba haciendo avances en medicina para mejorar los tratamientos contra el cáncer. Estaba segura de que él si la hubiese podido salvar si hubiese sido su doctor.

Pero ahora que lo había conocido en persona, era el hombre y no solo palabras que escribía a millas de distancia de él. Aparte, era mi jefe y todo lo que pudiera encontrar sería simplemente para cuestiones de trabajo ¿o no? …miéntete, Carolina, busca todas las escusas para hacer lo que estás haciendo.

Me fui a mi cama con mi tableta. Sorprendentemente, encontré mucha información acerca de él. Más que nada era por su esposa. Andrea Medina. Según lo que encontré ella era la hija de un filántropo bien conocido. Fueron juntos a muchos eventos de caridad en Maryland —en donde antes vivían —y también en Nueva York y Washington.

Encontré una foto de él en un evento de caridad para contra el cáncer de niños. Ella posaba con él, su cuerpo entero apuntando hacia él, portando una sonrisa que daba luz a sus ojos. Él tenía su brazo alrededor de su cintura, con su cabeza inclinada como si ella le estuviera diciendo un secreto. Era hermosa. Lo tenía que admitir. Era alta, delgada, con piernas largas, rubia, ojos verdes y facciones delicadas.

Pues si ese era su tipo, yo no tenía razón de sentirme rara con él. Aunque no quería admitirlo, tal vez, quizás, puede ser que él me medio gustara un poquito. El saber que yo nunca le llamaría la atención me hizo sentir mejor ya que teníamos que trabajar juntos y vernos todos los días.

Y luego la vi. La foto que me dejó boquiabierta. Estaban los dos juntos, caminando agarrados de las manos en Nueva York. Él la tomaba de una mano, mientras ella acariciaba con su otra mano su gran panza de embarazada. Los dos se veían tan felices, no pude evitar sonreír. Ojalá algún día llegue a tener ese tipo de felicidad.

Él tenía que ser buen marido si ella se veía así de feliz. Busqué la fecha de la foto. Ese bebé tendría que tener ahora unos ocho años de edad. No soy del tipo de estar buscando detalles familiares de la gente famosa, aunque él no fuera tan famoso. Pero quería ver más fotos de la feliz familia. Quería ver esa felicidad pura.

Escribí en la barra de búsqueda "Andrea Medina y Dr. Héctor Medina hija". Sonreí pensando en una niña morena con ojos verdes, pero no salió nada. Intenté con "Andrea Medina y Dr. Héctor Medina hijo.

Ahí estaba. Un artículo de hace dos años. Sentí cómo una gran tristeza se apoderó de mi cuerpo. Olvidé cómo respirar por un momento. El artículo estaba titulado *Nieto de prominente Filántropo de Maryland Muere en Accidente*. Tenía fecha de hace dos años.

Cubrí mi boca con mi mano, no podía con esta sensación que azotaba mi cuerpo. No pude darle clic al artículo. Cuando empecé a buscar cosas de su familia, no pensé encontrar una tragedia así. No podía entrometerme en su vida privada más de lo que ya lo había hecho. No podía utilizar su pérdida como mi entretenimiento. Apagué mi tableta y traté de dormir.

AVE MARÍA

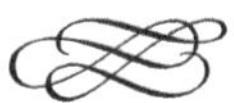

Apenas había terminado de bañarme cuando escuché que alguien tocaba la puerta. Molesta de que alguien interrumpiera mi rutina matutina, me acerqué a la puerta, mi pelo mojado escurriendo agua por mis hombros y espalda. Miré por la mirilla, no podía ver su cara, pero reconocí con facilidad esos pectorales que se marcaban debajo de su camisa abotonada. ¿Qué diablos estaba haciendo el Dr. Medina aquí?

Abrí la puerta olvidando que aún tenía el cepillo de dientes en mi boca.

—¿Qué hace aquí? —traté de preguntar. En realidad, sonó como —*¿quu see ki?*

Dejé que pasara a la sala para que yo pudiera terminar de lavarme los dientes.

—¿Cómo entró a mi edificio? ¿Y cómo supo cuál es el número de mi apartamento?

—Me lo dijo un pajarito, —dijo sonriente.

Alcé mi ceja y me fui a la cocina a prepararme un licuado verde. Tenía que balancear las deliciosas pero grasosas comidas de mi papá de una u otra forma.

—Me sorprende, — dijo sentándose en uno de los bancos de la barra de la cocina.

—¿Qué le sorprende?

—Lo bien que te vez.

Le di una mirada de insultada. Él solo se rio.

—No me lo tomes a mal. Solo pensé que estarías cruda.

—¿Después de solo cuatro tragos? No sé qué tanto tome usted, pero se necesita más que eso para hacerme daño. Aparte, también tengo mis trucos, —Sonreí con una mirada pícara.

—¿Ah sí?

—Sí. Tomo el tequila solo, casi no cambio del tipo de bebida a menos que sea una cerveza y tomo mucha agua. Lo más que llego a sufrir en las mañanas es un ligero dolor de cabeza.

—Ah, ahora entiendo.

¡Carajo! Eso sonó mal. —No es que tome a cada rato, simplemente conozco bien mis límites y que tanto aguanta mi cuerpo.

—Relájate, Ramírez. No te estaba acusando de nada.

Mejor cambie el tema. —Y ¿en qué le puedo ayudar? —Llené mi licuadora de espinaca, piña, zanahorias y raíz de jengibre.

—¿Qué?

—¿A qué vino mi *jefe* a mi casa a las ocho de la mañana?

Alzó su ceja por el tono que usé para llamarle jefe. Se quito sus lentes y los limpio. Esperó que terminara de utilizar la licuadora antes de responder.

—Tu carro está en el hospital.

—Planeaba utilizar la aplicación en mi teléfono para pedir un taxi. Tal vez aún no se dé cuenta de esto, pero soy una mujer muy independiente. He sabido cómo resolver mis problemas sola toda mi vida adulta.

—No lo dudo. Para ser sincero, también quería saber más acerca de aquel *Ave María* y qué conlleva.

Mis ojos se empezaron a llenar de lágrimas. Olvidé que él había escuchado esa plática entre Sara y yo. Sentí un golpe en el corazón al pensar en lo que tendríamos que hacer, pero el punto del Ave María era irradiar felicidad.

—Entonces usted me va a acompañar a ir de compras.

—Está bien, pero primero termínate eso aquí. Ni de chiste voy a dejar que subas esa cosa verde a mi carro.

—¿Gusta?

—No tomaría eso, aunque a cambio me dieran tacos al pastor de por vida. —replicó.

Nos fuimos en su carro. Respeté sus deseos de terminarme mi licuado antes de irnos.

Él aun siendo nuevo en la ciudad, no sabía a donde nos dirigíamos. Siguió mis direcciones hasta llegar a nuestro destino. —¿El centro comercial? —gruñó.

—Sí, —respondí y lo llevé a las tiendas departamentales.

—¿Qué vamos a comprar?

—Algo de esto y lo otro. Sígame.

Escogí una hermosa bufanda de seda de un azul como los mares más cristalinos, acompañada de una bonita caja de regalo. El doctor no dijo mucho mientras miraba como buscaba entre los estantes. Nos acercamos a los productos de belleza y me dirigí a la sección de maquillaje. Encontré un esmalte rosa coral y un rubor que lo complementaba. Gasté doscientos dólares en esos tres objetos, pero lo valían.

—Cuando lleguemos al hospital, no va a poder estar con nosotras. Vamos a necesitar nuestra privacidad. Pero, vaya en media hora a la estación de enfermeras que está a lado del cuarto de Valentina. Ahí podrá ver el Ave María. —Él asintió. Llegamos al hospital y cada quien se fue por su lado.

SARA FUE A ENCONTRARME A LOS VESTIDORES. Me cambié a mi uniforme del hospital y la seguí al cuarto de Valentina.

Sara entró primero al cuarto, empujando un carrito de

enfermería. La parte de arriba del carrito iba cubierta con una toalla. Valentina sonrió débilmente al vernos.

—¡Buenos días! —dije con una sonrisa traviesa.

—¿Y ahora qué traman? —preguntó, sospechando algo.

No respondimos. Pusimos todo lo que trajimos en la repisa y colgamos una bocina en la pared. Saqué mi teléfono y puse la canción *Girls Like You* de Maroon 5/Cardi B, porque si había alguien que podía hacer sentir a cualquier mujer más empoderada, era Cardi B. Valentina necesitaba ese tipo de empoderamiento.

Volteé a ver a Sara, ella ya estaba bailando y saltando por todo el cuarto. No podíamos poner el volumen tan alto ya que, al final de día, aun estábamos en un hospital. Pero si dejamos que la música se escapara un poquitito del cuarto.

Me acerqué a Sara y bailé saltando con mis dos pies izquierdos. Realmente es un estereotipo que todas las mexicoamericanas saben bailar. Pero no me importaba hacer el ridículo con mis movimientos torpes, mientras hiciéramos reír a Valentina.

Valentina reía a carcajadas tan fuertes, que ahogaban el ruido de la música. Ella tenía demasiados cables alrededor de su cuerpo y aun recibía medicina vía IV, así que no podía bailar con nosotras, aparte de estar débil. Pero subimos el respaldo de su cama para que pudiera ver bien. Movía su cabeza y hombros al ritmo de la música mientras Sara y yo seguíamos haciendo el ridículo.

Ella no podía evitar sonreír cada vez que otros enfermeros entraban tantito al cuarto para cantar parte del coro antes de seguir sus caminos. Me di cuenta cómo se sonrojó cuando uno de los estudiantes médicos cantó una línea viéndola fijamente a los ojos.

Él no era *su* doctor, así que decido hacerme la de la vista gorda y no reportar nada. No le iba a quitar ese trocito de felicidad. Otros doctores sí les hubieran dicho algo si llegara a pasar a más de miradas coquetas.

La siguiente canción en mi lista era *I Like It* de Cardi B. Sara y yo dejamos de bailar y revelamos lo que traía el carrito. Valentina hizo una mueca al ver la rapadora. Después de un momento, asintió. Estaba lista.

Tomé el esmalte de uñas que le compré y me senté en su cama. Puse sus pies en mi regazo y empecé a pintar sus uñas de los pies. Sonrió al ver lo bonito que el rosa coral resaltaba en sus pies. Sus ojos se llenaron de lágrimas cuando Sara empezó a deslizar la rapadora por su cabeza.

Cuando Sara terminó de raparla, le pasé el esmalte para que ella le diera una manicure. Bajé un poco el volumen de la música y tomé la bufanda. Até la hermosa bufanda alrededor de su cabeza con un moño en la parte de atrás. Le puse un poco del rubor en sus mejillas. A pesar de todo el peso que había perdido, aún lucía hermosa. Por lo menos en mi opinión. Subió su mirada para encontrar mis ojos, sonrió, y apretó mi mano para decir *gracias*. Reciproqué el gesto con una leve sonrisa.

La siguiente parte del Ave María era simplemente de hablar acerca de nuestros *crushes*.

Sara empezó con el tema. —¿Vieron la última película de *Thor*? — preguntó aún pintándole las uñas a Valentina. —Ese Hemsworth *mmm* ¡papacito! —. Hablaba como si estuviera disfrutando de una jugosa hamburguesa. Valentina y yo solo reíamos.

—No sé, como que a mí me gustan más los que son algo *nerd,* —dijo Valentina. En eso recordé al estudiante de medicina que causó que Valentina se sonrojara. Si, el Dr. Dennis era algo flacucho, usaba lentes grandes y era pelirrojo. Decidí no delatarla.

—¿Ah sí? —preguntó Sara.

—¡Claro! Me fascinan los hombres de gran intelecto. —respondió Valentina.

—¿Solo de gran *intelecto*? —preguntó Sara. Todas nos soltamos a reír.

—¿Y tienes novio? — le preguntó Valentina a Sara.

—Sí, —respondió sin alzar la mirada.

—¿Qué fue eso? —preguntó Valentina, ahora viéndome a mí.

—¿Qué fue qué?

—Eso, —señaló a mi frente con su mano libre. —tus cejas son muy expresivas. Ahorita básicamente dieron un salto de lo enojadas que se pusieron cuando le pregunté a Sara de su novio.

Sara por fin alzó su mirada y sonrió. Ella respondió a Valentina para que yo no tuviera que revelar mi opinión. —Es que a ella no le cae bien Brian.

—¿Así se llama? ¿Brian?

—Si, ese es mi novio. Y la Dra. Ramírez no lo traga.

—¿Qué tiene de malo?

—Pueesss, —siguió Sara evitando que yo respondiera —la doctora es demasiado buena amiga para quejarse, así que no dice por qué no le agrada.

Sara volvió a enfocarse en la manicure y yo aproveché para articular: *¡Es un patán!* Valentina asintió con una sonrisa comprensiva.

—¿Y qué tal tú, Dra. Ramírez?

Me quedé helada. Sabía que el Dr. Medina podía estar escuchando.

—Estoy muy ocupada con mi carrera por ahora. Prefiero concentrarme en ti.

—¿Ah sí? —dijo Sara terminando de pintar las uñas —¿y qué dices de *Rrramiro*? — preguntó exagerando la "r" de forma seductiva.

Valentina se animó al escuchar esto. —¿Quién es Rrramiro? —preguntó copiando a Sara.

—¡Sálvame, Diosito! —exclamé mirando al techo. —Ramiro es mi más viejo amigo. Él y yo crecimos juntos y ahora hasta trabaja de mecánico en el taller de mi papá. Pero yo no lo veo de esa forma.

—Pero él *sí* te ve de esa forma, —dijo Sara.

Las dos se me quedaron viendo, esperando no sé qué.

—Hay, ya déjenme en paz con eso. Ya suficiente tengo con mi papá.

—Jeje, sí, él ya hasta está planeando la boda, —dijo Sara.

Viré los ojos.

Ni Sara ni yo le preguntamos a Valentina si tenía pareja. Ella nunca quería hablar de su vida privada, pero las dos nos podíamos sentir que era un tema delicado para ella. Nadie la había venido a ver desde que llegó a mi consultorio, lo cual me daba la impresión de que ella estaba totalmente sola.

—Bueno, —dijo Sara, —tengo que regresar a trabajar. Avísenme si necesitan algo.

—Muchas gracias por esto. —Las dos asentimos y salimos del cuarto.

Era de las cosas más femeninas que podíamos hacer, a pesar de que ni Sara ni yo éramos tan femeninas. Ni Valentina. Pero era una forma de acercarnos y de curar un poco su estado de ánimo y emocional. Hasta yo me sentía mejor que ayer.

Pensé que me toparía al Dr. Medina en la estación de enfermeras, pero no estaba ahí. Respiré con alivio, qué bueno que no nos vio bailando como locas. Hasta podía quedar en duda si era buena doctora.

CARNE ASADA

No estaba segura si irme cuando terminó mi turno ese viernes. Valentina había estado vomitando toda la mañana y ahora estaba cansada, respirando forzadamente y débil. No podíamos forzar nada en su cuerpo ya que todo volvía a salir. Me senté a su lado, viéndola, sintiéndome impotente. Habíamos estado luchando contra su cáncer por semanas y ya sabíamos que las cosas empeorarían antes de que mejoraran. Aun como doctora, había una pequeña voz en mi mente que decía que tal vez esta no era una batalla que podríamos ganar.

—Valentina, tenemos que explorar... —ella alzó su mano para callarme.

—No, —dijo con una voz que sonó más bien como un suspiro. Mi alma se quebrantó un poco más.

—En serio, está bien, no tienes que quedarte en el estudio clínico. Podemos explorar otras opciones, buscar otro tratamiento menos agresivo.

Valentina me tomó de la muñeca. Al sentir su mano temblorosa, me di cuenta de que estaba tratando de apretarme fuertemente, pero estaba tan débil que apenas la podía sentir.

—Está bien. Sé que eres fuerte. Muy fuerte. Voy a confiar en ti y que en que conoces bien tus límites.

—Desde el principio te dije, quiero vivir. Llévame hasta al infierno si es necesario. No me importa qué tan agresivo sea el tratamiento, yo lo voy a sobrellevar porque quiero vivir.

—No lo dudo.

—Ya he peleado contra oponentes más grandes, más fuertes y con más experiencia. Hasta me han dejado casi inconsciente. Pero siempre encuentro la forma de regresar en pie y seguir luchando. Créeme, está aquí dentro de mí, —dijo trazando su cuerpo con su brazo. —Esto no es nada comparado a otras peleas que he ganado. Soy una atleta profesional, una luchadora. ¿Acaso esto es todo lo que tienes para mí, doc?

Sonreí al ver su autoestima. Esto es lo que se necesita. A veces se necesita mejores doctores, pero ella ya tenía al mejor. No me refería a mí. Ella ahora tenía al Dr. Medina. En ese momento supe que Valentina Almonte iba a salir de esta. Ella tenía lo necesario para salir triunfante, al igual que su equipo de doctores.

Antes de irme, actualicé su historial médico y fui a encontrarme con Sara en la sala de doctores. Esta semana había sido brutal. El cuidado de Valentina era solo la punta del iceberg. También tenía otros pacientes que requerían mucho más cuidados y un nuevo equipo de estudiantes médicos que aún no sabían la diferencia entre el esófago y el recto. Estaba exhausta. Lo único que quería hacer en mi día de descanso era dormir todo el día. Tenía el ceño fruncido cuando escuché a Sara hablar.

—Ni se te ocurra.

—No dije nada.

—No nos puedes dejar plantados mañana, ¡le romperías el corazón a tu papá!

—¡Aaaaay! Está bien, ¿a qué hora tengo que estar ahí? —refunfuñé.

A veces no entendía cómo podía ser amiga de una mujer tan mandona y entrometida. No me iba a poder escapar de esta.

—¿Y a mí no me piensan invitar? —las dos nos espantamos al escuchar esa voz inesperada. —¿Entonces qué, me invitan? —volvió a preguntar el Dr. Medina, levantándose del sillón donde había estado acostado todo ese tiempo. —Digo, ya es la segunda vez que hablan de esa fiesta enfrente de mí. Sería de malos modales no extender una invitación, ¿no creen?

—Umm...— Sara se quedó sin habla, algo extraño para ella.

—No creo que sea su tipo de ambiente, doctor, —repliqué.

—No veo por qué no, —dijo él.

—Es algo íntimo, chico. Mi papá es el que lo organizó y mi lista de invitados no incluye a muchos...

—Doctores, —interrumpió Sara salvándome dc la pena de decir *es gente modesta de barrio, no su tipo de gente.*

—A decir verdad, no me llevo con muchos doctores, —Siguió el Dr. Medina. —Además, no conozco a mucha gente en esta ciudad. Sería agradable platicar con alguien más aparte de mi gato.

No pude evitar que se me escapara una carcajada burlona. —¿Tiene un gato?

—¿Tiene eso algo de gracioso?

¿Quién era yo para juzgarlo? —No doctor, no lo es. Lo vemos las seis. —Le pasé la dirección y él pidió mi número telefónico.

—En caso de que necesite ayuda con la dirección. —dijo como excusa.

Después de que se fue, Sara se me quedó viendo con una gran sonrisa.

—¿Y tú qué?

—Te pidió tu número, —dijo alzando las cejas.

Sacudí mi cabeza.

—¡Tus hijos tendrían unas cejas que serían la envidia de todos! —exclamó.

—Cállate

—No creo que a Ramiro le agrade que traigas a un novio.

—Él no es... —pero Sara se fue antes de que pudiera terminar de hablar, llevándose mi refresco.

CLARO QUE NO LLEGUÉ A LA casa de mi papá a las seis. Sabía que él iba a estar trabajando, arreglando todo desde la mañana. Me sorprendí al ver que Ramiro ya estaba ahí ayudándolo, a pesar de que apenas eran las diez de la mañana.

Me estacioné enfrente de la casa en la entrada de coches y al ver la camioneta negra de Ramiro, dejé salir un suspiro en derrota. Adoraba a Ramiro, pero nunca lo amaría de esa forma. A él lo quería más bien como si fuese un hermano, pero él no me veía como hermana. Aun no.

Mi mamá y mi papá me dijeron que después de que nací, habían bromeado con los padres de Ramiro que terminaríamos casados. Cuando éramos chicos, hasta Ramiro detestaba la idea. Pero crecimos, y su forma de pensar en mi cambio, mientras la mía seguía igual.

Cuando íbamos al colegio, me dijo que esperaría por mí por siempre, si era necesario. Que yo era su alma gemela, pero yo sabía que no lo era. Le dije que no me esperara. Él llegó a salir con otras chicas, pero siempre que empezaba a salir con alguien me decía que era solo mientras seguía esperando por mí.

Ramiro seguía esperando, aunque yo le dijera que no había nada que esperar. Primero esperó a que terminara la universidad, después esperó a que terminara el colegio médico. Ahora decía estar esperando a que terminara mi residencia. Yo le aseguré mil veces de que eso no cambiaría las cosas. Mi carrera no era la razón por la cual no estaba con él.

Sé que en parte también yo tenía algo de culpa. También yo llegué a salir con otros chicos, pero nunca tuve una relación seria. Nunca llegaba a pasar de unas cuantas citas. Siempre era el mismo problema, o no entendían lo difícil que era salir con una doctora o era otro doctor con un horario igual de conflictivo. Todos mis noviazgos estaban destinados a fracasar desde el inicio. Y a pesar de que había tenido varios noviazgos, nunca tuve el valor de decirle a Ramiro que ya no era virgen. Siempre supuse que se lo diría cuando estuviera en una relación seria. Siempre estuve segura de que encontraría mi media naranja, pero ahora no lo estoy tanto.

En la secundaria, traté de hacer una realidad nuestro futuro disque predestinado. Besé a Ramiro, quien quedó sorprendido. Creo que ese beso es lo que le sigue dando esperanzas, a pesar de que le expliqué mil veces después de que simplemente estaba en una posición muy vulnerable en ese tiempo. Mi mamá acababa de fallecer y solo pensaba en el hecho que ella quería que me casara con Ramiro cuando fuéramos grandes. Ahora entiendo que ella estaría contenta con cualquier persona que me hiciera feliz, no necesariamente Ramiro. Yo ya había dejado ese sueño en el pasado, pero mi papá seguía aferrado a él.

Encontré a mi papá en la cocina, como de costumbre, echándole especias y cerveza a la carne que pronto pondríamos a asar.

—Buenos días 'apá, —lo saludé, dándole un beso en la mejilla.

—Pero, ¿Qué haces aquí, mi'ja? Si le dije a la güera que no tenían que llegar hasta las seis. Esa chamaca nunca me hace caso.

—Jeje, simplemente quería venir a ayudarlo.

Resignado, dejó caer sus hombros. —Está bien, ve y ayuda a Ramiro allá a fuera. — Tomo toda mi fuerza de voluntad para no virar mis ojos. Me gustaba pasar tiempo con Ramiro, pero me gustaba aún más evitarlo. Necesitaba que ya los dos entendieran que no iba a pasar nada entre Ramiro y yo.

Creo que a lo que realmente se aferraba mi papá era a sus costumbres. Todos los padres inmigrantes vienen con sueños de que sus hijos crezcan a ser abogados o doctores, y yo lo hice. Se le cumplió su deseo. Ahora tenía que lidiar con el hecho de que nunca sería el tipo de mujer tradicional que se queda en casa, cocinando y cuidando a hijos como él me había imaginado. No podía tener a la hija doctora y a la recatada ama de casa.

Y ese es el futuro que me esperaría con Ramiro. Ramiro no estaba listo para tener a una esposa que trabaja turnos de hasta 16 horas continuas y que a veces no llega a casa por su trabajo. Él era el tipo de hombre que quería una mujer que le tenga su cena lista cuando él llegue a casa después de un largo día de trabajar en el taller. Esa mujer nunca sería yo. Quien termine siendo esa mujer, será afortunada, pero no seré yo.

Ramiro estaba encaramado sobre una silla, amarrando una serie de luces a las ramas de un árbol en el patio de atrás. Él traía audífonos y no me escuchó llegar. Traía puestos unos jeans obscuros con una playera desmangada de borde negro. Era alto y con pecho fuerte y ancho. Era un rompecorazones. Si solo lo pudiera amar como él a mí.

Por fin volteó y, al verme, sus ojos brillaron.

—¡Caro! —corrió a mí, me tomó por la cintura y me alzó con sus fuertes brazos. —¡Feliz cumpleaños, corazón!

—¡Ya bájame! —grité golpeando sus hombros gigantescos. Era obvio que frecuentaba el gimnasio.

—Pero aún no deberías de estar aquí, no estamos listos.

—Vine a ayudarle a mi papá. Ramiro, no es necesario que vengas a ayudar. Para eso estoy yo.

Su cara se oscureció con tristeza, pero replicó, —Si bien sabes que hoy es tu día. Hoy te toca ser tratada como toda una reina.

—¡Si ustedes dos me consienten todos los días! No solo en mi cumpleaños.

—Está bien. Si quieres, puedes atar los manteles a las mesas para que no se los lleve el viento. Te lo agradecería mucho.

Con los tres, todo estuvo listo a las cuatro de la tarde. Lo único que faltaba era encender la parrilla cuando llegaran los invitados. Ramiro se fue a arreglarse para la fiesta. Yo me fui a mi antiguo cuarto y bañarme.

No se me ocurrió traer ropa, así que me puse lo que pude encontrar en mi viejo closet. Lo bueno es que encontré mi vestido verde favorito. Era un vestido verde obscuro que solo utilizaba rara vez, pero me encantaba porque el escote cuadrado acentuaba mi clavícula sin revelar tanto pecho. Dios sabe que estoy bien dotada y no necesito ayuda acentuando esos detalles. Aparte, el color esmeralda se veía bien en mi piel canela. Y el corte era perfecto para ese día caluroso típico de los veranos de Kansas.

Por lo mismo de que estaba tan caluroso afuera, inmediatamente me percaté de que algo no estaba bien al ver que Sara traía un atuendo mejor adecuado para el otoño que verano. Ella portaba una blusa de manga larga y lentes grandes que no se quitó ni al estar adentro de la casa. No. No podía ser. Otra vez no. Juro que era capaz de matarlo, sin importar mi juramento hipocrático. Respiré hondo y la llevé a mi cuarto.

Dejé que se acomodara en mi cama, mientras yo tomaba asiento en una silla cerca de ella.

—Corazón...— Solo fue necesario esa palabra para que ella se soltara a llorar.

—No quiero arruinar tu fiesta, Caro. Pero tampoco no podía dejar de venir. Se lo había prometido a tu papá... —sus sollozos interrumpieron sus palabras.

—No, corazón, no estás arruinando nada. Ya sabes cómo detesto estas cosas de todas maneras. —le sonreí y ella soltó una risa débil. —Platícame, ¿Qué pasó?

Sara se enderezó y se quitó las gafas. Había hecho un buen trabajo con el maquillaje, pero a pesar de que pudo cubrir los colores azules y verdes del moretón, no pudo cubrir lo hinchado que estaba su ojo. Cerré mis manos en puños. Tuve que contener mi rabia mordiendo la parte de adentro de mi labio.

—Lo sé, no tienes que decir nada, —dijo Sara, —sé que es un patán bueno para nada. Te juro que lo voy a dejar hoy mismo.

Ya me lo había prometido antes. Esta vez, al igual que la última vez, su voz cargaba cero convicciones. Quería sacudirla, hacer que reaccionara. Pero igual que la última vez, me quedé ahí sentada. Las víctimas de abuso doméstico pierden tanto poder y la habilidad de tomar sus decisiones, que no podía forzarla a hacer algo que ella no quería. Tenía que ser paciente y dejar que ella realmente quisiera salir de esta situación, aunque me estuviera matando la espera.

—Sabes que cuando estés lista, aquí voy a estar para apoyarte. Aquí *vamos* a estar. Mi papá, Ramiro, Sofía y yo. Te queremos y aquí estaremos, ¿okey?

—Sí, lo sé.

—¿Por qué no te quedas aquí a dormir un rato? Le diré a mi papá que te sientes mal y que estás descansando aquí. Luego te traigo un plato de comida.

Sara me sonrió, —¿tú hiciste la salsa? —preguntó.

—¡Obvio!

—¿De molcajete? ¿Con la receta de tu mamá?

—Esa mera y con el ingrediente secreto.

—Sí, por favor, —dijo acomodándose debajo de las sábanas.

Era difícil estar de humor para una fiesta después de eso, pero teníamos que seguir. Era horrible decirlo, pero esto de que Brian la golpeara pasaba con tal frecuencia que Sofía y yo ya nos estábamos acostumbrando. Lo peor era que nosotras éramos las únicas a las que nunca podía engañar. Nos dábamos cuenta de todo.

Mi papá se veía feliz; los dos sabíamos que esta fiesta era más para él que para mí. Había invitado a todos los vecinos. Los padres de Ramiro no vinieron solo porque andaban de vacaciones en Florida. Todos los mecánicos del taller estaban presentes, incluyendo los mejores amigos de Ramiro. También estaba Sara, aunque la mantuve escondida en la seguridad de la torre de mi castillo, bueno, mi cuarto.

Ya que creíamos que todos habían llegado, mi papá apagó la música para decir un breve discurso. En español, claro.

—Quiero darles las gracias por estar aquí con nosotros, celebrando a mi'ja. Es un día muy especial. Hoy cumple veintiséis años, y no podía estar más orgulloso de ella. — Mientras él seguía hablando, me percaté de que el Dr. Medina había llegado. Traía una caja de regalos azul marino, con un moño anaranjado. Le sonreí y él me saludó después de dejar cuidadosamente el regalo sobre la mesa. Regresé mi atención a mi papá que aún seguía hablando.

—Mija, eres inteligente, fuerte y hermosa. No sé qué hice en mis vidas pasadas para merecer una hija como tú, pero qué bueno que así fue.

—Don Gustavo, ¿también puedo decir algo? — preguntó Ramiro. Sentí cómo el pánico invadió mi cuerpo. *No papi, por favor no dejes que diga nada.*

—Claro, mijo.

—Gracias, —comenzó Ramiro mientras yo me fundía en mi silla. —Me gustaría proponer un brindis para Caro. Todo el barrio te adora. Tratas a los pacientes en sus casas de a gratis cada vez que puedes y siempre estás ayudando a tu papá. Vienes de un buen trabajador y sé que tú también trabajas tanto como él. Ha sido un privilegio crecer contigo, y estoy ansioso de ver qué nos espera en nuestro siguiente capítulo. ¡Salud! —alzó su cerveza y escuché cómo varias botellas chocaban alegremente.

Ramiro se acercó a mí y me dio su mano. La tomé con una sonrisa y lo abracé. Él trató de darme un beso, pero solo encontró mi mejilla. Volteé a ver a donde estaba el Dr. Medina, pero la sombra de su frente no dejaba que viera bien sus ojos. No podía distinguir cuál era su expresión.

Tomé mi bebida y me dirigí a él.

—Hola Dr. Medina.

—Parece que estuvieras sorprendida de que sí vine.

—A decir verdad, sí lo estoy. Pero me da gusto de que haya venido. Estará en boca de todos.

—Lo dudo, si ya te tienen a ti.

—No lo digo por ser doctor, —me reí, —ellos son mi gente, gente de clase pobre, humilde y trabajadora. La mayoría son hijos de inmigrantes. No creo que estén acostumbrados a mexicanos de categoría como usted.

—¿De cuándo acá soy mexicano de categoría? —preguntó. Primero pensé que estaba bromeando, pero dejé de reírme cuando vi que seguía serio.

—Pues definitivamente se viste como tal. —dije apuntando al traje y corbata que traía puesto.

Se puso tenso cuando lo tomé del brazo. Lo llevé al otro lado del patio, donde estaba mi papá y mi tío asando la carne. No pasó desapercibido como con su mano libre se reacomodó su corbata.

—¡Papi! Quiero presentarle a alguien.

Mi papá le dijo algo a mi tío que no alcancé a escuchar, y le pasó su delantal y las pinzas para la carne. Se acercó sonriendo, pero endureció su expresión al ver a un hombre extraño agarrado de mi brazo.

—A'pá, le presento al Dr. Héctor Medina, mi nuevo jefe.

Mi papá le dio una buena barrida de arriba abajo. Después de una eternidad, le extendió su mano para saludarlo. Héctor me soltó para poder saludarlo.

—Es todo un honor, —dijo mi papá.

—El honor es mío. Muchas gracias por invitarme a su hogar. —me reí y cubrí mi boca pretendiendo haber tosido. *¿Invitarlo?* Él solito se invitó.

Mi papá quería hacerle más preguntas, pero sintió la mirada que le eché. Después de todo, este era mi jefe y tenía que haber respeto. No lo podía tratar como a cualquier Don

Juan, que realmente nunca había traído a nadie a conocerlo, pero, en fin.

—¿Le ofrezco algo de tomar? — Le pregunté al Dr. Medina, tratando de romper el hielo.

—Agua, por favor.

—Vamos a la cocina, allá está el hielo.

Me siguió a mi casa, y de repente me sentí nerviosa de que fuera a juzgar el lugar en donde crecí.

—Es una casa muy bonita, —dijo. No estaba segura si lo decía enserio o si se estaba burlando de mí.

—Fui muy feliz creciendo aquí.

Ya con su vaso de agua en mano, sugerí regresar afuera para agarrar un plato de comida. Él se negó. —¿Qué tal si primero me das un tour?

Casi me ahogo con mi propia cerveza.

—¿Quiere ver la casa?

—Si, me gustaría conocer el lugar que te dio una feliz niñez.

Doblé mi cabeza a un costado. No estaba segura si mejor buscar alguna excusa para no hacerlo. Seguro él creció en una casa enorme en México. Nada más de pensar en darle un tour de mi humilde hogar...pero no se me ocurrió qué excusa inventar, así que lo lleve.

La sala era chica y cálida, lo bueno que vine temprano y le di una limpiada. Mi papá nunca sacude los muebles.

Había una fila de portarretratos arriba de la chimenea. El Dr. Medina fue inmediatamente a inspeccionarlas. Agarró una donde yo estaba en la alberca cuando tenía seis años.

—¿Esta eras tú?

—Sí, cuando estaba chiquita. Soy hija única.

—Esto explica mucho.

—Excuse me? —Pregunte fingiendo sentirme insultada —es mi cumpleaños, no me va a estar viboreando.

—Lo siento, no quise decir nada malo Dra. Ramírez.

Así que de regreso a *Dra. Ramírez*. Pues, que así sea. —Perdonado, pero que no vuelva a suceder, —contesté aún fingiendo disgusto exagerado.

La siguiente foto fue la de mi quinceañera. Me mordí el labio y sentí como empecé a sudar de nervios. Pensé en arrebatarle aquella foto vergonzosa, pero ya era demasiado tarde. Ahí estaba parada al lado de mi papá envuelta en las capaz de tul rosa de la monstruosidad de mi vestido.

En cualquier otra situación, hubiera preferido morir antes que utilizar el típico vestido de quinceaños. Primero el infierno antes que meterme en esa monstruosidad color pepto-bismol. Pero no le pude negar el gusto a mi papá.

—Qué vestido tan... lindo, —dijo mi jefe tratando de no reírse, pero no se aguantó las ganas y se ganó un golpecito en el brazo de mi parte.

—Lo hice por mi papá.

—No, no, en serio... que lindo –trató de decir entre risas –pareces bello algodón de azúcar — hasta yo me tuve que reír con ese comentario.

—¿Y tu mamá?

Y así de fácil cortó mi risa. Él se dio cuenta de mi cambio de humor y se empezó a disculpar.

—No se preocupe. Ella ya tenía tiempo de no estar con nosotros cuando cumplí quince años. Desde ese entonces nada más éramos mi papá y yo.

—Lo siento Carolina, debió de ser muy difícil para ustedes.

Así que regresamos a *Carolina*. Le sonreí. —Lo fue, pero hubiese sido aún peor de no ser por el gran padre que tengo. En realidad, él es fenomenal.

—Seguro lo es. Tiene que serlo.

—¿Por qué lo dice?

—Solo una persona fenomenal pudo haber creado a una hija tan increíble como tú.

—Bueno, como ve esta casa es muy chica. De aquí se ve todo.

—¿Tiene segundo piso?

—Si, pero... —él ya estaba subiendo las escaleras antes de que pudiera terminar de hablar.

Se me había olvidado de que había dejado a Sara descansando en mi cuarto, pero cuando entramos, ella ya se había ido. Esta cabrita se salió a escondidas. Luego me iba a escuchar. En vez de a ella, me encontré en mi recámara de mi infancia con un hombre muy alto, muy guapo, que era mi jefe y que apenas y cabía en mi pequeño cuarto.

Me quedé helada al darme cuenta de que se quedó viendo la pared a lado de mi cama. En esa pared solo había tres cosas. Dudo que fuera fan de *Jane Eyre,* así que no estaba viendo ese poster. Se ganaría algunos puntos si fuera fan de *Industrial November,* así que pudiera ser que estaba viendo el poster de ellos. Pero, aunque ese fuera el caso, lo que en ese momento estaba viendo era lo que estaba entre esos dos posters... el resumen del primer artículo que publicó en el diario de medicina.

Forcé a mis piernas a caminar hasta llegar a su lado, su boca estaba entreabierta. Ni él ni yo encontrábamos qué decir. ¡Trágame tierra!

—No es lo que usted piensa.

Asintió, pero no dijo nada mientras veía el nombre escrito en esa página pegada con tanto cuidado en mi pared.

—Dr. Sé que parece inapropiado, pero le juro que no soy el tipo de acosar a nadie. — traté de aclarar mi garganta, —desde los diez años de edad, supe que quería investigar cómo derrotar el cáncer. En el colegio, escuché de su trabajo por primera vez. Nunca pensé que lo conocería en persona, ni mucho menos que terminaría siendo mi jefe.

Traté de darle tiempo para que dijera algo, pero su silencio parecía eterno y era agobiante. No pude detener mi diarrea verbal.

—Ya tengo tiempo de no estar en este cuarto. Si no ya lo hubiera quitado.

Apenas y podía escuchar mi propia voz.

—No te preocupes, —dijo al fin, —sería mejor regresar a la fiesta, ya deben de estar buscándote.

Ya estando afuera, Ramiro se percató del Dr. Medina. Ignoré su mirada y presenté al doctor al resto de los vecinos. Música merengue invadió el patio. Héctor me tomó de la mano y preguntó, —¿bailamos?

Me reí tan fuerte que él me miró confundido. —Lo siento, pero tengo dos pies izquierdos. Y esa canción, —dije entre risas mientras escuchábamos *Esa Muchacha* de Los Hermanos Rosario, —esa canción se trata de una muchacha que sabe bailar bien.

—Todos pueden bailar.

—Mija, —nos sorprendió la voz de mi vecina, Doña García, —¿me podrías hacer un favor?

—Claro que sí, dígame.

Le di una mirada a Héctor, feliz de que alguien más me llamaba a otro lado. Me encantó ver cómo se quitó su saco y corbata, se subió las mangas y se puso a jugar fútbol con los niños García. Fui a sentarme con Doña García, la abuela de los niños.

—Mija, tuve un accidente en la cocina. ¿Podrías darle una miradita, por favor? —Alzó su brazo, mostrándome una quemada en la parte de adentro del antebrazo.

—¡Ay mamá! —escuchamos decir a Francisca, su hija y la madre de los niños que estaban jugando con el Dr. Medina —ya le dije que ella no es ese tipo de doctora. Lo siento mucho, Caro, traté de llevarla a la clínica, pero no quiso.

—No hables de mí como si fuera una niña, —se quejó Doña García, viendo a su hija con una mirada que sacaba fuego. —¿Por qué voy a ir con un doctor que ni conozco, cuando sé que es algo sin mucha importancia y que Caro puede darle una miradita?

—Lo siento mucho, Carolina, —dijo Francisca, completamente frustrada.

—No te preocupes Francisca, estamos en confianza. Deja voy a lavarme las manos y ahorita regreso a darle una checadita.

La quemada resultó ser de unos dos o tres centímetros de largo y solo superficial.

—Lo bueno es que no va a tener que ir al doctor. —Le dije con una gran sonrisa.

—¿Y lo malo? — preguntó preocupada.

—No, no hay noticias malas. Mantenga la quemada limpia y cubierta hasta que sane. Si sigue color rosita, está bien. Ya cuando cicatrice va a estar bien. Si se torna de cualquier otro color o empiece a desprender algún olor raro, entonces sí tendremos que darle otra miradita.

Doña García le sacó la lengua a su hija, no pude evitar una risita. —¿Ya ves? Te dije que no sería nada serio.

—¡Ramiro! —Llamé a mi amigo, — ¿podrías agarrar mi botiquín? está en el baño de arriba. También una libreta y lapicero.

Él asintió y corrió hacia la casa. Yo lo seguí llevando a Doña García a la cocina para lavar su antebrazo. Ramiro nos alcanzó con mi botequín. Le puse una pomada antibacterial y vendé su brazo. Le escribí el nombre de la pomada para que pudiera seguir curando su quemada.

Ramiro y yo regresamos a Doña García a su silla. Aun no estaba tan débil, pero sabíamos que ya llevaba más de una cerveza. Después de que la sentamos, le pasé el papel a su hija.

—En serio, no fue nada. Para mí siempre es un gusto ayudar a tu mamá. Ella siempre está pendiente de que yo tenga algo que comer cuando mi papá está demasiado ocupado.

Eso fue verdad en el pasado, pero ya no tanto desde que empecé a vivir sola. Aun así, la apreciaba mucho, ya que siempre estuvo pendiente de nosotros desde que mi mamá falleció. Ella, como muchos de los demás invitados esa noche, más que una vecina era parte de mi familia.

Al poco rato Francisca me volvió a llamar la atención, pero esta vez porque estaba platique y platique con el Dr. Medina. No estaba celosa. Yo adoraba a Francisca tanto como a su mamá. Francisca era una madre soltera. Una muy guapa madre soltera. No, no estaba celosa. Para... nada.

Y por lo mismo de que no estaba celosa, fui a ver de qué estaban hablando.

—Fue un placer verte, —dijo el Dr. Medina, —pero ya me tengo que ir. Feliz cumpleaños. —Se despidió de Francisca y de mi papá antes de irse.

—Qué guapo está, —dijo Francisca con un brillo travieso en los ojos.

—Pues sí, supongo. Si ese es tu tipo, —dije desinteresada.

—¿Alto, moreno y guapo? Si, ese es mi tipo. ¿O doctor apuesto? Si, también ese es mi tipo. ¿O tipo sexy con acento latino? Si, también ese es mi tipo.

Me quedé callada. Mierda.

—¿En serio no te gusta?

—No. Es mi jefe, —respondí. ¿En serio se lo tenía que explicar a todos?

—¿Entonces no te molesta si le di mi número?

Volteé a verla matándola con la mirada. Ella solo se rio y se fue con su mamá quien estaba feliz echándose otra chela bien helada.

Mi papá se fue a acostar poco después de que el último invitado se marchó, prometiendo que limpiaría todo en la mañana. Yo me quedé guardando lo que quedó de comida.

Agarré mi última cerveza de la noche y me fui a acostar un rato en la hamaca, admirando las luces que Ramiro había colgado. El olor de las velas de citronela se había atenuado, pero aun lo podía percibir. Era agradable.

Había sido una linda velada, a pesar de que me opuse tanto al principio. Me encantaba ver así de feliz a mi papá, en su elemento, cocinando carne asada rodeado por sus amistades. Aun me dolía que Sara no pudo estar con nosotros, pero la visita del Dr. Medina mejoró todo.

Estaba perdida en mis pensamientos cuando escuché una silla siendo arrastrada hacia mí. Volteé a ver quién era y me topé con la linda cara de Ramiro.

Chocamos nuestras botellas de cerveza.

—Salud.

—Salud.

—¿Disfrutaste tu fiesta de cumpleaños?

—Sí, casi todo.

—¿Casi todo?

Suspiré, —hubo problemas con Sara. Creo que será mejor que te platique mañana...o bueno, luego en la mañana.

—Me di cuenta de que no estuvo aquí. Me sorprendió.

Alcé mis hombros y le di otro trago a mi cerveza. Puse mis brazos bajo mi cabeza y me quedé viendo el cielo. Estaba tratando de no darle importancia a lo que pasó con Sara, aún no sabía qué tanto ella iba a querer que supiera Ramiro.

—También me sorprendió que trajeras a alguien de tu trabajo, —dijo Ramiro, —es la primera vez que lo haces. Volteé a verlo. Los dos sabíamos a qué tema le estaba dando vueltas.

—Ya sabes cómo es Sara, no se guarda nada. Mencionó la fiesta en frente de él, y no tuve otra opción que invitarlo. En sí me sorprendió que sí viniera.

No parecía tan convencido.

—¿Te gusta él?

—No, —respondí en automático. Ya hasta parecía canción de tanto que lo decía.

—Vi cómo lo mirabas.

Suspiré con cansancio. —Lo miro de la forma que tú miras a David Beckham. Él ha sido mi héroe desde que me empecé a interesar en la medicina. Ahora es mi mentor y estoy fascinada. —Ni me di cuenta de que mi tono de voz había cambiado. —A decir verdad, ya estoy harta de que todos piensen que estoy enamorada de él. Estoy enamorada de su trabajo, pero eso es todo. Si él fuera mujer, no existirían ni uno de estos rumores.

—Okey, okey, ya no lo vuelvo a mencionar.

—Lo siento, no debí de enojarme contigo. Es solo que he estado lidiando mucho con ese problema recientemente.

—Me imagino.

Me senté en la hamaca para poder verlo frente a frente. El trató de tomar mi pie, pero lo quité.

—Ramiro...— él me interrumpió antes de que siguiera.

—Sabes, si él hubiese sido mujer y tú estuvieras enamorada de ella, tal vez me hubiera gustado ver, —dijo guiñando el ojo, tratando de alivianar el ambiente. Este era nuestro problema, nos conocíamos demasiado bien. Sabíamos a dónde iba la plática sin decir más. Esto ya tenía que parar.

Lo pateé de forma juguetona, riendo con él.

—Ramiro, tenemos que hablar.

—No, no me digas eso otra vez, corazón. Hoy no.

—Nunca es buen momento para este tipo de plática. Me conoces muy bien y sabes exactamente a qué voy.

Agachó la mirada y dejó su cerveza en el pasto. —¿Enserio vas a hacer esto en tu cumpleaños? ¿Realmente esto es lo que quieres?

—Ramiro, tienes que hacer tu vida. Siempre te he visto como un hermano mayor. ¿Qué tengo que hacer para convencerte?

—¿Acaso es por él?

—¡No! No es por nadie. Sé que duele escuchar esto, pero puede que termine sola. No soy del tipo que necesite una relación. No digo que nunca vaya a pasar, pero lo que sí sé, es que si llegara a pasar, no será contigo.

Quería mucho a Ramiro y era por ese cariño que me dolió hasta el alma al ver su expresión. Parecía como si lo hubiera apuñalado. Pero no estaba sorprendido. Él ya lo sabía desde hace tiempo, simplemente no lo quería aceptar. Pero ya no podíamos seguir así. Nunca dejaría que una enfermedad se prolongara, pero con Ramiro dejé que esto que era dañino creciera por demasiado tiempo.

—Lo que más quiero es que seas feliz, —le expliqué. —Necesitas dejar de solo estar con mujeres por "distracción" mientras "me esperas." Ya es hora de que encuentres a alguien que te valore y valore tu cariño. Necesitas alguien quien quiera cuidarte de la misma forma que tú la quieras cuidar. En serio me gustaría desear ser esa mujer. Haría las cosas más fáciles para los dos. Y sí, te quiero más de lo que te imaginas. Pero es un cariño de hermanos y me mata pensar que esto ocasione que te alejes de mí.

No dijo nada. Dejó que mis palabras invadieran su mente. Después de un momento se levantó y me ofreció su mano, como antes. Me paré, quedando casi pegada a él. Me miró fijamente, encontrando en mis ojos la misma verdad que decían mis palabras. Besó mi frente, tomó mi mano y la llevó a su mejilla.

Era demasiado macho para llorar, pero el dolor en sus ojos era incuestionable.

—Carolina, encontrarás a alguien. Eres grandiosa. Podrías tener a cualquiera a tus pies.

—Ramiro...

—Tal vez dentro de algunos años no me dolerá tanto, pero ahorita la idea de que vas a escoger a otro hombre me está matando. Y aunque lo niegues, estoy seguro de que hoy conocí a ese hombre.

—Ramiro, por favor, no hagas esto. Eres parte de mi familia.

Él solo sacudió su cabeza. —No te preocupes. Sí me voy a alejar. Solo por un tiempo. ¿Te puedo pedir un favor?

—Lo que quieras

—No me busques hasta que yo regrese. No voy a estar bien y mi ego no va a soportar que me veas en ese estado.

Los dos reímos risas débiles. Le di un golpe juguetón en el brazo.

—¿Me prometes que vas a regresar?

—Son parte de mi familia. No los puedo abandonar.

—Prométemelo

—Te lo prometo.

NO SUPONGA

Érase una vez, tenía a dos hombres apuestos, altos y fuertes en mi vida. Ahora no tenía a ni uno. Ya habían pasado tres meses desde aquella carne asada y aun ni las luces de Ramiro. El Dr. Medina casi no me hablaba.

Sabía que Ramiro se había ido a alcanzar a sus padres en Florida, según lo que me platicó mi papá. Pero ellos regresaron a casa y él se quedó allá. Él le pidió permiso a mi papá para extender sus vacaciones, y tomando en consideración el hecho que fue su hija quien causó que él se fuera (sus palabras, no las mías), mi papá no tuvo más opción que acceder.

Por otro lado, el Dr. Medina simplemente cambió conmigo. Ya no bromeaba conmigo, no me prestaba atención cuando hacíamos nuestras rondas, era casi como si no soportara verme. No tenía ni idea de qué carajos se cargaba. Pero ni de chiste iba a dejar que esto afectara mi trabajo. Ya me habían dicho antes, nunca conozcas en persona a tus héroes. Debí de haber hecho caso.

Concéntrate en tu trabajo, me dije a mí misma. Aunque hoy esto era más difícil de lo normal, ya que me tocó el trabajo que nadie quiere. Algo me dice que el Dr. Keach se las ingenió para que me asignaran capacitar a los estudiantes de primer año en cómo tener más tacto con sus pacientes.

—Hemos tenido cuatro quejas este mes debido a falta de tacto, —dije al salón lleno de estudiantes. Algunos por lo menos fingían tener pena, otros se reacomodaban en sus asientos.

—Así que, hoy vamos a practicar.

Quejidos y gemidos cayeron como gotas de lluvia en protesta, así que alcé la mano para callar a todos. —No quiero estar aquí ni más ni menos que ustedes, pero esto es la culpa de *ustedes*, así que o se aguantan o se van a quejar con el jefe.

Los dejé calladitos. Aunque había doctores más jóvenes que yo, me daba cuenta de que algunos tenían problemas con doctoras y con mujeres dándoles órdenes en general. Eran fáciles de ver, siempre sacaban su celular o empezaban a hablar con otra persona ignorando mis direcciones.

—Una de las quejas fue de una mujer quien dijo: «el doctor entró al cuarto, no saludó, estudió mi historial médico y nunca volteó a verme a los ojos. Forzó el termómetro en mi boca sin decir qué era lo que estaba haciendo o siquiera pedirme que abriera la boca. Fue muy irrespetuoso».

Escuché cómo unos doctores se rieron, los volteé a ver y de inmediato pararon.

La capacitación terminó después de una hora infernal.

—Dr. Dennis, ¿me podría acompañar? Tenemos una paciente que fue admitida ya tarde y no hemos tenido tiempo de ir a verla.

El pelirrojo asintió. Lo había escogido apropósito ya que recordaba como hacia sonreír a Valentina, cada vez que está él presente. Si ella tenía que seguir en un infierno, por lo menos tendría una cara amiga que le agrade cerca de ella.

Valentina ya no estaba internada. Había salido del hospital hace tiempo, pero a veces recaía y regresaba al hospital. Ahorita estaba de regreso para una cirugía. Ya le había dicho la última vez que vino que no la quería volver a ver aquí hasta que fuera tiempo de su siguiente ronda de quimioterapia. No me concedió mi deseo.

Cuando llegamos a su cuarto, Valentina estaba parada a lado de su cama viendo la pared. Estaba buscando algo en su mochila hablando consigo misma. Ya traía puesta la bata del hospital, así que se le alcanzaba a ver su ropa interior rosada. Aclaré mi garganta para que supiera que había alguien presente. Volteó rápidamente y sonrió al verme.

—¡Doctora Ramírez! —Su sonrisa se distorsionó al darse cuenta de que el Dr. Dennis estaba atrás de mí. Rápidamente cerró la parte de atrás de su bata. Su cara se sonrojó hasta parecer un tomate. Me dio gusto verla con algo de color en la cara.

—Hola Rory...quiero decir, Dr. Dennis.

—Hola Srta. Almonte, —respondió

—Por favor, llámeme Valentina.

—Claro, hola Valentina.

Dejé que pasara un momento entre ellos antes de interrumpir. —¿Qué no te había dicho que no quería que regresaras por un rato?

—Traté, mi doc, en serio que lo intenté.

Sonríe y continué. —¿Ya estás lista para mañana?

—Sí, me sé las instrucciones de memoria ya.

—Lo sé, pero aun así tengo que repasar el procedimiento contigo, incluyendo todos los riesgos.

Valentina viró los ojos, —sí, lo sé.

Justo en ese instante me llamaron para que fuera a la oficina del Dr. Medina. Perfecto, ¿y ahora qué? Se sentía como si me estuvieran llamando a la oficina del director de la escuela. Casi no habíamos hablado desde mi cumpleaños.

—Bueno señorita, como ya te aburriste de que yo te diga todo esto, te voy a dejar en manos del Dr. Dennis para que repase los documentos necesarios contigo. Dr. Dennis, ¿me podría hacer este favor? Me llamaron que me necesitan en otro lado.

—Sí, claro, —dijo tomando el portapapeles con todos los formularios.

~

RESPIRÉ HONDO ANTES de tocar su puerta. Últimamente era difícil saber en qué humor iba a estar el doctor. Todos los del departamento de oncología trataban de evitarlo por lo mismo. No estaba lista para entrar a la boca del lobo.

—Pase, —escuché la voz del Dr. Medina desde el otro lado de la puerta.

—¿Me llamó?

—Sí, siéntate, por favor, —Me sonrió, pero no era la misma sonrisa de antes. Le faltaba ese brillo en sus ojos y su boca se veía rígida.

—¿De qué se trata?

—¿No has leído tu email el día de hoy?

—No desde medio día. Tuve que capacitar a unos estudiantes—

—Sí, sí, —me interrumpió. —Ya llegaron los números. Ya nos entregaron los números preliminares del estudio clínico.

Mi corazón empezó a latir a mil por hora, —¿ya? —aun estábamos en las etapas tempranas como para denominar el estudio como un fracaso o un éxito, pero si las estadísticas demostraban mejoras … o, no podía especular nada. No sin antes ver los números. El Dr. Medina asintió.

—Sí, las cosas se ven muy prometedoras. Tengo algunas preguntas sobre los números, me gustaría repasar las estadísticas contigo.

—¿Ya leyó el informe?

—Pues... sí, —dijo, un poco confundido

—¿Por qué le enviaron los informes?

—Le pedí al departamento de estadísticas que me copiaran en el informe cuando llegaran los resultados.

Una furia intensa invadió mi ser. —¡Usted no tenía ningún derecho! Esa información es para mí.

—¿Qué no habíamos quedado de colaborar juntos?

El Dr. Medina se veía sinceramente confundido, sin entender de dónde venía mi enojo. Conté hasta diez, tratando de controlar mi enojo. Él se estaba entrometiendo en *mi* estudio. Él no estaba acostumbrado a que le dijeran que no. Pero alguien tenía que hacerlo.

Respiré profundo.

—Dr. Medina, de ahora en adelante me gustaría ser la primera en ver los resultados de *mi* estudio.

—Capacitaciones de tacto no son más importantes que estos resultados, —replicó.

—No, pero no puedo abandonar mis responsabilidades del hospital. Esta investigación es una gran parte de todo lo que hago aquí, pero aún tengo que enseñar.

—No veo cuál es el problema.

—El problema es que se está metiendo de más en mi estudio, Dr. Medina.

Se recostó en su silla y se rascó la barbilla. —No sé qué esperas de mí.

—Mire, de ahora en adelante quiero estar a cargo del estudio que *yo* planifiqué. Agradezco mucho sus consejos, pero no puedo dejar que usted trate de tomar el cargo de esto.

—Ya veo.

—No quiero faltarle al respeto, Dr. Medina

—Bueno, lo que pasó, pasó. Aun así, quiero que revisemos los resultados preliminares juntos.

Realmente no reconfirmo que esto no volvería a pasar, pero ya estaba en territorio delicado con mi jefe. Decidí dejar el tema por ahora. Lo retomaría después si era necesario.

—Está bien, tengo tiempo esta noche. —respondí.

—No, no puedo esta noche. Estoy en turno de guardia.

—Oh...— me recosté en mi silla y pensé en mi horario.

—¿Qué tal este viernes? Descansas los viernes, ¿no?

—Sí, pero ya tengo planes este viernes.

Se me quedó viendo incrédulo. Podía ver cómo su enojo empezaba a crecer.

—Cancela tus planes, —dijo entre dientes.

—Lo siento, no puedo cancelarlos. Si quiere, puedo hablar con su asistente para encontrar una hora que sea buena para los dos.

—No. Yo puedo este viernes. Y quiero terminar con esto lo antes posible.

¿Terminar con esto? Si él era el que se estaba entrometiendo. Yo nunca le pedí que me ayudara y ahora ¿Cómo se atreve a quejarse de la inconveniencia? Al mismo tiempo que estaba tratando de tomar el cargo de mí.

—No, —respiré profundo y continué, —no puedo cancelar mis planes del viernes.

Mi turno ya había acabado, así que me paré para irme, —hablaré con su asistente para encontrar algún tiempo que funcione para los dos.

—Dra. Ramírez, aún no hemos terminado

—Ya es suficiente por hoy, doctor.

Necesitaba poner distancia entre el hospital y yo. Lo necesitaba para mantenerme cuerda. Suficiente había tenido con la capacitación que tuve que presentar en la mañana, luego tener que lidiar con el Dr. Keach que me seguía por todos lados, y ahora esto. Salí caminando tan rápido como pude.

—¿Caro? —escuché a Sara. —¿Qué tienes?

—Me tengo que ir, —dije.

Tomé mi tableta. Escuché pasos que me seguían.

—Ahorita no, Sara. Platicamos luego.

—No soy Sara, —dijo él. Al voltear me encontré cara a cara con el Dr. Medina. No sabía que me había seguido.

—Aún no terminamos de hablar.

—Sí, ya terminamos y me tengo que ir.

—Necesito que canceles tus planes el viernes.

—Ya le dije que no puedo cancelarlos. No sé de qué más quiera hablar.

Sacudió su cabeza. Se quitó sus lentes para limpiarlos.

—Tus planes no pueden ser más importantes que esto.

—A decir verdad, eso es algo que no le incumbe.

—Puedes salir a tomar otro día

—¡¿Qué?! —me quedé atónita. ¿En serio escuché bien lo que dijo?

—Te he visto dos veces afuera del trabajo, y las dos veces estabas tomando.

—Dr. Medina, con todo respeto, está totalmente fuera de lugar. —¿Cómo podía pelear con mi jefe? No podía sin peligro de perder mi trabajo.

—No creo estar fuera de lugar, ya que creo que el tomar está afectando su trabajo.

—¿Qué? ¿Afectando mi trabajo? —él se mantuvo callado. ¡El descaro de este hombre!

—Dr. Medina, usted me ha visto tomando en dos ocasiones, pero ¿por qué no utiliza su cerebro por un instante? En esas dos ocasiones no me vio ni borracha, ni entonada. No tomo frecuentemente, pero usted estuvo ahí en una noche que era salida de amigas y otra que era una fecha especial para mí, ¿o ya olvidó ese detalle? Nunca, pero nunca vendría al trabajo tomada y poner a mis pacientes en peligro.

Más silencio.

—El punto es, tengo planes en *mi día de descanso* los cuales no puedo cancelar. Si tiene alguna queja con mi trabajo, hable con los de recursos humanos —. Ahora era él quien quedó helado. No esperaba que no me doblegara a su voluntad. Talvez para los demás aún tenía estatus de dios, pero yo ya lo veía por lo que realmente era. Su ego podía engañar a los demás, pero a mí no me iba a controlar.

No pude escapar, ya que Sara estaba parada enfrente de la puerta. ¿Cómo le hacía para estar por todos lados? Me agarró de los hombros y me arrastró de regreso a la sala de donde venía.

El Dr. Medina se nos quedó viendo. Quería decir algo, pero sabía que no era buena idea decirle algo a Sara. Si solo se defendiera de su novio de la misma forma que defendía a sus pacientes y seres queridos.

—La Dra. Ramírez es voluntaria en el centro de salud gratuito, —dijo Sara. —Ella da dos de sus días de descanso cada mes y bueno, usted ya sabrá cuántos días de descanso tienen los doctores. Aun así, siempre va. Nunca falta a su compromiso.

Sara por fin me soltó cuando termino de hablar. El Dr. Medina quedó boquiabierto y agachó su cabeza sin decir nada.

—Olvídalo, Sara, no importa, —dije y salí de ahí. Solo me imaginé las miradas entre ellos dos. Tenía que salir de ahí.

Casi llegaba a los vestidores cuando me topé con el Dr. Keach. No...ahora no.

—¿Ya tan rápido caíste de su gracia? —Preguntó. Bastó con una mirada para que se alejara. Si se cayera y quebrara la nariz, no me pondría nada triste.

UN DOCTOR BORRACHO

—¿Qué pasó, Sofía? — pregunté con un nudo en mi garganta.

Estaba acostumbrada a recibir llamadas a las tres de la madrugada, pero usualmente eran del hospital. Al ver el nombre de Sofía, me imaginé lo peor. *Por Dios, que no le haya pasado nada a Sara.*

—Él está aquí.

—¿Quién? ¿Dónde?

—Tu jefe. Cerré el bar hace unos minutos, pero él no está nada bien. No sé si pedirle un taxi o no.

Me estaba preguntando qué hacer. Puse una mano en mi pecho, calmando mi corazón. No era Sara. Me tallé los ojos y respondí —No, yo voy por él.

—Ya sabes cómo entrar. Voy a estar en el piso de arriba, alguien ya me está esperando en la cama.

Sonreí sin preguntar quién. Usualmente era alguien diferente cada noche. Muy rara era la vez repetía.

—Si, aún tengo la llave. Y gracias por avisarme.

Colgamos y me vestí. Agarré lo primero que encontré, pants grises, tenis blancos y un suéter. Ahorita estaría fresco el clima.

—¡Carolina! —dijo con una gran sonrisa, como las de antes.

—Miren, la Carolina Doctora, quiero decir Doctora Carolina.

Miré alrededor, pero estábamos solos. —Okey, ya es hora de irnos. Lo llevo a su casa.

—Pero las bebidas están aquí

—Seguro tiene más bebidas en casa.

Sacudió su cabeza. —No, nada de alcohol en mi casa. Nunca. Esa es la regla, —dijo asintiendo exageradamente como niño pequeño.

Oh, dios mío, ¿acaso era un alcohólico? ¿fue por eso que se enojó tanto pensando que me la pasaba tomando en mis días de descanso? Eso explicaría mucho. Y también explicaría por qué se alteró tanto cuando pensó que manejaría después de haber bebido la otra noche.

—Le compro algo en camino a su casa, —mentí. Sabía que caería dormido apenas llegáramos.

Me paré al lado de él para que pudiera recargarse en mí.

—Tengo que pagar.

—No, está bien así.

—Pero la barman tan bonita, ¿A dónde se fue? —miró alrededor del bar apenas dándose cuenta de que Sofía se había ido.

—Ella sabe que sí le va a pagar luego. Aparte, ella sabe dónde trabaja usted. Puede pasar mañana a pagar su cuenta.

Lo llevé a mi carro con gran dificultad. Casi ni podía caminar el hombre. ¿Por qué no se me ocurrió decirle a Sofía que me ayudara? Qué chistoso que la vida de los bármanes y los doctores tengan ciertas similitudes. Dormimos cuando podemos y nos quedamos despiertos toda la noche.

Antes de abrir la puerta del pasajero, le quité su cartera del bolsillo de su saco. No tenía mucha maña, pero aun así no se dio cuenta debido a su estado. Empujé su cabeza adentro del carro para que no se golpeara al entrar.

Ya sentada detrás del volante, saqué su licencia para buscar su dirección y ponerla en mi GPS. Su casa estaba a unos quince minutos.

Cuando llegamos, tratamos de ingresar el código de su puerta para entrar. Tomó tres intentos antes de atinarle bien. Ya adentro me sorprendió el hecho de que tenía sistema de seguridad, ni si quiera tenía cosas que le pudieran robar. La casa era espaciosa y lujosa, con moldura de techo y cocina con repisas de mármol. Pero no había nada de muebles ni decoraciones en las paredes. Parecía como si apenas se hubiera mudado.

Le pregunté dónde estaba su cuarto y por supuesto, teníamos que subir escaleras. Perfecto. Fue difícil, pero por fin logramos llegar. Por lo menos tenía una cama, pero aparte de eso, el cuarto solo tenía una cajonera.

Era una sensación rara estar en el cuarto de mi jefc, con él totalmente borracho. Lo bueno que la única sabia de esto era Sofía, ella no diría nada de esto a nadie. Ni a Sara.

Recordé el hecho que estaba casado. Pero, entonces ¿Dónde estaba su esposa? Una mujer tendría esta casa llena de muebles, y juzgar las fotos que vi de ella, tendría cada pared y cuarto elegantemente decorado. Hubiera sido *ella* quien fuera a recogerlo y no yo. Héctor ya llevaba varios meses en Kansas City, tiempo suficiente para que llegaran sus muebles y su esposa.

No podía pensar en él de esa forma, tenía que solo verlo de una forma profesional. No tenía por qué entrometerme en su vida privada. Aun cuando ahorita me encontraba arrastrándolo a su casa. Cayó en la cama boca arriba. Le quité sus zapatos, lo cual pensé aun no cruzaba ni una línea profesional. No era como si se los estuviera quitando nada más para tocarlo, no, no, no, solo estaba siendo buena samaritana. Ayudando a mi compatriota.

—Buenas noches, Héctor. Creo que después de esta noche, ya me gané el derecho de tutearte.

—¿Ya te vas?

—Sí, tengo que ir a trabajar en unas horas.

—No te vayas.

—Tengo que irme

—Tengo hambre. No me voy a poder dormir sin comer algo.

Me quejé. Si este hombre trataba de cocinar algo ahorita, se podía cortar o quemar la casa entera.

—Está bien, vamos a ver que hay en la nevera. Pero después de eso *me tengo que ir.*

Se levantó sin problema alguno, pero bajó las escaleras aferrado al pasamanos como si su vida dependiese de él.

No había mucho en la nevera, pero sí encontré lo suficiente como para hacerle un sándwich de pavo y queso. También le preparé un café con la esperanza de que le ayudara a bajar la borrachera.

Mientras preparaba todo esto, él se sentó en un banco del otro lado de la isla de la cocina. Recargó sus brazos en la repisa y descanso su cabeza en su hombro.

—¿Cómo está Ramiro?

Su pregunta me cayó como balde de agua fría. Trataba de no pensar en él. Le pasé su plato a Héctor y respondí, —No lo he visto desde mi cumpleaños.

Le dio una mordida a su sándwich y volteó a verme.

—¿Y eso?

Sacudí mi cabeza.

—Dime

—Está en Florida, —aún no sabía si era permanente así que opté por no decir más.

—Lo siento.

—¿Por qué?

—Siento que hayan terminado su noviazgo.

—¿Nuestro noviazgo? Él y yo nunca hemos sido pareja.

Traté de no molestarme cuando él sonrió al escuchar esto.

—¿En serio?

—En serio.

—En la fiesta, pensé que...

—Él es como un hermano para mí, —lo interrumpí. Ya no quería hablar de esto.

Un suave *miau* robó nuestra atención. Ah sí, si había dicho antes que tenía un gato.

—Ven aquí gatito, gatito, gatito, pssh, psshh. — dije buscando de dónde provenían los maullidos.

—Canica, —dijo Héctor

—¿Qué?

—Se llama Canica

—¿Por qué se llama así?

Sacudió su cabeza, —No sé, yo no la nombré.

Me imaginé que eso significaba que su mujer la había nombrado. ¿Por qué estaría la gata con él en vez de ella si era el gato de ella? No importa Carolina, *ya no te entrometas en su vida.*

—Ven aquí, Canica

—Es algo penosa con gente nueva, —explicó Héctor.

No entiendo por qué derritió mi corazón el hecho que conociera la personalidad de su gatita tan bien. Busqué alrededor del piso de la cocina y encontré los platos donde le servía su agua y comida. Puede que no hubiera despensa, pero sí había varias latas de comida para gatos.

Llené un plato con agua y el otro con su comida. Esperaba que, al darle de comer, se sentiría con más confianza y se acercaría a mí. No funcionó tan bien, ya que tuve que alejarme unos pasos de su comida para que por fin ella saliera de su escondite.

Cuando por fin salió, admire lo bonita que era. Su pelo era gris platino, con ojos amarillos brillosos. Ya que terminó su comida, se me acercó con cuidado, por fin pasó pegando su cuerpo a mi pierna y después saltó hacia Héctor. Él la cargó acercándola a su pecho, le dio un beso en su frente y después de unas caricias, la volvió a bajar.

—Perdón que mal entendí la situación con Ramiro, —dijo Héctor regresando al tema. Le dio otra mordida a su sándwich y le pasé su café. Lo tomaba negro. —Pero bueno, eso le deja oportunidad al Dr. Keach.

Hasta se me cayó el paquete de queso que estaba regresando a la nevera. *¿Y ahora de qué chingados estaba hablando?*

—¿Qué tiene que ver el Dr. Keach?

—Le gustas. Pensé que no tenía esperanzas por que estabas con Ramiro, pero pues como no lo estás.

—Yo no le gusto al Dr. Keach

—Claro que sí.

—Que no.

—Sí.

—Héctor.

—Carolina.

Perfecto, ahora parecíamos niños chiquitos.

—Recuérdame nunca volver a recogerte cuando andes tomado.

—¿Por qué crees que siempre te está molestando?

—Porque me detesta.

—No. Por lo contrario. Siempre busca excusas para estar cerca de ti. Trata de hacerte enojar y provocarte para llamar tu atención.

En eso me di cuenta de que Héctor había estado prestando atención a todo. Él había estado analizando todo lo que pasaba no con el interés de jefe y sus empleados, si no más bien tratando de ver qué pasaba en mi vida.

Se terminó su sándwich y su café en un abrir y cerrar de ojos. Sus palabras ya empezaban a sonar mejor y tenía mejor balance.

—¿Por qué dice eso la gente?

—¿Qué?

—Que cuando un hombre está interesado en una mujer, la molesta. Lo decían cuando éramos niños. Mi mamá lo decía, mi papá lo decía. Eso está mal. Nos meten esas ideas desde que somos chicos —. Sacudí mi cabeza, —con razón tantas mujeres terminan confundiendo el abuso con amor —. Un nudo quiso empezar a formarse en mi garganta al pensar en Sara.

—Lo siento, Carolina, —solo pude encontrar sinceridad en sus ojos. —Ya me siento mejor y me estoy dando cuenta de que he dicho varias cosas esta noche que no debí.

Efectivamente, ya sonaba mucho mejor. Asentí aceptando sus disculpas y vi cómo sus músculos se relajaron.

—Además, aunque realmente le gustara al Dr. Keach, yo nunca le haría caso. Nunca estaría con alguien que demuestra su interés torturando y molestando a la persona. Eso es demasiado inmaduro y la verdad, ese no es mi tipo de hombre.

Héctor alzó sus cejas con sorpresa, —¿y cuál es tu tipo de hombre Dr. Ramírez?

Lo pensé por un momento. Él esperó pacientemente. Nunca había tenido una relación seria, pero no podía decirle eso a Héctor. Había tenido citas y uno que otro noviazgo, pero nunca nada serio. Decidí ser sincera. —Estoy tratando de pensar en las personas con las que he llegado a salir, pero todos parecen ser tan diferentes. No creo tener un "tipo" en específico.

—Entiendo, pero debe de haber ciertos aspectos que valoras.

—Sí, claro. Tiene que ser inteligente, maduro. Me gustan los hombres seguros de sí mismos, pero humildes. Aunque tú no entiendas lo que es ser humilde. Me gusta que haya cierto balance. Creo que suena aburrido, ¿no?

—No, Carolina, no eres aburrida. Y no sé a qué te refieras. Yo soy el mejor cuando se trata de ser humilde. —Héctor dijo riéndose de su propia broma.

—Ya me tengo que ir. Ya no tendré tiempo de dormir, pero aun así tengo que arreglarme para ir al hospital.

—Te acompaño a la salida.

Dejé que se bajara del banco y verifiqué que ya tuviera suficiente balance para subir las escaleras él solo. No quería tener que tratar de llevarlo a su cuarto otra vez. Ya eso sería un error.

—Carolina, —dijo antes de abrir la puerta para salir de ahí.

—gracias por esta noche. Y perdón por lo que dije, no tengo excusa.

—Todos cometemos errores, y la intención es lo que cuenta. Sé que no estabas tratando de ser malo.

Se acercó más a mí, mi espalda estaba ya contra la puerta. —No, no fue mi intención ser malo.

Mi respiración se quedó atorada en mi pecho. Se acercó aún más, anulando la poca distancia que quedaba entre los dos. Bajó su cabeza, nuestras narices casi se tocaban. Mi corazón latía tan fuerte que era lo único que podía escuchar. Busqué sus ojos, pero estaban enfocados en mis labios. Mis ojos encontraron sus labios. No podía evitarlo. Sus labios se entreabrieron.

No había forma de malinterpretar este momento. Era lo que yo *quería*. Lo deseaba, a él, a su cuerpo, y era claro que él me deseaba también. Era una hermosa fantasía, pero eso era lo único que podía ser, una fantasía.

Los labios de Héctor estaban tan cerca de los míos. Sus ojos buscaron los míos, pidiendo permiso de besarme. Sentí cómo sus brazos se movieron a mis costados y sus manos terminaron en la puerta. Los músculos de sus bíceps tensos con venas visibles. *¡Contrólate! Él solo llegará hasta donde tú lo dejes llegar.*

No podía. Mi cuerpo quería rendirse, pero sabía que me arrepentiría. Aparte, él aún estaba tomado. *¡Maldita conciencia aguafiestas!* No. No podía empezar un amorío que solo terminaría lastimando a todos.

Todos.

—Andrea, —suspiré su nombre. El solo decirlo dejó un sabor amargo en mi boca. Sus brazos cayeron a sus costados y se alejó.

Mi corazón por fin se empezó a calmar, dejándome escuchar bien otra vez. Los dos dejamos que muriera ese momento, apagando el fuego que amasaba con quemarnos. ¿Cómo pude ser tan descuidada? Al fin del día, solo somos humanos, no dioses como pretendemos ser.

—Eres casado, —dije con más convicción.

Asintió y volteó a ver el anillo aun en su mano. Le dio vueltas a su anillo un par de veces antes de soltar una risa, —Ja, sí...mi *querida* esposa, —dijo, pero algo sonó raro de la forma en que lo dijo. —Buenas noches, Carolina. Gracias por todo.

—Creo que quieres decir *buenos días,* Dr. Medina.

LA DISTRACCIÓN DEL TRABAJO

Sorprendentemente, nuestra relación mejoró mucho después de nuestro encuentro. El Dr. Medina siguió siendo profesional, pero su estado de ánimo estaba mucho mejor, como antes. Dejó de ignorarme y lo sentí como cuando acababa de llegar a Heartland Metro.

Pero claro, ahora que Héctor me daba atención, el Dr. Keach regresó al acecho. Buscaba cualquier razón para atormentarme. Su favorito era tratar de hacerme de menos en frente del Dr. Medina.

Un día me encontró en la estación de enfermeras mientras yo estudiaba el historial de mi siguiente paciente. —Veo que ya todo está bien en tu paraíso, —dijo.

Alcé una de mis cejas. —¿Y ahora de qué hablas? —pregunté sin despegar mi mirada de lo que estaba haciendo.

—Tú y el Dr. Medina. Veo que ya estás de nuevo en su lado bueno.

—Deberías ser más cuidadoso con las cosas que insinúas, Dr. Keach. Tu papi solo puede protegerte de ciertas cosas. Dudo que te convenga antagonizar al Dr. Medina.

Así es, Dr. Keach, pensé. El ala de maternidad e infantil

estaban nombradas en honor a su padre, pero aun con su apellido pintado por todo el hospital, él no era más que una vil broma.

La única razón que pudo entrar a este hospital fue por el dinero de su familia. Su padre fue un excelente médico que después de su retiro, donó bastante dinero al hospital. Pero su hijo, el Dr. Keach, no valía más que el dinero que el Dr. Medina atraía en becas.

La expresión en la cara del Dr. Keach se endureció, sus orificios nasales dilatándose con frustración. Nadie se atrevía a decirle sus verdades. Ya lo había pensado varias veces antes. No sé por qué este día por fin decidí hacerlo. Tal vez porque esta vez se estaba atacando la reputación de mi mentor. Aun negaba mis sentimientos por Héctor, al mundo y a mí misma.

—Realmente no tienes ni idea, ¿verdad? —preguntó el Dr. Keach

—Ilumíname

—El Dr. Medina va a elegir al recipiente para la beca en dos años. El director de oncología quiere ojos frescos para los residentes que se están graduando el año que viene.

Me acomodé en mi asiento. Claro que este engreído tenía ese tipo de información. El director de oncología a cada rato le hacía la barba. No me sorprende que le haya dado esa información para que tuviera ventaja. A decir verdad, si dolió un poco el hecho que Héctor no me dio ese tipo de ventaja.

Héctor no presenció nada de esto. El Dr. Keach era mañoso y sabía cuándo lanzar ciertos ataques. Si trataba de llevar esto a recursos humanos, sería su palabra contra la mía. Desafortunadamente, su palabra ahorita tenía más peso que la mía.

No vi a Héctor hasta el siguiente día. Pude encontrar tiempo con su asistente para que él y yo pudiéramos revisar los resultados del estudio juntos.

Héctor no había hecho muchos cambios a su oficina desde que llegó a Heartland Metro. Creo que lo único que agregó fue una foto en su escritorio. Cuando me senté, volteé la foto para ver a quién veía todos los días. Tenía que ser alguien importante para él. El cuadro contenía una foto en blanco y negro de Héctor con una señora de baja estatura a su lado. —¿Quién es ella? —pregunté.

—Ella es la Sra. Marisela Medina, —dijo con una gran sonrisa mientras yo regresaba la foto a su lugar original.

—¿Tu mamá?

—Sí. ¿Lista?

Íbamos a revisar los resultados juntos. Prometimos no abrir el email hasta que estuviéramos juntos. La vez que peleamos, él no había visto mucho, apenas había empezado a leerlo. Esta vez, él leyó una línea y yo la siguiente.

Sentí una gran emoción, diferente a la que sentí en su casa, pero con la misma intensidad. Mi corazón empezó a latir rápidamente.

—¿Estás viendo esto? —preguntó.

No podía despegar mi mirada de la pantalla. Mi boca se secó al no tener que decir.

—¿Qué te dije?

Lo volteé a ver, mi asombro obvio en mi cara. —¡No lo puedo creer!

—Carolina, eres increíble. Esto va justo en la dirección que queremos que vaya.

Asentí, aun en shock y sin habla.

Estos eran los resultados que esperaba ver, pero pensé que los adquiriríamos mucho después, no ahora.

Héctor leyó en voz alta, para que pudiera disfrutar cómo sus palabras me acogían. —Hay una diferencia de trece por ciento de personas en remisión entre el grupo de control y el grupo experimental a los seis meses. Carolina, el tratamiento del grupo experimental es trece por ciento más eficaz que el tratamiento actual. Solo me puedo imaginar los resultados a fines del tercer y cuarto año. Estoy seguro de que puede llegar hasta el cincuenta por ciento de diferencia entre los grupos... Carolina, ¿estás bien?

Salí corriendo de su oficina. Lo bueno que su oficina no estaba tan lejos del baño. Llegué justo a tiempo para vomitar. Me enjuagué la boca y al salir encontré a Héctor recargado en la pared, su ceño fruncido.

—¿Estás bien?

Asentí y regresamos a su oficina. Traté de escuchar lo que me decía, pero no podía. Estaba entre las nubes, mis ojos llenos de lágrimas. Él dijo que creía que podía llegar hasta el *cincuenta por ciento de diferencia,* ¡no lo podía creer! Todo esto, más los avances en medicina desde que la perdimos significa que si hubiese sido diagnosticada ahora en vez de hace años, puede que si hubiera sobrevivido. Trate de hacer el cálculo en mi mente, sí, estoy segura, hubiera vivido.

—Carolina, —Héctor se me quedó viendo.

—Lo siento, —respiré hondo y volteé a verlo. —creo que aun sigo en shock.

—Entiendo. Tómate un minuto.

Después de un largo silencio, traté de enderezarme. Por fin él rompió el silencio.

—¿Quién fue?

—¿Quién qué?

—La pérdida que te llevo a esta lucha contra el cáncer.

Apreté mis labios, no estaba segura si estaba lista para que él supiera tanto de mí. Casi no hablaba de este tema, ni con mi papá y a él le decía todo.

—Caro, no tienes que decirme si no quieres, pero sí me gustaría saber.

Sus ojos eran tiernos, llenos de empatía. No lo pude evitar.

—Mi mamá.

Asintió. No preguntó nada más.

—Lo siento mucho, —se quitó sus lentes, buscando palabras. —Por favor, no vayas a tomar a mal lo que voy a decir. A veces me es difícil encontrar las palabras correctas para expresar lo que siento.

—Okey.

—Te envidio. No por la pérdida de tu madre, claro está. Más bien es que la mayoría de las personas que pierden a alguien, no hacen nada después. Tú decidiste entrar a una de las profesiones más difíciles, luchaste por tu lugar en un área de medicina muy competitiva, todo para que pudieras salvar a la madre de otra niña.

—No hay nada que tomar a mal de lo que dijo, —respondí. —Creo que entiendo lo que me estás tratando de decir.

—También envidio que tienes una gran motivación para hacer todo esto.

—¿Tú no?

—A decir la verdad, no.

—¿Entonces por qué quisiste entrar a la medicina?

—Esta es la parte que es difícil explicar para mí. Cuando era joven, pensaba mucho en mi legado. Que iba a contribuir a esta tierra antes de morir. Creo que aun sigo pensándolo.

—También es buena razón.

—Pero si le pones más atención, notarás un detalle. Suena como algo noble el hacer el bien, pero nadie admite que a veces viene de un sentimiento egoísta. Todos los soñadores y futuros filósofos tienen algo en común: un gran ego. Muchos creen que hacemos el bien solo por hacer el bien, pero hay otra razón más avara. Lo hacemos por satisfacción personal… —Sonrió contento de su explicación. —¿Ya ves? Egoísta.

—No lo veo como algo egoísta.

—Ah ¿no?

—No. Si hubieras sido el doctor de mi madre, ¿crees que me hubiera importado un comino el motivo de tu éxito? Dr. Medina, has hecho tanto por esta área de medicina. Y estoy segura que lo seguirás haciendo el resto de tu carrera. A los pacientes a quienes salvas y a sus familiares no les importa el porqué, mientras lo hagas.

Él se rio un poco. —Ay, Carolina, a veces siento que me conoces mejor que yo mismo —pausó por un segundo perdido en sus pensamientos. —No podrías ser más perfecta.

Me volví a acomodar en mi asiento. No quería que este momento se tornara en algo incómodo. Este era mi primer estudio clínico y todo parecía apuntar a que sería exitoso. Aparte de que acabo de compartir un bello momento con mi mentor. No podíamos dejar que este momento se fuera por otro lado.

—Bueno, yo ya tengo hambre. ¿Quieres que vayamos por algo de comer?

—Dra. Ramírez, —me regañó, —aun ni empezamos a trabajar y tenemos mucho que hacer, —dijo volviendo a ponerse sus lentes.

Era cierto. Ahora teníamos que ajustar el protocolo del tratamiento y enviarlo a la junta de revisión (IRB por sus siglas en inglés). En la fase dos del estudio, todos los pacientes recibirían el tratamiento experimental, pero no antes que el IRB aprobara los cambios al protocolo. El proceso llevaría semanas, así que el estudio quedaría suspendido hasta entonces. Lo cual significaba que tendría más días de descanso.

—Bueno, no tenemos que salir a ningún lado, —dije. —Le puedo pedir a mi asistente que nos traiga algo de comer.

—¿Desde cuándo tienes una asistente? ¿Y por qué no me la habías presentado antes?

—Trabaja más que nada en el escritorio de información, así que casi no está conmigo. No necesita estarlo. Más que nada está a cargo de programar citas, entrevistar a posibles candidatas para el estudio, ingresar datos y todo ese tipo de cosas. Al principio solo estaba trabajando medio tiempo en la recepción, pero cuando me dieron la beca, le ofrecí la posición de medio tiempo como mi asistente. Ahora es empleada del hospital de tiempo completo, con algunas concesiones debido a razones de salud.

—Qué buena onda de tu parte.

—La verdad yo soy la afortunada. Amanda es increíble. Es más que una asistente. También es una gran artista. Algún día te la presentaré. ¿Te gusta el sushi? Le diré que lo traiga de inmediato.

—Sushi suena genial.

Me paré para ir a los vestidores para agarrar mi cartera. Tenía que darle dinero a Mandy para la comida.

Antes de irme me detuve y le dije a Héctor, —Por cierto, doctor.

—¿Sí?

—No soy perfecta. Tengo mis demonios y mis inseguridades, igual que los demás.

UNA CHICA QUEBRANTADA

Los resultados de Valentina de la semana pasada llegaron, la llamé para agendar una cita para darle seguimiento.

El día de su cita, esperó pacientemente en el cuarto cinco. Al verla, me detuve impresionada. Ella se veía mucho mejor en lo físico. Su pelo estaba creciendo y ahora portaba un corte pixie. Había subido un poco de peso, pero aún no se marcaban los músculos que solía tener. Pero lo que realmente me impresionó fue lo pálida de su tez. Apretaba sus labios, y sus cejas que ya habían vuelto a crecer y estaban perfectamente depiladas, mostraba que algo la afligía.

—¿Qué tienes? —Le pregunté. —¿No te sientes bien?

—Dime tú, —dijo con tono de reproche.

—No veo nada malo, Vale. Pero te ves como si hubieras visto un fantasma.

Su expresión no cambió. Agachó su mirada.

—Leí en los foros que si tienen buenas noticias se las dan por teléfono. Que si les piden que vengan a la oficina, es por algo malo.

—¡Ay, Vale! Corazón...

—¿Qué tan malo es? —me interrumpió, su respiración empezando a agitarse.

—¡No! —Traté de apresurarme antes de que me interrumpiera otra vez. —Valentina, te quería dar las buenas noticias en persona. Eso es todo. Por favor no creas todo lo que lees en el internet. No es la primera vez que algo así te mete en problemas. —le recordé alzando una ceja.

—¿Buenas noticias? —Alzó su mirada, sus ojos ya llenándose de lágrimas.

—Sí, Valentina, buenas noticias. —la tomé de los hombros y continué, —seis meses en remisión. Eso es algo muy bueno.

—¿En serio? —una lágrima se deslizó por su cara, llegando hasta su cuello. Algo en mí se conmovió. A pesar de todo lo que tuvo que aguantar, esta era la primera vez que la veía llorar.

—En serio, —dije, —en sí, hoy no estoy trabajando. Quiero celebrar contigo. Vamos al bar de acá en frente. El mejor champagne, yo invito.

Cuando Sofía nos preguntó qué estábamos celebrando, volteé a ver a Valentina. Era su decisión a quién le diría o si no quería decírselo a nadie. Muchos de mis pacientes no querían que sus familias estuvieran presentes a menos de que el tratamiento no funcionara. Yo seguía impresionada con Valentina. Nadie fue a ayudarle, no tenía quien la apoyara, y aun así lo logró. Era increíble.

—Estamos celebrando que cumplí seis meses en remisión, —dijo con orgullo. Me imagino que así se veía cada vez que ganaba una pelea.

—¡Guau! Felicidades, —dijo Sofía.

—Gracias.

—Esta ronda la pago yo, —dijo Sofía vertiendo dos copas de su mejor Champagne. —Toda victoria contra el cáncer es reconocida y celebrada aquí en La Oficina. —Después se volteó y fue a atender a otros clientes.

Valentina y yo nos miramos y empezamos a reír. Estamos a punto de brindar, cuando se acercó el Dr. Dennis.

—Hola Dr. Dennis, —dije.

—Por favor Dra. Ramírez, fuera del hospital, llámeme Rory.

—Está bien, en ese caso también tú llámame Carolina, —respondí con una sonrisa.

—¿Qué están celebrando?

Volteé a ver a Valentina quien se estaba arreglando su pelo. *Ahora sí muy penosa y vanidosa.*

—¿Quieres decirle?

—Umm... —nada que ver con la ferocidad con la que le había respondido a Sofía. —estoy en remisión. Seis meses, —dijo casi tartamudeando.

—¡Eso es genial! —dijo el doctor, entusiasmado de más.

El Dr. Dennis nunca fue parte del equipo que atendía a Valentina. Sí estuvo presente en una de las rondas, y yo le pedí ayuda en una ocasión. Revisar documentos no cuenta como ser parte del equipo. Aun así, me preocupaba que fuera a cruzar una línea que no debía. Estaba segura de que para allá iba. A pesar de no ser su doctor, es un doctor y ella una paciente en su misma área.

Pero, ¿Qué podía decir yo? Si también lo que yo estaba haciendo no era exactamente muy profesional de mi parte. El andar tomando con nuestros pacientes no rompe ni una regla que esté escrita en blanco y negro, pero tampoco se veía muy bien que digamos.

Rara vez rompía las reglas. Soy una persona muy práctica en ese sentido. Pero Valentina no tenía a nadie. Por lo poco que había dicho, nos dio a entender que no hablaba con su familia. El hecho de que nadie la visitó o acompañaba a sus visitas también daban esa misma impresión. Esta era una meta que se tenía que celebrar, y si ella no tenía con quien, pues entonces celebraría con ella.

—Rory, —dije, —¿gustas acompañarnos?

Él miró a Valentina, asegurándose de que ella estuviera de acuerdo. Él era un buen chico. Valentina estuvo de acuerdo y él se sentó con nosotras.

—Sofía, otra copa más, por favor, —ella dijo que sí con la cabeza y regresó pronto con otra copa.

Los tres alzamos nuestras copas y brindamos —Salud por derrotar ese pinche cáncer— dije.

—¡Salud! —repitieron los dos.

Rory empezó a preguntarle a Valentina acerca de una pelea que había ganado antes de que se enfermara, cuando sentí que mi celular empezó a vibrar en mi bolso.

—Con permiso, —dije, sacando mi celular.

Había solo un mensaje de texto.

Sara: *¿Puedes venir por favor a emergencias?*

Algo no estaba bien. Ella no estaba en turno. Este mensaje no venía del hospital. No había razón de trabajo por la cual Sara me estuviera pidiendo que fuera a emergencias. Esto no se trataba de un paciente.

Estuve a punto de salir corriendo, pero recordé la razón por la cual estaba aquí. No me podía ir así por así.

Valentina se dio cuenta de que algo pasaba. —¿Pasó algo? —preguntó.

—No estoy segura, —dije, —pero me tengo que ir.

—Sí, no te preocupes, —respondió valentina.

Rory también accedió. Me sentí más tranquila sabiendo que se quedaba con él.

~

Le había roto su nariz. Una venda la cubría de cachete a cachete. Agarré la computadora para ver su historial, pero el doctor de emergencias me jaló el carrito donde estaba esta.

—Está bien, ella puede ver mi historial, —dijo Sara.

Él me regresó el carrito con todo y computadora.

Sara sonrió con sus ojos aun cerrados al escuchar cómo se deslizó el carrito.

—Ahorita está bajo muchos analgésicos, —dijo, —alguien va a venir pronto para llevarla a que le tomen rayos-x.

—Gracias, —respondí.

No estaba del todo consciente. Cuando llegaba a abrir los ojos, me miraba y me sonreía. Luego volvía a cerrar los ojos. Traté de controlar mis expresiones faciales, no tenía caso pelear con una persona bajo tanta morfina. Ni siquiera lo recordaría.

Seguí examinando su historial hasta llegar a las notas de su doctor.

Paciente llegó a la sala de emergencias con traumatismo en la nariz, brazo izquierdo y costillas. Paramédicos administraron morfina debido a que la paciente expresó dolor intenso en el antebrazo. Se solicitaron rayos-x para el antebrazo y costillas. Se recomienda consulta con trabajador social. Esperando transferir a paciente a rayos-x.

Empujé la computadora y me fui a sentar en la única silla en el cuarto de examen. Sara despertó cuando el técnico de rayos-x llegó a trasladarla. Los seguí y esperé afuera mientras tomaban las radiografías. Fue ahí donde me encontraron Héctor y el director Stuart.

—Nos acabamos de enterar de que algo pasó, ¿es cierto? —preguntó el director.

Solo asentí.

—Lo siento, Dra. Ramírez. Sé que es una amiga muy cercana a usted. —dijo el director.

Asentí otra vez. Aparte del 'gracias' que le dije al doctor de emergencias, no había dicho nada desde que la vi.

Solo de pensar en ese nombre. Brian. Sentía cómo miles de viboritas cursaban por mis venas. Era un hombre repugnante que hacía cosas repulsivas. Mi mano estaba hecha un puño. Quería golpear algo. Nunca en mi vida había golpeado a alguien en serio, con fuerza. Tengo bastante fuerza de voluntad para mantenerme en control. Pero en ese momento entendí el atractivo de la carrera de Valentina. Nunca en mi vida había querido desatar mi furia a puños sobre una almohada como en ese instante. Era una pacifista, pero estaba lista para golpear algo. O a alguien.

—¿Sabes quién fue? —preguntó Héctor

Dije que sí moviendo mi cabeza

—Muy bien, entonces llamaré a la policía, —dijo el director.

—No, —protesté.

—¿Cómo que no? —preguntó el director.

—Usted no puede tomar esa decisión por ella. Él ya le quitó todo su poder, esta decisión es lo único que le queda bajo su control. Cuando se le baje lo de la medicina, hablaré con ella. Ella tiene que decidir si quiere levantar una demanda, —el director estaba horrorizado. —Créame, director, me mata el no poder llamar a la policía yo misma.

—Ella tiene razón, —dijo Héctor, —nosotros no podemos ser quienes le quiten el poder de tomar sus propias decisiones.

Volteé a verlo, sorprendida de que estuviera de acuerdo conmigo. La mayoría de los hombres en mi vida simplemente irían a buscar al culpable y tomar su propia justicia. Su sensatez me hizo sentir mejor. A cada rato él me hacía sentir mejor.

Piensa de forma positiva, me dije a mí misma. Está viva, con algunas fracturas, pero viva. Puede que esto por fin ya la haga reaccionar y esta vez sí lo deje.

—¿Les puedo pedir un favor? —pregunté, los dos hombres estuvieron de acuerdo.

—Váyanse antes de que ella salga, —antes de que se quejaran les expliqué, —ya esta situación es muy vergonzosa para ella. No se perdonaría que la vieran así. Y Dr. Medina, ¿cree que me pueda enviar una computadora? Quiero ver los resultados de las radiografías apenas estén disponibles.

Los dos hombres estuvieron de acuerdo una vez más y se marcharon, dejándome sola. Pronto, Héctor regresó con una laptop y se volvió a marchar. Al poco rato sacaron a Sara en una silla de ruedas. Una enfermera fue a vernos al cuarto de cxamen para procesar todas las formas necesarias. Después nos llevaron a un cuarto, donde esperamos al doctor de Sara.

Era extraño estar en el hospital del lado de los pacientes. Había que esperar tanto. Esos momentos vacíos en los cuales los seres queridos solo podían esperar sintiéndose angustiados.

Siempre andaba a prisas en el hospital, yendo de paciente a paciente, de historial a historial. Nunca había suficiente tiempo, las horas siempre volaban.

Ahora, una sola hora se convirtió en una eternidad. A cada rato refrescaba la página, hasta que por fin salieron los resultados de los rayos-x. Examiné cada imagen detenidamente.

Tenía una fractura de monteggia. El hueso ulnar estaba fracturado, y la punta del hueso radio estaba dislocado de la coyuntura del codo. Sus costillas solo tenían moretones.

Llegó un doctor diferente, él se presentó como el Dr. Morgan. Ya lo había visto alrededor del hospital y sabía que era director del departamento de ortopedia, pero muy rara vez interactuaba con los cirujanos ortopédicos. Le comenté lo que había visto en las radiografías para verificar lo que vi.

—Estás en oncología, ¿cierto?

—Sí.

—¿Cuánto tiempo tiene desde que tuviste que aprender acerca de radiografías y orto?

—Ya tiene tiempo.

Se me quedó viendo por un momento. —Pues estás en lo correcto. Si algún día quieres cambiar de departamento, nos encantaría tenerte.

—Gracias, pero ya encontré lo mío —. Le sonreí. Cualquier otro día hubiera saltado de emoción por el hecho de que ahora sabría quién soy. En sí ya había estado pensando cómo podría incluir al departamento de ortopedia en propuestas futuras. En eso, Sara gimió regresando mi atención al presente.

—¿Y qué opina de su nariz?

—Tendremos que esperar unos días a que se baje la inflamación. Ya entonces podré examinarla. Hasta ahorita, parece ser solo una leve fractura que no necesitará ser alineada. Pero tendré que reevaluarla en tres días.

—Gracias, doctor, —dije.

—Necesito consentimiento para poder llevarla a que le operen el antebrazo. Regresaré en una hora para ver si ya está despierta.

—No, no es necesario. Soy su contacto de emergencia y tengo poder notarial. Puedo acceder en nombre de ella.

—Perfecto, enviaré a que alguien traiga las formas necesarias. Podemos hacer la cirugía esta misma noche.

Sonrió con cierto morbo. No me importaba si él pensaba que Sara y yo éramos pareja. Lo único que me importaba ahorita es de que ella estuviera bien. Ni lo corregí.

Mi papá y yo considerábamos a Sara como parte de la familia, pero queríamos hacerlo oficial. En uno de mis cumpleaños ella me dio todos los documentos legales para esto, incluyendo el poder notarial. Para cualquier persona, esto puede parecer algo raro, pero para nosotros era una forma de ser familia oficialmente.

Al verme hoy en esta situación, no pude evitar pensar que fue el mejor regalo de cumpleaños que pude haber recibido.

La cirugía de Sara fue un éxito, así que la pude llevar a casa al día siguiente. Le habían hecho dos incisiones, así que tendrá dos cicatrices, cicatrices de una sobreviviente.

Le llamé a mi papá para avisarle lo que había ocurrido.

—Ese pedazo de mierda, —dijo. Mi papá nunca decía groserías. Pero tenía razón, Brian era un pedazo de mierda. Mi papá estuvo de acuerdo en alistar mi cuarto para que ella se quedara ahí. Quería que estuviera a salvo, y sabía que Brian nunca se atrevería ir a la casa de mi papá.

Estaba ayudando a Sara a salir del carro cuando escuché cómo una puerta se azotó. Volteé a ver de dónde provino el ruido y vi como Ramiro se alejaba de su carro, dejando bolsas de despensa olvidadas en la banqueta.

—¿Está bien? Déjame ayudarte.

—Carga esto, por favor, —le dije pasándole la maleta que le había preparado. Brian es un pinche suertudo de que no lo encontré cuando fui a buscar la ropa. No vivían juntos, pero él se la pasaba ahí, ya que el apartamento de Sara era mucho más bonito que el de él.

Ramiro tomó la maleta. Estaba tratando de ayudar a Sara, pero era difícil con su férula. Nos ayudó a llevarla al cuarto y ya ahí le pedí privacidad para que la pudiera cambiar de ropa. Después de ponerle pijamas y darle unos analgésicos, la dejé dormir y bajé a la sala.

—Regresaste, —exclamé. Ramiro aún seguía en la sala.

—¿Quién fue? —preguntó tratando de contener su enojo. Una vena se le marcaba en su frente.

—¿Por qué te tardaste tanto en regresar?

—¡Deja de cambiar el tema!

Ramiro no era tan cercano a Sara como yo, pero aun así eran amigos y él la quería como parte de la familia. Ni de chiste le iba a decir a Ramiro quién fue. Así como es de temperamental, seguro haría todo por vengar a Sara. No se lo pensaba decir hasta que se calmara.

—No estoy cambiando el tema. Te diré, pero primero te tienes que calmar.

—Estoy… Tranquilo. —dijo entre dientes. Me reí.

—Lo estoy, —repitió.

—Primero dime por qué te tardaste tanto en regresar. Te extrañamos...

—¡Bien sabes por qué! —me interrumpió —Ahora, por favor, dime ¿Qué pasó?

—No es mi historia, no la puedo contar. Te puedo dar una idea de lo que pasó, pero ella es la única que puede entrar en detalles.

—Está bien.

—Ella ha estado saliendo con un tipo.

—¿Y por qué no nos había dicho? —preguntó, pero pronto él mismo interrumpió otra vez —Tú ya sabías que ella estaba saliendo con alguien.

—Sí, ya llevaban seis meses.

—¿Y por qué nunca nos dijo ni a tu papá ni a mí?

—Creo que le daba pena. Como ves, no es un chico que uno pueda presumir.

Se sentó en el sillón reclinable de mi papá. Agachó su cara y pasó sus manos por su corto pelo.

—Él le hizo esto. —acertó Ramiro.

—Sí...

—¿Cómo se llama?

—No te lo voy a decir

—Carolina, Dime su nombre.

—No, Ramiro. Vas a ir hacer alguna estupidez

—Tú dices que quieres seguir siendo una familia, ¿no? A

pesar de todo quieres que sigamos siéndolo. Pues adivina qué, las familias comparten todo. Quiero su nombre.

Suspiré. Si no le decía yo, iba a ir con Sara. Ella no estaba en condiciones de ser acosada de esta manera.

—Está bien. Se llama Brian.

—¿Apellido?

—No sé, solo sé que es Brian.

—¿Dónde trabaja?

—Ramiro, ¡no!

—¿Dónde?

Suspiré nuevamente. —No sé si tenga trabajo estable. Suena como un bueno para nada. Recuerdo que ella una vez mencionó que él estaba de mantenimiento en unos apartamentos cerca del hospital. Pero eso es todo lo que sé.

Se levantó y se fue antes de que yo pudiera decir algo más.

AL SIGUIENTE DÍA, fui a casa de mi papá a ver cómo seguía Sara. Cuando llegué, aún estaba en mi cuarto. Toqué la puerta.

—Entra, —la escuché decir.

Me sonrió apenas entré al cuarto. Ya se había quitado la venda de la nariz. El estado de su nariz era como un resumen de los daños que tenía por todo el cuerpo. Apreté mi mandíbula al ver lo intenso de los moretones que tenía, colores morados y nebulosas verdes se extendían de cachete a cachete.

—Hola, ¿Cómo sigues?

—Bien, —dijo, sus palabras un poco distorsionadas por algo que tenía en la boca. Tragó su bocado y siguió. —la férula me da tanta comezón. Me dan tantas ganas de meterle un lápiz y rascarme.

—Bien sabes que eso no es una buena idea.

—Ya sé, —dijo Sara suspirando.

—¿Qué estás comiendo?

Sara sacó una caja y me ofreció su contenido. —¿Quieres?

Miré la caja llena de chocolates artesanos, pintados tan delicadamente que era casi un pecado comerlos. —¡Esos son hermosos! —exclamé.

—¡Lo sé! Traté de no comerlos lo más que pude, pero no aguanté las ganas. Ya sabes...*mmm chocolate*.

—Qué lindo de Ramiro.

Sara sacudió la cabeza. —Ramiro no trajo esto.

—¿Papá? —No pensé que a papá se le ocurriera comprar algo tan caro y decadente. Mas bien le hubiera traído su dulce favorito, mazapanes.

Sara sacudió su cabeza nuevamente —No, fue el Dr. Medina. Vino a visitarme. En sí, se acaba de ir —Apunto hacia mi buro con su barbilla. Ahí estaba un hermoso arreglo floral con hermosos tulipanes amarillos, unas flores moradas casi alienígenas, y unas piñas tan chiquitas que cabían en la palma de la mano. Al lado de eso había una tarjeta con firmas de todo el personal de oncología, deseándole que sanara pronto.

—¿El Dr. Medina? —Para mí tenía más sentido que una de las otras enfermeras le hubiera traído flores y la tarjeta. Pero lo lujoso de los chocolates y lo extravagante del arreglo de flores...era indiscutiblemente el estilo del Dr. Medina.

—Sí, —replicó Sara comiéndose otro chocolate.

—¿Qué dijo?

—Preguntó cómo estaba, si sentía dolor. Y como tu papá ya se había ido a trabajar, me ofreció ayuda si necesitaba ir a algún lado.

—Guau, —era lo único que pude decir.

Sara se me quedó viendo con esa sonrisa pícara. —Sí. Guau.

Era tan dulce de su parte el haber venido a ver cómo seguía mi amiga y de tratar de animarla. Se acordó de cuando ella me robó mi chocolate... él realmente le ponía atención, hasta a mis amigos. Y que acomedido era.

Salí de mi trance. —Qué lindo de su parte, —dije y traté de cambiar de tema. —¿Y siquiera has salido de la cama hoy?

—Me paré a abrirle la puerta cuando llegó, —dijo con una gran sonrisa llena de chocolate.

Me reí, —eso no cuenta, —repliqué.

Sara estaba algo deprimida, pero dos días de encierro eran suficientes. Le dije que tenía que salir a caminar, mantenerse en movimiento y tomar un poco de sol. Por lo mientras yo arreglaría un poco la casa de mi papá.

Estaba cortando el césped cuando llegó una camioneta negra a la casa de al lado. Me quité mis audífonos para saludar a Ramiro. No lo había visto desde que se había ido hace dos días. Apreté mis labios cuando escuché cómo azotó la puerta de su camioneta. Caminó rápidamente hacia su casa, pero aún alcancé a ver que algo rojo escurría de su cara.

—¿Ramiro? —Pregunté caminando hacia él.

—Ahorita no, Caro.

—¿Qué hiciste?

—¡Que ahorita no, Caro!

Se metió a su casa azotando la puerta de enfrente. Como si eso fuera a detenerme. Se quejó al escuchar que entré. Lo encontré acostado en el sillón. Me acerqué y pude ver la sangre escurría desde su frente hasta su mentón. Ya se estaba coagulando y en partes se veía que trató de limpiarse.

Corrí a la casa de mi papá para recoger una toalla limpia y mi botiquín. Cuando regresé, Ramiro no se quejó nuevamente. Mojé la toalla y me senté a su lado. Limpié toda la sangre. Tenía una cortada en la ceja, pero no necesitaría puntadas.

—Así que lo encontraste.

—No sé de qué hablas.

No era coincidencia el hecho de que supo lo que pasó con Sara, desapareció por un día y regresó con sangre.

—Pero hubieras visto cómo quedó el otro güey, —dijo sin poder esconder su sonrisa.

—Gracias, —él pudo hacer lo que yo con tantas ganas tenía de hacer. Y ahora me estaba protegiendo no admitiéndome nada por si Brian lo llegaba a demandar, yo no estaría involucrada. Sabía que siempre nos protegería a Sara y a mí.

Ninguno de los dos le dijimos a Sara lo que hizo Ramiro. Simplemente nos quedamos satisfechos sabiendo que aquel bastardo recibió su merecido.

CLÍNICA GRATUITA

—¿Qué haces aquí?

La última persona que pensé en toparme aquí era a Héctor.

—Pensé que sería buena idea ser voluntario por un día.

—Ajá...

—No sabía que los estudiantes atienden aquí en conjunto con el hospital.

Héctor estaba sentado en uno de los escritorios. El cuarto estaba repleto de estudiantes que esperaban las instrucciones al principio de su turno.

Yo fui designada líder esa mañana, así que empecé a asignar responsabilidades.

—Tenemos seis voluntarios el día de hoy, así que hay que trabajar rápido. Para los primerizos, ustedes van a llamar a los pacientes de la sala de espera y los llevarán al cuarto de conferencia. No podemos tener a más de tres pacientes en el cuarto a la vez. Envíen a emergencias a los pacientes con complicaciones, y evalúen a los demás en la clínica. Hoy solo tenemos cupo para 30 personas. Si nos pasamos de esa cuota, por favor refieran al resto de los pacientes a emergencias.

—¿Entonces que hago yo? —preguntó Héctor después de que salieron los estudiantes.

—Perdón, se me olvidó que estabas aquí.

—Gracias... —dijo con un tono un poco ofendido, pero una ligera sonrisa lo delató.

—Lo siento, no es lo que quise decir. En realidad no hay muchas cosas que hacer, —junté mis manos y pensé por un momento, —tenemos a una asistente actualizando el pizarrón con los pacientes y el número del cuarto en el que están. Tú y yo estamos aquí básicamente solo para escribir las recetas médicas que necesiten los estudiantes y responder las preguntas que lleguen a tener.

—¿Eso es todo?

—Pues, algo por el estilo. Los estudiantes van a empezar a llegar. Nos van a dar un resumen de los síntomas de los pacientes y van a proponer un tratamiento. Nosotros tenemos que aprobar o ajustar el tratamiento y escribir cualquier receta médica necesaria.

—¿No vamos a ver a los pacientes?

—No tienes por qué a menos de que tengas más preguntas.

—Okey, entiendo.

Héctor encontró su ritmo rápidamente. Claro, no pude evitar notar que las mujeres estudiantes preferían ir a consultarlo a él en vez que a mí. Le coqueteaban, pero él no prestaba atención. Mantuvo todo a un nivel profesional, respetando el tiempo de todos.

A mitad del turno, Héctor y yo estábamos hablando cuando una joven estudiante se acercó.

—Disculpen, —dijo tímidamente. La volteamos a ver.

—¿Sí?

—Tengo a una joven de 29 años que no tiene síntomas, simplemente quiere anticonceptivos.

—¿Qué? ¿Vino a la clínica gratis para eso? ¿Quién la dirigió a la clínica?

—Yo lo hice, —dijo sonrojándose.

—¿Eres nueva, verdad? Cuidados preventivos tienen que ser referidos a su médico de cabecera...—

—Lo sé, —interrumpió, —pero deje le explico.

—Está bien, —dije.

—Ella no tiene médico de cabecera. Sé que el protocolo dice que la tenemos que referir a uno, pero ella tiene unas circunstancias especiales. La paciente es madre de cinco hijos, y están en aprietos financieros. Ella es católica y no quiere que su esposo se entere que está tomando anticonceptivos. Ella ha estado ahorrando por mucho tiempo para pagar el costo completo y que no salga en su aseguranza, ya que la comparte con su esposo.

Asentí para que siguiera explicando.

—Hizo una cita con el Dr. Tyler Smith.

—¡Oh no! —traté de mantenerme calmada.

Ella asintió.

—¿Qué tiene de malo eso? —preguntó el Dr. Medina viendo cómo las dos nos quedamos calladas.

La estudiante continuó, —Él le dijo que no se sentía cómodo prescribiéndole los anticonceptivos y la rechazó. Ella se siente agobiada ya que apenas y pueden con los hijos que ya tiene. Ya ni ahorros tiene porque los utilizó para esa cita.

Héctor le dijo a la estudiante que atendiera al siguiente paciente. Nosotros nos encargaríamos de ella.

—¿Qué tienes? —Me preguntó apenas se fue la estudiante.

—¿A qué te refieres?

—Traes una mirada de que estás lista para estrangular a alguien. La única vez que te he visto esa mirada fue cuando lastimaron a Sara.

—La filosofía del Dr. Tyler Smith cuando se trata de anticonceptivos es que una mantenga las piernas cerradas. Lo más seguro es que hasta le dijo eso mismo. Lo más seguro es que ella ya se sienta culpable por ir al doctor y luego él sale con esos comentarios.

—Tal vez sería mejor que yo hable con ella. No quiero que digas algo que te pueda meter en problemas.

—Héctor, ya llevo tiempo como doctora, —dije obviamente molesta, —soy perfectamente capaz de comportarme de forma civil.

—Entonces, ¿te importa si te acompaño? Solo para observar.

No podía pelear con mi jefe otra vez, especialmente cuando no tenía mucho desde nuestra pelea acerca de del estudio clínico. Dejé que me acompañara.

Después de presentarnos, saqué mi libreta de recetas médicas. Le di la receta y le dije a cuál farmacia podía ir. Casi se puso a llorar de la alegría.

—No vuelva a ir a ver al Dr. Smith, ¿entendido?

—Definitivamente nunca volveré a verlo – dijo sosteniendo el pedazo de papel cerca de su pecho.

Tomé mi libreta otra vez y comencé a escribir algo más.

—Este es el número de mi asistente, se llama Amanda. Cuando necesite que la vuelva a surtir, llámela. Ella puede enviar la receta a la farmacia de su preferencia. Sin cobro.

—¿En serio? —sus ojos brillaron con las lágrimas que se estaban acumulando.

—En serio. También necesito que siga haciéndose el papanicolaou cuando le toque. ¿Eso si lo puede poner en la aseguranza de su esposo?

—Sí, él no se opondría a eso. Es para la prevención del cáncer, ¿cierto?

—Correcto. Cada vez que lo haga, envíe una copia de los resultados a Amanda y le seguiré surtiendo sus anticonceptivos, ¿trato hecho?

Ella asintió. Se fue tirándonos flores de lo agradecida que estaba, incluyendo al Dr. Medina que ni había dicho nada. Tal vez él pensó que iba a decir algo malo del otro doctor, pero no le di esa satisfacción. A demás, no podía hacerlo. Ni una ley impide que un doctor haga lo que el Dr. Smith hizo.

Ya para cuando el último paciente se fue, la mayoría de los estudiantes también se habían ido. Una de las nuevas estudiantes se había quedado para ayudar a limpiar. Miré su gafete para ver quién era.

—Dra. Stuart, —dije, —muy buen trabajo el día de hoy. Siga así. — Ella debía de ser la nieta del director.

Él mencionó que su nieta se graduaría pronto.

Ella irradiaba felicidad. Se despidió de nosotros y se fue.

—Me gusta este lugar, —dijo Héctor.

—¿En serio?

—¿Por qué te sorprende tanto?

—No parece ser del tipo que disfrute estar rodeado de... — Pensé cuál era la mejor forma de decirlo.

—¿De qué? ¿Gente modesta? ¿Gente pobre? ¿Gente trabajadora?

—Sí.

—¿Por qué me tienes con esta idea de que soy un fresa engerido? Sé que soy algo orgulloso, pero...

—¿Algo orgulloso? —se me escapó una risa, pero me contuve al darme cuenta de lo que había hecho.

Él sacudió su cabeza.

—Como diga Dra. Ramírez. Nací en charola de plata, codeándome con la crema y nata de México. Detesto estar cerca de los proletariados. —Alcancé a percibir un tono molesto en su voz.

—Lo siento, no sé de qué hablo. Creo que solo estoy cansada.

—Está bien. ¿Sabes qué tienes que hacer para que te perdone? —su sonrisa traviesa ya estaba de regreso.

Arqueé mi ceja lo más que pude.

—Tranquila, perversa malpensada. Carolina, quiero que me acompañes a ir de compras.

—¿De compras?

—Sí. De compras. Detesto ir de compras, pero mi mamá va a venir a visitarme el fin de semana que viene y pues necesito...

—Muebles

—¡Exacto!

—Una mesa, sillas, toallas, almohadas, sábanas, más platos...

Gruñó. —Sabía que faltaban muchas cosas. Quiero que ella este cómoda, pero yo no sé ni pito de qué se necesita para tener una casa bien acondicionada. Nunca he tenido que escoger todo lo que se necita para una casa solo.

—Está bien. Te ayudaré. Pero solo porque me gusta ver este lado tan patético de ti.

Héctor se sorprendió cuando le dije que podía pedir la mayor parte de las cosas que necesitaba por internet, y que se la llevarían hasta su casa. Aun iba a ser necesario que fuera a su casa para ver bien las dimensiones de los cuartos para asegurar de que todo quedara bien.

—Gracias por ayudarme, —dijo apenas llegué.

—No hay problema. Considera mi ayuda como mi regalo de navidad y cumpleaños.

—Eres un amor.

Puse mi laptop en la isla de la cocina y empecé a navegar en algunas páginas de mueblerías. Héctor no era nada de ayuda, ni daba indicación de cuál era su preferencia de estilo.

—Mira, —dijo. —A mí no me importa nada de esto. Pero a mi mamá sí le va a importar. Escoge cosas que te gusten a ti y estoy seguro de que le encantarán a ella.

—Está bien, pero de perdis, platícame más sobre tu mamá y tu casa en México. Cualquier cosa que recuerdes me puede dar una idea de sus gustos.

—En serio no sé, Carolina. No presto atención a esas cosas.

Me masajeé las cienes, esto iba a ser más difícil de lo que pensé.

—¿Y qué hay de tu casa antigua? ¿Cómo era?

—Mi esposa la decoró. Si le gustaba a ella, estaba bien. Pero, a decir verdad, no era mi estilo.

—¡Ya ves! Sí tienes una idea de lo que te gusta. —dije, no queriendo preguntar por qué su mujer no decoraba esta casa. *No te entrometas, Carolina. No te incumbe.*

—No, no tengo un estilo en particular. Simplemente puedo descartar el de ella. Todo era inmaculado, todo blanco o de cristal. Me daba miedo tocar algo y mancharlo o romperlo.

—Okey, eso ya es algo. Podemos empezar con algo durable, fácil de limpiar, práctico.

Ya no me pude aguantar la curiosidad. Sin darme cuenta se me escapó. ¿Por qué tu esposa no está decorando esta casa? —tapé mi boca con mis manos. —Lo siento, no debí...—

—Está bien, —dijo Héctor, su sonrisa ahora un poco chueca. —Te platicaré algún día de ella, pero hoy no. Hoy es un día feliz.

—Olvida que te pregunté, eso no me incumbe.

Nos volvimos a enfocar en los muebles, dejando atrás un tema que le lastimaba. Escogí un centro de entretenimiento para la sala, unas bases para decorar y algunos cuadros de diversos paisajes. Cuando se los mostré simplemente preguntó —¿a ti te gustan?

—Sí, —dije sonriendo de oreja a oreja. Lo que no haría por muebles como estos.

—Entonces están perfectos.

Repetimos el mismo proceso con cada cuarto de la casa. Desde el cuarto de huéspedes, hasta los baños, el comedor, la vajilla, etc. Él nunca opinó. Solo comentó que creía que a su mamá le gustaría lo que había escogido, lo cual me dio más ánimos para terminar las compras.

Cuando terminamos, me sentí satisfecha. Su casa se iba a ver magnífica. Lista para cuando llegue su mamá.

Sin ya tener nada que hacer, me empecé a sentir incómoda en su casa. Demasiado íntimo. Demasiado solo.

—Bueno, eso es todo. Vas a descansar el día que vengan a entregar todo. Ya puse todas las citas en tu calendario.

Cuando me paré para irme, Héctor me tomó de la mano y la mantuvo entre la suya más tiempo de lo necesario. —Gracias, Carolina, —dijo, —realmente me has sacado de un aprieto.

ORÍGENES HUMILDES

Héctor quedó sorprendido que tanto pudimos comprar sin salir de compras. Aun así, le prometí que iría a ayudarle el sábado, cuando llegaran todos los muebles. Le ayudaría a acomodar todo y darle los toques finales. Él tenía que ir a recoger a su mamá a la seis de la tarde, así que llegué a las diez para dejar todo listo.

Realmente fue sincero cuando dijo que no sabía qué hacer con las cosas. Todos los muebles estaban en el lugar equivocado. Parecía que organizó todo o borracho o aun dormido.

—¿Alguna vez has escuchado del *feng shui?* —Le pregunté.

—Es el manual de cómo arreglar los muebles, ¿no?

—Algo por el estilo

—¿Qué hice mal?

—La cama queda viendo la puerta, eso no es bueno. Necesitamos que la cabecera de la cama quede contra la pared que tiene ventanas, para que los pies queden viendo hacia la pared sin ventanas.

Héctor se echó a reír.

—¿Se burla de mí, Dr. Medina?

—Lo siento, simplemente no entiendo por qué importan

nada de esto. Pero está bien, vamos a mover la cama. Y por favor, llámame por mi nombre afuera del hospital.

—¿Lavaste las sábanas?

—¿Tenía que hacerlo?

—¡Ay, Dios mío! —exclamé quitando la colcha y las sábanas. Le pregunté dónde estaba su lavadora y secadora. Por suerte, sí tenía esos electrodomésticos.

Casi todo quedó listo para las dos de la tarde. Los dos quedamos todos sudados, apestosos y sin aliento por andar moviendo todos los muebles.

—Me debes una, —le dije.

—Definitivamente.

Héctor nos sirvió dos vasos de agua. Nos sentamos en la sala, me quedé viendo cómo quedó, satisfecha del trabajo que había hecho.

La casa se veía acogedora, pero con un toque moderno. Arriba de la consola de caoba había unas hermosas flores que cualquiera envidiaría. La mesa de centro estaba decorada con una vela y una pila de libros de arte, algo que me imaginé que le agradaría a Héctor. Traté de hacer lo mejor que pude basado en lo poco que me dijo.

—Entonces, ¿Qué opinas? —pregunté.

Héctor alzó los hombros, —¿A ti te gusta?

—No empieces con eso. No importa si me gusta a mí. Quiero saber si te gusta a ti. —Estaba a punto de seguir quejándome cuando respondió, —Si a ti te gusta, entonces a mí también.

Qué hombre más necio.

—Por cierto, —dijo Héctor cambiando el tema, —nunca tuve la oportunidad de decírtelo, pero creo que fue muy lindo lo que hiciste por tu paciente.

—¿De qué hablas?

—Algo que le llamaste María, o algo por el estilo.

Casi escupo el agua que acababa de tomar. Todo este tiempo pensé que él no lo había visto.

—¿Nos viste?

Él asintió, —¿Y por qué le dicen así?

—María es una leyenda en nuestro departamento. Ella fue una paciente durante mi primer año en el hospital y era la favorita de Sara. Era una mujer ya madura, alrededor de cincuenta años de edad. Fue una esteticista. Cada vez que era internada, iba y maquillaba a las otras pacientes. A veces era algo sencillo, como ponerles crema en las manos y darles un masajito, o a veces les daba un cambio de look.

—Eventualmente, empezó a acompañar sus rondas con música. Música de hip—hop o música soul, todas siempre muy alegres y movidas. El personal se enamoró de ella.

—Me lo imagino, —dijo Héctor.

—Si, ella podía alzarle los ánimos a cualquiera y mejorar sus días.

—¿Y sobrevivió?

Mi cara se entristeció, —No. Ganó el cáncer de mama.

—Lo siento mucho, —dijo Héctor

—También yo. Era una mujer increíble. Así que, como tributo a ella, mantenemos esa tradición viva. Si hay alguna paciente que está teniendo un día terrible, les hacemos esa pequeña celebración. Es algo tonto, pero…

—No es nada tonto. Bien sabes, al igual que yo, que los pacientes con mejor humor tienden a tener mejores posibilidades de sobrevivir. Es tan importante como la quimioterapia y la radiación.

—Sí, lo sé. Gracias.

—También quería preguntarte algo.

—¿Qué?

—¿Por qué te ofreces de voluntaria en la clínica gratis tan frecuentemente?

—Héctor, si te ofendí el otro día, lo siento mucho. No quise hacerte dudar del ser voluntario.

—Tranquila, esa no es la razón por la cual te estoy preguntando eso. Siento que ahorita estás balanceando muchas cosas.

Me pellizqué el ceño, fingiendo estar exasperada —Para empezar, nunca, pero NUNCA le digas a una mujer que se tranquilice o que se calme.

—Entendido. —replicó con una sonrisa.

—Y para terminar, solo voy dos turnos al mes. La verdad no puedo imaginar mis meses sin hacerlo.

—Pero, ¿Por qué empezaste a hacerlo en el principio?

Mi mirada se perdió mientras mis pensamientos se remontaron a años atrás. Me di cuenta de que a pesar que detestaba hablar de mi mamá, Héctor siempre se las arreglaba para hacerme hablar.

—Mi mamá. Ella no tenía aseguranza cuando fue diagnosticada. Así que ella ignoró los síntomas por mucho tiempo.

—Y si ella hubiera tenido acceso a una clínica gratuita, las cosas hubieran sido diferentes, ¿cierto?

Asentí. No sabía qué decir, lo bueno que sonó el timbre. —¿Esperas visita?

—No, lo más seguro que sea otra cosa que ordenaste.

—No. Tú pagaste una fortuna para que todo estuviera aquí antes de que llegara tu mamá.

—Por cierto, gracias por eso, —dijo irónicamente.

—Cuando quieras, —respondí guiñando el ojo.

Al abrir la puerta, sacudió su cabeza como tratando de creer lo que estaba viendo. —¡Mami! —exclamó.

Me paré de inmediato y me acerqué a ellos. Héctor abrazaba a aquella mujer de baja estatura. Apenas rebasaba el metro y medio. No entiendo cómo una mujer tan chiquita y delicada dio a luz a este hombre tan grande. Con esas habilidades podía hasta dominar el mundo.

Ella traía puesto un saco rosa, su pelo en un chongo bajo. Le sonreí. Noté que no se teñía sus canas. Eso me agradaba. Parecía una mujer ejemplar.

Madre e hijo quedaron inmóviles por unos momentos, hasta que por fin él la soltó.

—Hola, Señora Medina, —saludé. Se le quedó viendo a mi mano que le extendí para saludarla. Ella la quitó y me sorprendió al darme un gran abrazo. No pude evitar abrazarla también. Tampoco pude evitar sentirme conmovida, tenía tanto tiempo de no sentir un abrazo de madre.

—*Plis,* —dijo en inglés con un acento fuerte mexicano, —*call me Marisela.*

Al ver su cara, me di cuenta de que traía un poco de maquillaje y unos aretes de perla en forma de lágrimas. Tenía un aire sofisticado, pero era leve. Si la pudiera describir con una palabra seria, elegante.

—Si gusta, podemos hablar en español, —le dije ya cambiando a español. Después de eso, todas nuestras conversaciones fueron en español. Al principio me sentía un poco apenada. Obviamente, el español de ella y Héctor sería propio, del tipo que utilizan los riquillos. Sin embargo, mi español era el que aprendí en el barrio mexicoamericano. Era callejero y a veces pocho. Me sentí mejor al ver que ni uno de los dos hacía comentarios acerca de mi carente léxico.

—¿Quién es ella? —preguntó sin despegar sus ojos de mí.

—Ella es Carolina Ramírez. Es una doctora en el hospital donde trabajo.

—Ah, ya veo, —dijo, analizándome de pies a cabeza.

—Sí señora, quiero decir, Marisela. Su hijo es mi jefe. Hoy vine a ayudarle a tener lista la casa para su llegada.

Su mirada iba de uno al otro. Me empecé a sentir nerviosa otra vez.

—Mamá, iba a ir a recogerla al aeropuerto.

—Sí, pero yo puedo rentar un coche sin problema alguno, —dijo ella.

—Y me mentiste acerca de a qué horas iba a llegar.

—Pues, ¿Cuándo más iba a tener oportunidad de rentar un

carro? Tú siempre estás muy ocupado. No iba a querer ser una molestia, —dijo dándole unas palmaditas en los cachetes. —Estoy muy hambrienta, hay que ir a almorzar algo.

—Yo ya me retiro, —dije, —Marisela, fue un placer conocerla. Espero disfrute su estancia en Kansas City.

Volteó a verme y me dejó inmóvil con su mirada, —¿Pero a dónde vas? No, ven con nosotros. —dijo.

—No, no puedo, —dije, viendo la ropa vieja que traía puesta.

—Los dos pueden ir así como andan. No quiero ir a ningún lugar caro o nada de ese estilo.

—A mi mamá le gusta ir a cafés sencillos, —explicó Héctor

—Sí, prefiero esos ya que me gusta almorzar cosas más ligeras como ensaladas o sándwiches. Así que vamos.

No me podía salir de este almuerzo. No estaba lista para conocer a su mamá. Nuestro trato nada más era tener las cosas listas para ella, no conocerla en persona. Aun así, no podía dejar de sonreír.

Nos fuimos en carros separados, para que así me pudiera ir por mi lado después del almuerzo. Cuando llegamos al café, Héctor fue a pedir nuestra orden mientras Marisela y yo nos fuimos a acomodar en una mesa con vista al patio.

—Cuéntame, ¿Cuánto tiempo llevas trabajando con mi hijo?

—Apenas unos cuantos meses

—¿Es buen jefe?

—Es... Okey, —respondí, sorprendiéndome a mí misma con mi respuesta.

Ella se rio, —me encanta la gente honesta.

Le sonreí. Héctor llegó con nuestros cafés, —¿están hablando de mí?

—Nunca haríamos algo por el estilo, —dijo su mamá

—¿Y en qué parte de México vive?

—Oaxaca

No sé por qué siempre imaginé que Héctor venía de la

Ciudad de México. —Nunca he estado ahí, ¿es bonito? —pregunté.

—Es hermoso. La gente es cálida, la comida es deliciosa. Si algún día quieres visitar, las puertas de mi casa estarán abiertas, —contestó.

—Muchas gracias.

—¿Hay algún lugar que me sugieras visitar mientras estoy aquí?

—A ver, pues si le gusta el arte, el museo Nelson-Atkins es genial. Uno no se lo imaginaría, pero tienen unas colecciones espectaculares incluyendo un Caravaggio. —Me saqué esa sugerencia de la manga. Solo había ido una vez al museo, y la única razón que sabía del Caravaggio era porque Mandy a cada rato hablaba de él. Creo que estaba tratando de impresionarla.

—Estaba pensando en algo más...casual.

Eso me sorprendió. Siempre me imaginé que Héctor provenía de una familia adinerada, así que pensé que su mamá iba a querer lo mejor de la ciudad. Nunca pensé que fuera a solicitar sugerencias más casuales.

—Bueno, cerca del museo hay un jardín de rosas hermoso, —respondí, esperando que esta sugerencia fuera más de su agrado.

—¡Me encantan las rosas! —dijo con un brillo en sus ojos, —tal vez Héctor vaya conmigo mañana, —dijo mirando a su hijo dando la indirecta.

—Por supuesto que podemos ir, mamá.

Tuvimos una plática agradable, pero superficial durante el resto del almuerzo, hasta que Héctor tuvo que retirarse por un momento para tomar una llamada, dejándome sola con su mamá. No me sentí tan incómoda esta vez.

—Bueno, ahora que tenemos un momento a solas, quiero hablar contigo acerca de Héctor —dijo Marisela viendo por la ventana que Héctor aún seguía ocupado.

—No sé si sería...

—Veo la forma en que te mira.

—¿Qué?

—Tiene tanto tiempo de no sonreír así. Gracias por eso.

—Creo que tiene una impresión equivocada.

—No te preocupes, sé que no están juntos. Pero cuando tienes años de no ver feliz a tu hijo, créeme, te vas a aferrar a cualquier cosa que traiga esperanzas.

Tiene años de no ser feliz, ¿a qué se refería?

—Por lo que veo, no sabes nada de su matrimonio.

Sacudí mi cabeza. Ella volvió a ver por la ventana y continuó. —Héctor es un necio y le es difícil desprenderse de su pasado. Estoy segura de que aún no te lo ha dicho.

—¿Decirme qué?

—¡Ay, tantas cosas! Por ejemplo, me imagino que aún no te ha dicho que lleva dos años de separado de su esposa.

Mis manos me empezaron a sudar. Las limpié en mis jeans nerviosamente. No creo que Héctor quería que me enterara de todas estas cosas de su vida privada.

¿Por qué me estaba diciendo Marisela todo esto? De solo pensar en Héctor me sentía mareada. Pero aún estaba casado. No importaba que estuviera separado, aún seguían casados. Lo que me dijo Marisela no cambiaba nada.

—Tu reacción me dice que estoy en lo correcto.

—Marisela, no sé si él quiere que yo sepa esto.

—*Yo* quiero que tú lo sepas, —dijo, —Andrea es una buena mujer. Ella sabe de ti.

—¿Qué? —sentí cómo la sangre corría más rápido. ¿Cómo sabía su esposa de mí? Si no hubiera estado sentada, seguro me hubiera caído. En eso también yo empecé a verificar que Héctor siguiera afuera.

—No te preocupes, ella está feliz de que Héctor haya encontrado a alguien que lo hace feliz.

Marisela siguió viéndome por unos momentos mientras yo trataba de entender lo que me acababa de decir. —Además, creo que ella tiene la esperanza de que ahora que él encontró a alguien especial, que por fin le dará el divorcio.

Estaba mareada, mi cabeza iba de un lado para otro. Por fin entendí a qué se referían con experiencias extracorporales. Su mujer sabía de mí y por alguna extraña razón ella y la madre de Héctor habían hablado de mí. ¿Qué demonios estaba ocurriendo?

—Son muy pocos los matrimonios que sobreviven la tragedia de perder a un hijo. Me imagino que has escuchado de eso.

Asentí, aun sin habla. No sabía los detalles, pero sabía que había fallecido.

—Andrea se deprimió mucho, la pobre. Era de entenderse. Terminó volviéndose alcohólica, tuvo que ir a un centro de rehabilitación. No te preocupes, ahora ella está bien. Pcro desde antes de que se casara, mi hijo pasó por muchas dificultades.

—Éramos muy pobres cuando él era chico. Ya te has de imaginar los desafíos que un niño moreno, pobre de México, tiene que sobrepasar para llegar hasta donde él ha llegado. Te digo todo esto para que entiendas más su carácter. Él no sabe cuándo rendirse.

No podía creer que él había empezado desde cero. Siempre supuse que venía de clase alta. Me convencí a mí misma que había nacido en charola de plata. A pesar de que su mamá no me dio muchos detalles, sé que ser pobre en México es mucho más difícil que ser pobre en los Estados Unidos. Mi corazón se sintió afligido al imaginar a un niñito tratando de balancear sus responsabilidades de la escuela y trabajar para ayudar a su familia. Quizás tenía que vender cosas, quizás tuvo que robar cosas. ¿Pasó hambre? ¿tenían todos los servicios básicos? ¿Cómo pude ser tan ciega? Nadie le dio nada a él. Él tenía todo el derecho a lo que tenía porque se lo había ganado.

—¿Por qué me cuenta todo esto? Héctor es una persona tan privada.

—Te lo digo porque sé que él no lo hará.

Asentí, esta vez queriendo que me dijera más. Ella volteó nuevamente para asegurarse de que Héctor aún seguía ocupado. Ya nos quedaba poco tiempo.

—A pesar de que la salud mental de Andrea ha mejorado, la única forma que ella podía seguir con él era tomando. Ella no quería hacer eso. Héctor se alejó con la esperanza que la distancia los ayudara, pero Andrea ya lo superó. Héctor también tiene que superarlo. ¿Entiendes?

—No estoy segura, —admití.

—Ella le ha pedido el divorcio varias veces durante estos últimos dos años, pero él se reúsa a dárselo.

—Él aún la ama.

—No. —arrugó su frente. —Él no la ama. Aún le importa su bienestar, pero el amor que antes tenían se extinguió.

—Entonces, ¿Por qué no le da el divorcio?

—Deja te presento a mi hijo, —dijo riéndose, —su orgullo no lo deja hacerlo. Él cree que es un hombre perfecto y los hombres perfectos no se divorcian. Sería como admitir derrota para él.

—¿Por orgullo?

—Orgullo, pero también algo más. Carolina, él se tomó sus votos muy enserio. Aún después de haberte conocido sigue luchando consigo mismo y su inhabilidad de dejar de aferrarse a su pasado. Esos votos siguen siendo importantes para él, aunque ya no la ame. Ella es la madre de su único hijo y aun no puede desprenderse de su compromiso con ella.

Héctor por fin regresó y yo aún tenía un millón de preguntas. Había estado totalmente equivocada de su origen y de sus valores. Lo juzgué mal y no tenía el derecho de hacerlo. Marisela fue muy clara con sus intenciones. Venía a hacerla de cupido. Me miró de la misma forma que me veía la mamá de Ramiro. Ella ya había decidido que era la mujer indicada para su hijo.

Si Héctor aún estaba luchando consigo mismo, yo no podía hacer nada. A pesar de que no me preocupaba el casarme o no casarme, sabía que, si algún día lo hiciera, sería de por vida. Entendía el conflicto en el corazón de Héctor. Yo no me podía entrometer entre él y Andrea a pesar de lo que Marisela me pedía. Esta era la vida de Héctor y él tenía que tomar sus propias decisiones.

—Voy a tomar unos días de descanso, —dijo Héctor llamando mi atención.

Traté de enfocarme en lo que decía. —Qué bien, ¿vas a ir a algún lugar divertido? —bebí un poco de mi café.

—Sí, voy a mostrarle la ciudad a mi mamá y de ahí quiero llevarla a Colorado Springs antes de que ella se regrese a casa. Nunca he ido, pero creo que nos va a gustar.

—Colorado Springs es precioso, les va a encantar, —alcancé a decir.

Nos despedimos. Marisela me jaló para abrazarme. La abrasé afectuosamente y antes de soltarme me dijo, —piensa en lo que te dije.

EN CAMINO A LA GUERRA

Héctor se fue de viaje con su mamá poco tiempo después de que ella había llegado a Kansas. Querían ir de viaje juntos, aunque fuera un viaje corto. Su ausencia me dio tiempo para pensar en todo lo que su mamá me había contado. Estoy segura de que Marisela tenía la esperanza que Héctor y yo fuéramos más que amigos.

Pero no podía cruzar esa línea. A pesar de que ya estaban separados, no podía obligar a Héctor a hacer algo que iba en contra de sus convicciones. Era demasiado importante para él.

No voy a mentir, me moría de las ganas de hacerlo. Marisela dejó abierta esa posibilidad. Pero aún no podíamos olvidarnos de nuestras obligaciones.

Un hombre casado pero separado, aún sigue siendo casado. No había poder en el mundo que cambiara mi parecer en ese aspecto. Decidí ignorar los consejos de Marisela. Tal vez si algún día la vuelvo a ver, le explicaré por qué mantuve mi distancia.

Aun así, mi imaginación me traicionaba. Soñaba despierta con papeles de divorcio firmados y a Héctor conmigo. Crearíamos nuevos estudios clínicos y nuevos tratamientos, hablaríamos de nuestros pacientes y de ajustes a sus tratamientos antes de ir a dormir. Ese era el tipo de futuro que quería, algo que nunca había imaginado con alguien más antes.

Cuando Héctor regresó, estaba de un genio. Por un momento pensé que su mamá le había contado de lo que platicamos, pero pronto me di cuenta de que no era eso. Él estaba siendo grosero con todos, no solo conmigo.

Nadie lo había visto así antes. Siempre había sido tranquilo, sereno y le caía bien a todos. Nunca hacía sentir de menos a los estudiantes y siempre encontraba formas para ayudarlos a mejorar.

Tomó a todos por sorpresa cuando regresó de sus vacaciones, convertido en alguien totalmente diferente.

—¿Acaso eres un inútil? —le preguntó Héctor al Dr. Dennis.

—¿Qué hice? —Preguntó el Dr. Dennis, sonrojándose de pena.

Héctor le aventó la tableta al joven doctor.

—Mira esto detenidamente.

El Dr. Dennis tomó la tableta con manos temblorosas y obedeció.

—Ahora, lee eso bien y dime. ¿Qué hiciste mal? —dijo Héctor entre dientes.

—La verdad, no sé. No sé qué es lo que debería de estar buscando.

—El doctor no sabe lo que debería de estar buscando, —dijo Héctor dejando al Dr. Dennis en ridículo.

Volteé a ver a la paciente en su cama. Aún seguía sedada, así que no escuchó nada de lo que estaba pasando.

El Dr. Keach estaba parado al lado de mí. Podía escuchar claramente cómo se reía disimuladamente, a pesar de que luego aclaraba su garganta para no ser tan obvio.

—Una de dos. O eres un inútil, o estás tratando de matarla, —dijo Héctor.

—¡No! Yo... Es que...— Apenas trató de defenderse, Héctor lo empujó y le quito la jeringa antes de que el Dr. Dennis inyectara sus contenidos al IV.

—La dosis que ordenaste es el doble de lo que la paciente necesita.

El Dr. Dennis se sonrojó aún más, —yo solo estaba siguiendo la dosis del doctor que estuvo a cargo anoche.

—¿Y si el doctor de anoche anduviera comiendo mierda, también tú lo harías?

—Dr. Medina, —interrumpí, —estamos en el cuarto con una paciente. ¿Por qué no siguen su plática en un lugar más privado?

Volteó a verme con fuego en los ojos. Se me puso la piel de gallina. Algo muy malo debió de haber pasado durante su viaje. Héctor cerró sus ojos, pero sus fosas nasales seguían dilatándose. Me imaginé que estaba tratando de calmarse, pero mejor optó por salir de ahí.

Tomé la tableta de las manos del residente, revisé el historial médico de la paciente y sugerí que administrara la dosis que Héctor había dicho. Era cierto que lo mejor para la paciente era mitad de la dosis, pero tampoco estaba fuera de la línea la dosis que el Dr. Dennis y el doctor de la noche anterior pensaban utilizar. Nadie había cometido ni un error. —No se preocupe, Dr. Dennis, estoy segura de que ese arranque se trata de otra cosa y no de usted.

Salí del cuarto tratando de alcanzar a Héctor para saber qué estaba pasando y evitar que abusara de algún otro estudiante. No quería que asustara a todos y nos dejara sin estudiantes. Lo vi entrar a la sala de doctores y lo seguí.

Era hora del almuerzo, así que la sala estaba llena. Lo encontré a lado del refrigerador; respiré profundo y me acerqué a él.

—¿Quién demonios tomó mi almuerzo? —dijo azotando la puerta del refri. Todos voltearon a verlo. Oh no, empezamos mal.

—Dr. Medina, ¿podría hablar con usted en su oficina? —preguntó.

—Ahorita no, Carolina, no estoy en humor de hablar. —respondió

Me llamó por mi primer nombre. En el trabajo. En frente de todos. Cerré los ojos y traté de recordar lo que acababa de pasar. Si, todos habían volteado a verme.

—Dr. Medina, es algo urgente, —insistí.

Se quejó, pero de pronto se dio cuenta de que todos lo estaban viendo, así que salió volando de la sala. Me topé con el Dr. Keach al salir de ahí. Nos había estado siguiendo.

—¿Problemas de pareja? —preguntó cuando pasé cerca de él, utilizando un volumen suficientemente fuerte para que otros escucharan.

Chinga tu madre, pensé. —Él está lidiando con algo personal, —traté de explicar.

—Oh sí, seguro que es algo *personal.*

—Dr. Keach, no tengo ni el tiempo ni las crayolas necesarias para explicarle con dibujitos qué significa *algo personal,* —dije con el mismo volumen que él había utilizado segundos antes. Lo dejé ahí congelado y sin habla.

Mierda. El Dr. Keach no olvidaría ese insulto público... pero eso era un problema para otro día. Me apresuré a la oficina del Dr. Medina y entré tan molesta como él. Él estaba parado a lado de la ventana con los brazos cruzados, admirando la vista otoñal que Kansas City ofrecía. Un mar de copas de árboles amarillos y dorados.

—Héctor, ¿Qué demonios traes?

—Lo siento, —dijo aún molesto. No sonaba nada sincero y ni siquiera volteó a verme.

—Eso que hiciste no fue nada profesional.

—Lo sé, —esta vez su voz tenía un aire resignado. Volteó, se acercó a su escritorio y se sentó. Escondió su cara en sus manos en vergüenza, —Lo sé, lo siento.

—¿Qué te pasó? —pregunté sentándome frente a él. Él se paró y me miró fijamente.

—Carolina, yo... yo he tenido un mal día

—Sí, me di cuenta, doctor. Pero sabes que no debes de llamarme por mi primer nombre aquí en el trabajo enfrente de otros, especialmente cuando estás enojado. Parecía como si estuviéramos peleando y bien sabes que los rumores no se van a hacer de esperar.

—Me vale madre los rumores, Caro.

¡Serena, morena! Respira, Carolina. —Dr. Medina, tú ya estás establecido y tienes el respeto de los demás doctores. Yo apenas estoy empezando mi carrera. Para mí no es así de fácil ignorar los rumores. Aún me pueden afectar.

—Lo siento. Lo sé. Era en serio cuando te dije quc ahorita no era el mejor momento para hablar. Sabía que iba a ser grosero por el genio que me cargo.

—Es bueno saber que sí tienes defectos.

Sonrió, pero era una sonrisa muy leve.

—Ahora, por favor, dime, ¿Qué tienes?

Héctor tiró un sobre amarillo tamaño carta en frente de mí, —anda, ábrelo. Está bien.

Tomé el sobre y saqué los papeles. Solo bastó un vistazo a la primera página.

Respiré hondo. *Oh no,* —son... ¿papeles de divorcio?

Héctor asintió.

—Lo siento mucho, —dije.

—Sí, yo también. El viaje con mi mamá fue genial. Estaba emocionado de regresar a casa y regresar al trabajo. Pero en vez de un buen día, mi mañana comenzó con papeles de divorcio — dijo amargamente.

—Lo siento mucho, —dije otra vez, sintiéndome tonta por no encontrar mejores palabras. ¿Qué más le podía decir a alguien que se sentía devastado?

—Gracias. Ella... ella ya llevaba mucho tiempo de estar

pidiéndome el divorcio. Siempre dije que no, con la esperanza de que las cosas volvieran a ser como antes, pero eso nunca pasó. Creo que se cansó de esperar a que me resignara y aceptara nuestra separación. Decidió anular nuestro matrimonio.

—Eso es terrible, Héctor, —dije, parte de mí siendo totalmente sincera...la otra, no tanto.

—Sí, lo es.

—Pero eso no es excusa para tratar así a los estudiantes.

—Lo sé, —dijo con un suspiro.

—Tampoco es excusa para hacer escenitas como la de hace momentos. Ahora todos piensan que tú y yo...

—Lo arreglaré todo, lo prometo.

Limpié mis manos sudadas en mi bata blanca. Sabía que no debía de preguntar, que no me debía de entrometer, pero no lo pude evitar, —¿vas a firmarlos?

Su boca se endureció, sacudió su cabeza y dijo —No. No sin antes hacer el último intento.

Era un buen hombre. Estaba haciendo lo correcto. Aun así, me sentí como la vez que mi papá se olvidó de mi cumpleaños.

—Bueno, en ese caso, hazme un favor. Toma el resto del día de descanso. Ve a tu casa y ya no hagas el ridículo.

#HOTMANREADING

—¿Tienes un minuto?

—Sí, claro. Entra.

Dejé caer sobre su escritorio una pila de papeles organizados en carpetas manilas, los cuales golpearon la madera con un ruido sordo.

—¿Qué es todo esto? —preguntó sorprendido.

—Son los cuestionarios de admisión para el estudio clínico. Tenemos diez candidatos, siete que se ven bien y tres no tan bien. Me gustaría que habláramos acerca de ellos.

Dejó escapar un largo suspiro. Seguro estaba viendo de qué forma salirse de esta, pero sabía que no tenía opción. Esta es la parte de los estudios clínicos que todos detestaban, el decidir quién sería seleccionado.

—Está bien, —respondió resignado, —cierra la puerta.

Primero revisamos las siete que estaba segura de que serían buenas candidatas. Los dos estuvimos de acuerdo. Después empezó lo difícil.

—Ella es tan joven y tiene un bebé que depende de ella, —dije, defendiendo mi selección.

—No importa que sea joven y que tenga un bebé, —refutó

Héctor, —no cambia el hecho de que no entra en los parámetros.

—¡Pero apenas y queda fuera de los parámetros!

—Repite esa última parte otra vez

Parpadeé confundida. —¿Qué parte?

—Después de "queda"

Puse los ojos en blanco. —Afuera. Quieres que diga *afuera de los parámetros del estudio clínico.* Lo sé, Héctor, pero...

—Mira, entiendo que quieres ayudar a todos. También yo. Pero si empezamos a desviarnos de los parámetros, vamos a afectar los resultados. Bien sabes que si queremos hacer cambios al protocolo, tenemos que enviarlos a la junta de revisión.

—Sí, sí, sí, ya sé.

Era tan frustrante tener la habilidad de ayudar a alguien con un nuevo tratamiento, pero no poder hacerlo porque dicho tratamiento aún no estaba disponible para el público en general.

—Oye. Gracias por tu ayuda. Necesitaba alguien que fuera estricto, —admití después de aceptar mi descontento.

—También tú puedes ser estricta.

Eso sí me hizo reír.

—En serio, —insistió, —no siempre fui así de estricto. Cuando empecé mi carrera, era igual que tú. Quería que todos pudieran ser parte de mis estudios clínicos.

—¿Oh sí?

Héctor asintió, —Sí, pero eso no era posible. Ni en ese entonces, ni ahora.

Continuamos analizando los cuestionarios. La siguiente paciente era una de la que no estaba segura, pero los dos terminamos estando de acuerdo que sí sería una buena candidata. La última, al igual que la mamá soltera, decidimos que no sería parte del estudio. Sentí cómo me hundía cada vez más en mi bata blanca. Estamos tomando decisiones que podían cambiar la vida de cada una de ellas.

Cuando por fin terminamos, me enderecé bien. Hicimos lo que teníamos que hacer. No podía deprimirme, eso no cambiaría nada.

—¿Te puedo preguntar algo? —dijo Héctor.

—Sí, dime.

—Cuando empecé a trabajar aquí, estabas preocupada de que yo estuviera molesto por pensar que habías copiado los resultados de mis investigaciones. ¿Qué te hizo pensar eso?

Alcé los hombros. No quería pensar en el Dr. Keach. —Creo que simplemente sentí que era demasiada coincidencia que vinieras a trabajar justamente a este hospital.

—A ver. Párate. —dijo, saliendo de atrás de su escritorio.

—¿Qué?

—Párate, Ramírez

¿Y ahora qué mosco le habrá picado a este hombre? No importaba, era mejor hacerle caso. Se paró enfrente de mí y nos quedamos viendo por un momento.

—Las investigaciones son como un baile, —dijo Héctor.

—¿Cómo un baile? —dije insegura a dónde iba todo esto.

Asintió acercándose a mí. Tomó mi mano con su mano, y con la otra mi cintura. Mi cuerpo se tensó de inmediato. —Héctor, no era broma cuando te dije que no sé bailar.

—Solo sígueme la corriente.

—Está bien.

Me jaló de la cintura más cerca de él, al mismo tiempo que él tomó un paso atrás.

—Una persona toma un paso adelante, la siguiente persona toma el mando, —dijo. Con un suave empujón, me alejó de él, —Ese doctor le da vuelta la investigación con su propio ritmo y hace que avance más y más. —Mientras decía esto, alzó la mano que sostenía la mía y maniobró mi cintura con su otra mano para hacerme dar vuelta.

Era muy en serio cuando le dije que no podía bailar. Casi me caigo cuando me dio la vuelta, pero él estuvo ahí listo para atraparme. Mi pelo despeinado cubría parte de mi cara. Me le quedé viendo entre mechones de pelo. Sus ojos parecían oscurecerse mientras admiraban mi cara. Nos quedamos ahí parados, él sujetándome por más tiempo de lo necesario. Me pregunté si sentía cómo mi cuerpo estaba empezando a temblar.

—Todos pueden bailar, —dijo por fin dejándome ir, —si tienen a la persona correcta quien les guíe.

Al siguiente día llamé a su oficina para una consulta.

—¿A qué hora sales? — me preguntó.

—En una hora, ¿por qué?

—¿Por qué no mejor vamos por un café y platicamos allá? A menos que sea algo urgente.

—No, no es urgente. Y si, suena bien. Conozco un buen café en Westport Road que te va a gustar.

Le envié la dirección, terminé lo que me faltaba antes de terminar mi turno, y por fin me dirigí a mi lugar favorito, un café que era un negocio familiar.

Cuando llegué, Héctor ya estaba esperándome ahí. Traía puesto un atuendo casual, el cual no se le veía nada mal. Nada, nada mal. Su playera entornaba sus pectorales, las mangas de su playera quedaban justas alrededor de sus brazos musculosos. Su ceño ligeramente fruncido, enfocado en el libro que leía. Hombres apuestos leyendo eran mi kriptonita, pero eso no lo sabía nadie. Ni Sara ni Sofía sabían que podía pasar horas viendo posts en las redes sociales con el hashtag #HotMen-Reading.

Tenía que dejar de quedármele viendo si no quería dejar una laguna de baba a mis pies. Respiré hondo y fui a sentarme frente a él.

—¡Hola! —dije animada.

Héctor tomó su marcapáginas, lo colocó en donde se había detenido, y dejó su libro cerrado en la mesa.

—¿Qué estás leyendo? —Él alzó el libro para que pudiera leer la portada.

—*Al Este del Edén,* —leí en voz alta, —ese me encanta, ¿es la primera vez que lo lees?

—Sí, apenas voy a la mitad. Es fascinante.

—Como aun no lo terminas de leer, me voy a aguantar las ganas de hacerte mil preguntas. No quiero arruinar el final.

—Sí, por favor. Pero te aviso cuando termine de leerlo.

—Me parece bien.

El ambiente se tornó más serio cuando empecé a platicarle acerca de una nueva paciente que estaba buscando una segunda opinión. Yo ya sabía que terminaría en un hospicio, pero tenía una esperanza que al Dr. Medina se le ocurriera otra opción.

—Lo siento, Carolina, pero tu pronóstico es el correcto.

—Me temía que dijeras eso, —dije ya no tan entusiasmada.

Héctor me dio una sonrisa a medias, —Si ya lo sabías, ¿entonces por qué pediste mi opinión?

—¿Por masoquista?

Se rio un poco.

—Aun así, gracias por tu ayuda.

—Ya sabes, cuando quieras.

Antes de irme le quise preguntar acerca de la beca. Aun no le había dicho nada a Héctor desde que lo mencionó el Dr. Keach.
—¿Te puedo preguntar algo?

—Algo me dice que lo vas a hacer sin importar lo que yo diga.

—Tú vas a revisar las aplicaciones para la beca el año que viene, ¿cierto?

—Hmm, eso era algo confidencial. ¿Cómo te ente… —no terminó de preguntar cuando él mismo adivinó la respuesta. —el Dr. Keach, ¿cierto?

Asentí, sorprendida de que había adivinado. ¿Acaso él

mismo le había dicho eso a Keach? Me dieron náuseas nada más de imaginarme a Héctor escogiendo la propuesta de Keach en vez de la mía. —¿Cómo supiste que fue Keach quien me lo dijo?

—El director no deja de hablar de él. Supuse que él le dijo a Keach y que Keach fue de bocón contigo.

Por fin pude respirar bien otra vez, —Oh, ya veo. ¿y entonces?

—¿Entonces qué?

—¿Me estás tomando en cuenta?

—Sabes que no te puedo decir eso, —dijo, pero su sonrisa de oreja a oreja y su mirada me dieron la respuesta que buscaba.

—¡Gracias! Bueno, ya te dejo en paz. Disfruta a Steinbeck.

—¿Tienes prisa?

—No, solo no quería tomar más de tu tiempo.

—Carolina, disfruto de tu compañía. Me gusta tener con quien charlar afuera del trabajo.

—Está bien, entonces deja voy a ordenar un café.

Él me detuvo y fue él a ordenar los cafés. Regresó con esa sonrisa que ya extrañaba verle.

—¿Ya te sientes mejor? Digo, con lo del divorcio.

—Estoy más calmado, ya lo estoy aceptando, —respondió y tomó un poco de su café.

—Me da gusto escuchar eso.

—Gracias por escucharme, realmente lo aprecio.

—Cuando quieras. Me da gusto que vas a darle un último intento.

Héctor me vio con sospecha, —¿Ah sí?

—Claro que sí, —respondí sonando un poco falsa. Traté de reír, pero hasta mi risa sonaba nerviosa. Tal vez aun así él me creía que era sincera...pero ni yo me creía en ese momento.

—Creo que a pesar de que no llevamos mucho tiempo de conocernos, somos amigos.

—Carolina, me quitaste los zapatos cuando me llevaste a la

cama porque estaba demasiado tomado. Sí, claro que somos amigos.

Me reí, esta vez con sinceridad. Solo de recordar, —Bueno, yo quiero que todos mis amigos sean felices. También quiero que tú encuentres tu felicidad, —expliqué.

—Oh, sí. Estoy seguro de que la encontraré. —dijo tan seguro de sí mismo, que sentí cómo se apachurró un poco mi corazón.

—Y bueno, ¿Cómo lo vas a hacer?

—¿Hacer qué?

—Conquistarla de nuevo.

—Aún no sé, ya se me ocurrirá algo. ¿Tienes alguna sugerencia?

Un nudo amenazaba con formarse en mi garganta. No, no era humano pedirme hacer esto. Sí era cierto que quería verlo feliz, pero no quería ser parte de lo que lo alejaría de mí.

—Ahora que lo pienso, esto es perfecto. Necesito el punto de vista femenino.

—Héctor, no creo que sea buena idea, —me quejé.

—Creo que es una excelente idea. Dime, Caro, si tu esposo estuviera tratando de volver a conquistarte, ¿Cómo lo haría?

No, no, no. Esto no me podía estar pasando. La idea de que él estuviera con otra mujer era más nauseabunda que un tequila barato. Quemaba desde la lengua hasta el fondo de mi ser. Preferiría vivir de por vida con una sonda a que hacer esto. ¿Acaso no tenía otros amigos a quienes preguntarles esto?

—Anda, dime, —insistió, —Estoy seguro de que cualquiera de tus ideas será mil veces mejor que las mías.

—Estás tratando de darme lástima otra vez, —dije, —es difícil decirte que no.

Sonrió nuevamente, —Lo es, ya me lo habías dicho antes.

No encontraba forma de decirle que no sin delatar mis propios sentimientos, los cuales no dejaban de crecer. Tenía que actuar como si nada. *Okey, tú puedes, Caro.* —Está bien, a ver, dime, ¿Qué tienes planeado?

—¿Rosas caras?

Sacudí mi cabeza, —¿eso es lo mejor que puedes hacer?

—Sí, es por eso que le estoy preguntando a la experta.

—Ja. Ja. —dije de forma burlona, —Bueno, tienes que pensar en grande. Es difícil darte consejos, ya que no los conocí como pareja. Los regalos personalizados son lo mejor.

—¿Por ejemplo?

Respiré hondo, no quería que mi voz flaqueara y me delatara. —Una vez, cuando estaba chiquita, mi mamá y mi papá andaban peleados. Ni me acuerdo de qué pelearon, pero ya mi papá llevaba una semana regañado. Pero mi papá sabía cuál era el autor favorito de mi mamá. Fue a la librería y consiguió un libro autografiado.

—Cuando mi mamá abrió su regalo, empezó a llorar de la emoción. Solo repetía una y otra vez que el autor había tocado el libro que ahora ella tenía en manos.

Héctor escuchó atento a la historia de mis padres. —Eso suena lindo, —dijo, —pero Andrea no lee mucho que digamos.

—Ese no es el punto. No se trata del objeto. Ese regalo funcionó porque era algo personal, algo que solo él sabía que le gustaría y que pudo hacer realidad.

Héctor se quedó pensando un rato.

—Mira, no tiene que ser necesariamente algo material. Puede ser una experiencia. Tal vez ir a un lugar que es especial para los dos. Conquístala otra vez. A las mujeres les gusta ser conquistadas.

Apenas salieron las palabras de mi boca, me arrepentí de haberlo dicho. Yo sola me enterré en mi propia tumba. *Bien hecho, Carolina, tú sola te diste razones para estar de envidiosa.*

—Tal vez haga eso, —dijo Héctor.

Aclaré mi garganta, —muy bien, —dije, pero no sonó natural.

No. Por favor, no te vayas con alguien más. Ya me los imaginaba, la pareja perfecta, con sus cuerpos perfectos, luciendo espectacular en trajes de baño de vacaciones en Las Maldivas. Un viaje romántico para dos. Todo porque no me podía quedar callada.

—¿Estás bien? —preguntó Héctor, —te vez pálida, como si fueras a vomitar.

—Estoy bien, —dije con una sonrisa.

EN EL AIRE

Lo sabía. Ya lo sabía. Traté de ignorar los rumores, pero era difícil. Sara ya había regresado al trabajo, pero solo podía trabajar en cosas administrativas hasta que su brazo terminara de sanar. Ella me mantenía al tanto de lo que estaban diciendo de nosotros, aunque no le preguntara.

Era peor de lo que imaginé. Sabía que Sara no exageraría nada. Lo bueno era que Héctor se había distanciado de mí. Solo se acercaba para hablar de cosas del trabajo. Eso no apaciguó los rumores, así que lo mejor era ignorarlos. Pero después de unos meses, ya estaba a punto de volverme loca. O de marcharme.

No me podía ir y dejar a mis pacientes. Pero sí podía hacer algo más. Le pedí a Mandy que cancelara todas las citas de los siguientes cuatro días. El Dr. Stuart estuvo más que feliz de darme esos cuatro días de descanso, ya que nunca pedía vacaciones.

En dos días iba a haber una conferencia de investigaciones de oncología llamada ECOR (por sus siglas en inglés). No planeaba ir, pero ahora eso me daba una excusa para darme una escapadita. Necesitaba poner distancia entre el hospital, los rumores y yo. Y también él.

Le llamé por teléfono a mi asistente, quien contestó inmediatamente.

—Mandy.

—Sí, diga, Dr. Ramírez.

—Por favor, no te vayas a enojar, —dije haciendo un gesto de dolor, a pesar de que ella no me podía ver.

—¿Y ahora qué pasó?

—Quiero ir a la conferencia de ECOR.

—Le pregunté si quería ir hace dos meses, —se quejó Mandy, —y usted dijo que no tenía tiempo para eso.

—Sí, pero acabas de cancelar todos mis pendientes.

—Pensé que era para que pudiera ir de vacaciones.

—Pues sí, eso para mí cuenta como vacaciones. ¿Puedes tratar de conseguir boletos, por favor? Sé que ya es tarde, pero porfis.

Podía escuchar cómo dejó escapar un suspiro. —Está bien, déjeme ver qué puedo hacer. No le prometo nada.

—¡Ay, gracias! Eres la mejor asistente que pude pedir.

—Si quiere alagarme, mejor dígame que soy una gran artista.

—Eso que ni que, gracias, Mandy.

Arreglamos todo a último momento, pero gracias a mi increíble asistente, pude registrarme y conseguir boletos. No sé qué brujería utilizó para poder encontrar cuartos en el hotel donde sería la conferencia. Todo debió de haber estado lleno desde hace meses.

Abordé mi vuelo y pude conseguir el asiento de la ventana. Me puse mis audífonos, puse música para relajarme y cerré los ojos. Usualmente no me daba miedo volar, más bien, siempre terminaba durmiendo durante los vuelos.

Aun no terminaba de abordar la gente cuando sentí que alguien tocó mi hombro.

—No hay nadie sentado ahí, puede tomar el asiento, —dije sin abrir los ojos, suponiendo que la persona estaba pidiendo permiso de tomar el asiento a lado mío. La persona volvió a tocar mi hombro. Abrí un ojo.

—Ptm…dre..— rezongué. —¿Qué haces aquí?

Héctor parpadeó sentado a mi lado. —Voy a la conferencia. ¿Y qué haces *tú* aquí?

—Tratar de alejarme de ti.

—Creo que más bien me estás siguiendo, —dijo con una sonrisa pícara.

—Oh no, ni empieces. Yo ya estaba sentada aquí.

—Bueno, aun así. Creo que esto podría ser divertido.

—Acaso no has escuchado lo que dicen de nosotros dos. Uy, en cuanto se den cuenta de que tomamos los mismos días de descanso, van a empezar a especular. Tantito peor si se enteran que estuvimos en una conferencia juntos.

—Lo sé, Caro. He tratado de mantener la distancia en el trabajo.

—Sí, me di cuenta.

Volteó a verme con una expresión preocupada, —¿Que no era eso lo que querías?

—Al principio sí, pero ahora.

—Lo siento. Y no hice esto adrede. En realidad, no sabía que ibas a venir.

—Je, je. No te puedo echar toda la culpa. Ni siquiera yo sabía que iba a venir hasta apenas hace un par de días.

—Entonces, ¿Por qué no lo disfrutamos?

Estuve de acuerdo con él.

Un viaje juntos en nuestra situación no era una buena idea. Sin embargo, no podía evitar sentir cómo mi ánimo iba aumentando.

La primera presentación empezaba a las siete de la mañana, así que la mayoría de las personas optó por llegar la noche anterior.

Héctor y yo tomamos un taxi juntos y llegamos al hotel alrededor de las seis de la tarde.

Ya en el elevador, Héctor me preguntó si quería ir a cenar algo.

—No sé si sea buena idea.

—Vamos como colegas. Dices que quieres que sea tu mentor, pues se supone que en este tipo de cosas tienes que ir y ser sociable, conocer a otras personas.

—No sé.

—No vamos a tener otra oportunidad mejor que esta. Lejos del hospital, en otra ciudad. Ándale.

Tenía un buen argumento. Ya había dejado que los rumores me alejaran de lo que más quería, la mente del Dr. Medina. La oportunidad que la vida me había dado estaba siendo jalada poco a poco para que no la pudiera alcanzar.

—Está bien, —acepté, aun no totalmente segura.

Cada quien fue a su cuarto a dejar sus cosas y a refrescarse. Después nos encontramos en el restaurante del hotel una hora después.

Revisé el menú, los precios no estaban tan exorbitantes como pensé que lo estarían.

—¿Les gustaría escuchar las especiales del día de hoy? —preguntó el mesero.

—No, gracias, —respondió Héctor. Ordenó una copa de vino y se me quedó viendo molesto cuando yo solo pedí agua.

Ordenamos nuestra cena, él escogió un filete de res y yo una pasta con camarones. La noche era agradable y el ambiente relajado.

Él me sonrió, esperando a que yo empezara la conversación.

—¿Por qué nunca me corregiste cuando pensaba que habías nacido en clase alta?

—Me preguntaba cuándo por fin tocaríamos este tema.

—Tu mamá...

—Por cierto, ella no me quiso decir de qué platicaron

ustedes dos. Pero ten en cuenta que conozco bien a mi mamá, así que me puedo imaginar de qué platicaron.

—Lo siento Héctor, no quise entrometerme en tu vida personal. Yo...

—Lo sé, no te preocupes. No tienes por qué disculparte, —Me sonrió otra vez. Pude ver en sus ojos que lo decía con sinceridad. —Pero, respondiendo a tu pregunta. La verdad no pensé que fuera importante.

—No lo es, pero dije cosas que eran tan desconsideradas.

—No te preocupes. Lo que importa es la intención, —dijo sonriendo, utilizando las mismas palabras que en algún momento yo dije.

—Me temo que mi intención tampoco fue muy buena. Siempre estuve tratando de burlarme un poco. A decir verdad, aunque hubieras nacido en clase alta, yo no tenía por qué actuar de esa manera.

—Ya todo quedó en el olvido.

—¿Te gustaría almorzar juntos mañana? —pregunté. Realmente estaba disfrutando nuestra cena.

Héctor aclaró su garganta. —Umm, lo siento, no. Ya tengo planes para mañana.

Tomé un poco de agua, deseando que fuera vino. —Oh, —dije.

—Andrea está en la ciudad por cuestiones de trabajo. Quedamos en vernos.

—Ah, ya veo. —mi estómago era un nudo. —Eso es bueno. Poco a poco, ¿no? —. Traté de sonreírle. ¿Acaso estaba a punto de seguir mis consejos? Esta no es mi idea de un viaje romántico.

—Si te soy sincero, estoy un poco nervioso, —comentó.

—¿Ya tienes mucho sin verla?

—Más de un año.

¡Más de un año! Pensé que apenas eran meses, no todo un año. —Estoy segura de que todo saldrá bien, —dije, deseando desesperadamente que cambiáramos de tema. No quería escuchar detalles de ellos dos juntos. Mi corazón ya no podía más.

Cuando llegó nuestra cena, la conversación se tornó más amena, dándome la oportunidad de relajarme y respirar más tranquila.

—Bueno, y cuéntame de tu hogar.

—¿Qué de mi hogar?

—¿Cómo fue crecer en Oaxaca?

Puso su tenedor en su plato, se reclinó en su asiento y tomó un poco de vino.

—No es algo en lo que piense mucho. Mi única conexión a ese lugar es mi mamá. Ella se reúsa irse de ahí. La ciudad es muy bonita y ella la adora. Entiendo que sus amistades y toda su familia están allá, pero para mí ese lugar tiene muchos malos recuerdos.

—Oh. Olvida que te pregunté eso.

—No, está bien. Mi papá nos dejó cuando yo tenía seis años. Aunque me hubiera gustado que se hubiera ido antes para no recordar nada de él. Mi mamá trabajó muy duro para poder mantenernos. Sus padres no le podían ayudar mucho, ya que ellos estaban en las mismas que nosotros.

—¿Cómo lo hizo?

—Hizo lo que sabía hacer. Ella es una excelente cocinera. Pudo ahorrar unos pesos y puso un puestito de comida. Vendía memelas, ya que son baratas para hacer. Con eso nos pudo mantener. Fue un origen humilde, pero me da gusto que fue así.

—¿Por qué te da gusto eso?

—Creo que no sería quien soy el día de hoy si no fuera por eso. Sé que a veces soy muy serio. Mi mamá a cada rato me recuerda que no soy y no tengo que ser perfecto.

—Sí, puede que haya dicho algo por el estilo.

—Estoy seguro de que sí. Mi actitud y mi necesidad de ser perfecto es probablemente lo que te hizo pensar que venía de dinero. Pero si así soy arrogante, imagínate como sería si hubiera nacido en charola de plata, como tú pensabas.

—¡Todo un monstruo! —dije fingiendo quedar sin aliento.

—Exacto, —dijo riéndose.

Cumplió lo prometido. La cena fue agradable y no cruzó ni una línea indebida. Tampoco rezongó cuando pedí y pagué mi propia cuenta. No quería que hubiera nada que pudiera ser malinterpretado.

Me sorprendió cuando salió del elevador al mismo tiempo que yo.

—¿Qué haces? Este no es tu piso.

—Solo te acompaño hasta llegar a tu cuarto.

—No es necesario.

—No es ningún inconveniente, —dijo. Una de dos, o no se daba cuenta que me estaba poniendo incómoda, o no le importó.

Abrí la puerta de mi cuarto y le extendí la mano para despedirme. Él miró mi mano por un segundo, dos, tres...por fin la tomó. Pero no la quiso soltar.

—Carolina...

—Héctor, no...

—No estoy tratando de hacer nada, —dijo acercándose más, su mano aun sujetando la mía.

—Pues... eso no es lo que parece, —dije sintiendo que me faltaba el aire.

—Entonces puedes ver que detesto esto. Odio no estar en control, —Dijo, su voz más grave aún.

Traté de alejarme, pero él era demasiado fuerte. —Espera, solo dame un minuto, —pidió. —Siento que pierdo el control cuando estoy contigo. ¿Por qué me haces esto?

—Yo no he hecho nada.

—Tu sola existencia basta para enloquecerme.

—Nosotros no debemos... —traté de decir, pero también yo me estaba acercando a él.

—No, no debemos, —dijo, terminando de quitar el espacio que quedaba entre los dos. Su mano tocó mi cara. Movió mi pelo que cubría parte de mi cara, dejando su mano sobre mi mejilla. Su dedo pulgar se acercó a mi boca. Mi pecho se hinchó cuando se quedó viendo mis labios. Sus ojos expresaban un deseo voraz.

Este momento podía cambiar mi vida si dejaba que pasara. Me sentí como la noche cuando lo recogí del bar, a pesar de que las circunstancias eran totalmente diferentes. Él estaba sobrio, así que no quedaba duda de lo que me decían sus ojos, o la historia que su cuerpo contaba, esos músculos que me provocaban mientras el trataba de controlarse. Sus cejas expresaban su dolor, el dolor de tratar de restringirse a sí mismo.

Nos quedamos parados en frente de mi cuarto. Él esperaba la respuesta a la pregunta que su cuerpo hacía. Aun así, era todo un caballero. No entraría a mi cuarto a menos de que yo se lo pidiera.

Mi cuerpo le respondía involuntariamente. ¿Cómo no lo iba a hacer? Por fin soltó mi mano, solo para llevar su mano a mi otra mejilla. Estaba suplicándome sin palabras, mientras mi piel se erizaba al sentir sus manos.

Le quité las manos de mi cara. —Lo siento, no puedo, —dije jadeando.

Mi corazón no lo quería rechazar, pero mi conciencia siempre ganaba. —Quiero hacerlo, realmente quiero hacerlo, —le dije, como si mi cuerpo no se lo hubiera dicho todo este tiempo. —Pero no puedo. Tenemos que pensar en nuestro trabajo. Si pasa algo entre los dos, a mí me pueden llegar a correr. Pero ni siquiera podría llegar a eso. No mientras tú estés casado. Aunque estés separado. Aparte...

—¿Qué?

—Tu esposa, la vas a ir a ver mañana.

—Lo sé, —dijo tomando un paso atrás.

—Tú dijiste que querías intentar una última vez, ¿lo recuerdas?

Su cara ahora estaba tensa. —Maldita sea. Odio sentirme así. Siento que estoy fallando.

—No estás fallando

—Claro que sí. Me fallé a mí mismo y ahora te estoy fallando a ti. Te prometo que trataré de ser mejor.

Quería acercarme otra vez, tocarlo, asegurarle de que no me había fallado. Quería borrar ese dolor que veía reflejado en su cara. Pero solo asentí.

—Te prometo no volver a intentar tocarte —y así fue alejándose de mí. Sus palabras dolieron como un cuchillo al corazón ya que ahora me constaba.

Héctor Medina no rompe sus promesas.

BAJO FUEGO

La conferencia terminó. Héctor y yo nos fuimos al aeropuerto. Como era de esperarse, estábamos en el mismo vuelo otra vez. Era difícil no pensar que esto fue obra de nuestras asistentes, pero pensándolo bien, dudo que hubiera muchos vuelos de Boston a Kansas City a mediodía. Dejé de pensar en ello. No tenía punto hablar de algo tan trivial, especialmente después de la conversación que habíamos tenido la noche anterior.

Héctor no dijo nada acerca de lo que pasó durante el almuerzo con su esposa, y yo no iba a preguntarle nada. Traté de concentrarme en el trabajo. Estábamos en la sala de espera, abrí mi laptop y me alegré de ver que tenía emails nuevos que ver. Me sentí agradecida por la distracción, pero mi humor cambió poco a poco, email tras email.

—¿Ocurre algo malo?

—Todos dijeron que no. —respondí cerrando mi email.

—¿Quiénes? ¿de qué hablas?

—Mi propuesta para continuar el estudio. Todos los doctores de Heartland Metro que invité a formar parte de la continuación. Compartí los resultados preliminares para que se interesaran y mencioné las ideas que tenía para la continuación.

—Oh...

—Todos dijeron que no. Cada uno de ellos. —Suspiré, sintiendo cómo el aire se me escapaba como si fuera un globo desinflándose.

—¿Todos?

Asentí. —Bueno, aún tengo a los doctores de los estudios originales. Ellos están en California, Texas y Nueva York. Todos ellos aceptaron a seguir siendo parte de esto. Pero todos los doctores que invité de Heartland Metro dijeron que no.

—¿A cuántos contactaste?

—Seis. Invité a los cuatro que están participando ahora más a dos nuevos. Quería incluir apoyo psicológico en la siguiente parte del estudio, así que invité a los mejores psicólogos que tenemos.

Héctor tensó su mandíbula. —Esos hijos de su puta madre.

—Héctor, ¿Cómo pudo ocurrir esto? Cualquier doctor estaría más que disponible a ser parte de algo como esto. Pensé que contigo en mi equipo, todos querrían estar involucrados. Entendería si uno o dos hubieran dicho que no, pero no todos.

—No te preocupes. Ya veremos qué hacer cuando estemos de regreso.

Desafortunadamente no tuvimos la oportunidad de hacer nada. Apenas regresamos, el director de oncología, el Dr. Stuart, nos llamó a su oficina. Cuando llegué, Héctor ya estaba ahí, sentado en una de las dos sillas.

—Dra. Ramírez, siéntese, por favor.

—¿De qué se trata esto? —pregunté.

—Ya llegaremos a eso, —contestó. —¿Qué tal estuvo la conferencia? Quería ir, pero no tuve tiempo.

Se nos quedó viendo. No era claro a quién le había hecho la pregunta. *Oh no*. Sabía que habíamos estado allí juntos. Al ver que no hubo respuesta, sonrió.

—Héctor pidió los días de descanso hace meses. Por eso, cuando Carolina pidió esos mismos días de descanso, no recordé lo anterior.

Pausó y nos volvió a ver, analizando nuestras expresiones, —Tenemos un problema. He tratado de ignorar los rumores, pero ustedes lo están haciendo difícil de ignorar.

—Director, —dijo Héctor, —usted tiene mi palabra de honor que esos rumores son sin fundamentos. No hemos hecho nada que nos avergüence. Hemos mantenido nuestra relación a nivel profesional.

Bueno, no estaba mintiendo del todo.

El director volteó a verme.

—Dra. Ramírez, ¿hay algo que usted quiera decir?

—Sí. —Sentía como si estuviera en la oficina del director del colegio. —Creo que todos estos rumores provienen de envidia profesional. Las cosas no han sido fáciles desde que conseguí la beca para mi estudio clínico. Yo veo al Dr. Medina como mi mentor. Nada más. Lo respeto mucho. Nunca le faltaría al respeto ni a su *esposa* ni a su matrimonio, —Decía la verdad. Sentí cómo Héctor volteó a verme.

—Bueno, pues, aunque los rumores sean falsos, tenemos otro problema. Los rumores van a desaparecer cuando la gente se dé cuenta de que no hay nada. El problema ahora es que hemos recibido una queja oficial de recursos humanos.

—¿Alguien se quejó de mí? —pregunté.

—Del Dr. Medina. Dicen que él te trata diferente debido a la relación inapropiada que llevan. Nuestras pólizas prohíben noviazgos entre superiores y sus subalternos.

—No somos novios. ¿Quién puso esa queja? —pregunté.

—Eso es confidencial.

—Seguro fue Keach, ¿o no?

—Las quejas son anónimas, —explicó el director recargándose en su silla. —Pero, aunque haya sido el Dr. Keach, eso no cambia nada para usted, Dra. Ramírez, —dijo alzando una ceja en forma de advertencia. —Esta competencia que se cargan los dos tiene que parar. Entiendo que las becas son prestigiosas y competitivas, pero no es razón para que se comporten de esta manera. Esto solo puede arruinar su carrera.

—Yo no estoy tratando de competir con él. Con todo respeto, lo único que estoy tratando de hacer es dar lo mejor de mí. Lo cual lo puedo hacer aquí o en cualquier otro lugar.

Eso tomó por sorpresa al Dr. Stuart, quien se enderezo y reacomodo, —Nadie va a irse a ningún lado.

El Dr. Stuart no quería perderme, al fin del día, era yo quien estaba ganando becas. Tampoco quería perder al Dr. Keach, las generosas donaciones de su familia mantenían su lugar seguro. El Dr. Stuart tenía que tomar una decisión.

—Las cosas se están complicando, director. Usted va a escuchar acerca de esto tarde o temprano, así que es mejor que sea yo quien le diga. Todos los doctores que invité a ser partícipe de la continuación del estudio han dicho que no. Siento que el Dr. Keach tuvo que ver con eso ¿Usted qué opina?

—Hablaré con ellos, —contestó.

Estaba segura de que lo haría. No iba a perder millones de dólares que estaban por venir para el financiamiento del estudio a causa de aquel disque doctor quien se escondía tras el dinero de su familia.

—Eso espero, director, —dije y salí de la oficina. No podía creer que acababa de hablarle así al director de oncología.

Corrí a esconderme en las escaleras. Necesitaba un minuto a solas. Pude mantener mi compostura enfrente del director, pero ya no. La situación era delicada, esto podía lanzar mi carrera o arruinarla totalmente. Una palabra equivocada, una acusación falsa...cualquier cosa podía arruinar todo el trabajo que había hecho.

Me senté en la escalera, sintiendo cómo caían las primeras lágrimas. Sabían amargas, las resentí inmediatamente. No podía ser esa mujer que los hombres lograban doblegar. No podía ser yo la mujer que se escondía en las escaleras para ponerse a llorar por unos cuantos rumores.

Rumores. Esos rumores que amenazaban terminar mi carrera. Mis sueños. No. Me limpié las lágrimas y alisé mi blusa quirúrgica. Aunque todo se viniera abajo aquí, yo podía encontrar el éxito en otro lugar.

La puerta de las escaleras se abrió de repente. Era Héctor. Bajó las escaleras hacia mí. Pensé que tal vez mis ojos y mi nariz no estarían rojos, pero al ver cómo su mirada se suavizó supe que mi cara me había delatado.

—Carolina.

—¡No! —dije, deteniéndolo. Me le quedé viendo desde abajo. —De ahora en adelante me tiene que llamar Dra. Ramírez. Si necesita algo de mí fuera del trabajo, pídale a su secretaria que hable con mi asistente para agendar algo. Si necesita hablar acerca de algún paciente, contácteme por email. También podemos seguir colaborando por email para terminar de escribir la continuación del siguiente estudio clínico.

—Carolina, yo... —mi mirada lo detuvo.

—No. Ya no va a hablar conmigo. Si estamos en una junta, usted se sentará lo más lejos posible. Si vamos a la misma conferencia, mantendrá su distancia.

Me dolió ver cómo se le dificultaba tragar saliva. Pero tenía que seguir, —Si se emborracha, pedirá un taxi, no me llamará a mí. Si me ve en el pasillo, no me salude.

Su cara reflejaba su dolor. Era como si lo estuviera apuñalando.

—Lo siento, solo estoy tratando de arreglar todo esto. No voy a dejar que mi carrera sea arruinada por cosas que ni siquiera están pasando.

Asintió.

Hizo caso de cada una de mis instrucciones.

Por dos años.

Dos. Largos. Años.

DOS AÑOS DESPUÉS

~

LLEGARON LOS RESULTADOS

—Sabe que le dicen Flash, ¿verdad? —dijo Mandy quien estaba tratando de alcanzarme.

—¿Qué?

—Tiene que calmarse un poco, desacelerar.

—No puedo, hoy ha sido un día muy largo y aún tengo que actualizar los historiales antes de que me pueda ir a descansar.

—¡Carolina! —dijo Mandy exasperada. Por fin me detuve.

—Lo siento Dra. Ramírez. Aquí tiene. No ha tenido tiempo de revisar sus emails y esto es importante.

—Lo puedo revisar luego.

—No, es mejor ahora. Confíe en mí.

Tomé la tableta de sus manos. Suspiré, estaba tan cansada. Solo quería llegar a casa. Noté que ella ya tenía un email abierto. Era el informe de las estadísticas de la segunda parte del estudio que habían concluido al fin del tercer año. Leí y volví a leer el resumen. No lo podía creer. Volteé a ver a Mandy.

—Esto no puede ser.

—¡Lo es! —exclamó Mandy, saltando de emoción.

Sacudí mi cabeza, debí de haberlo leído mal. Lo leí una tercera vez, y luego una cuarta vez. No. Si lo había leído bien.

Mi respiración se aceleró al igual que mi pulso al entender lo que estos resultados significaban. Volteé a ver a Mandy otra vez. Esta vez estaba sonriendo de oreja a oreja con ojos llorosos.

—Gracias, Mandy. —dije casi susurrando y salí disparada de ahí.

Tenía que decírselo. Él tenía que saber.

Durante los últimos dos años dejamos de vernos fuera del hospital. Nada de almuerzos juntos ni visitas en su oficina. Pero esta vez no me importó. Tenía que compartir esta emoción con él. Los rumores habían disminuido drásticamente, y ya había vuelto a ganar la confianza de mis colegas y otros mentores. Pero eso no importaba ahora, este triunfo era un logro mutuo. Él también merecía crédito.

Choqué con Sara en camino a la oficina de Héctor. Preocupada, preguntó.

—¿Todo bien?

Me aseguré de que ella estuviera bien antes de seguir corriendo, —Sí, más bien genial. Te digo al rato.

—¡Okey, Flash!

Entonces sí era enserio que me estaban llamando así.

No me importó que pudiera estar con alguien, entré a su oficina sin tocar la puerta antes. Por suerte lo encontré solo, sentado en su escritorio, trabajando en su computadora. Volteó a ver quién entró desconcertado, pero sonrió al ver que era yo.

—¿Viste lo que estoy viendo? —preguntó.

Asentí.

—No lo puedo creer, —dijo, regresando su mirada al monitor. —Sesenta por ciento en remisión en comparación al promedio nacional. ¡Esto es increíble! —Volteó a verme pasando sus manos por su pelo. —Dra. Ramírez, esto es grande. Es muy grande. Esto va a cambiar cómo el mundo tratará el cáncer cervical para personas de esta edad.

Asentí, aun tratando de normalizar mi respiración.

—¡Felicidades, Dra. Ramírez! —Se paró y abrió sus brazos acercándose a mí. Esta vez no dudé en abrazarlo también.

Esta era la primera vez que lo tocaba desde que estuvimos afuera de mi cuarto en aquel hotel. Pero esta vez era algo totalmente diferente. No había electricidad, ni sensualidad, ni deseos del uno al otro. Era un tierno abrazo de felicitaciones. De orgullo. Se sentía bien estar así con él, sin temor que llevara a algo más. Aun traía puesto su anillo de matrimonio, así que no podía llegar a más.

—No lo hubiera podido hacer sin su ayuda, —dije cuando por fin nos separamos.

—Claro que sí.

Sacudí mi cabeza, —No. Usted me ha ayudado tanto desde que se unió a mi equipo. Pero realmente me refiero a su trabajo anterior. Si no hubiera hecho los avances que hizo, nunca se me hubiera ocurrido las ideas que tuve para esto. No estaríamos aquí.

No sé si era mi imaginación, pero sus ojos se veían llorosos, igual que los de Mandy hace unos minutos.

—No, todo estos son frutos de tu labor, Carolina. Perdón, sé que no debo de llamarte así. Perdóname esta vez, estoy que estallo de alegría por ti.

—Gracias.

—Entonces, ¿ahora qué vas a hacer? —preguntó,

—Curar el cáncer, obvio.

Todos siempre me veían como si estuviera loca cuando decía eso. Pero no era ni una ilusa, bien sabía que yo no curaría el cáncer sola. Para eso se necesitaba un esfuerzo y colaboración de expertos en diferentes naciones. Todos trabajando juntos para erradicar esta enfermedad. Pero lo decía de esa forma como una promesa. La promesa que pondría de mi parte para llegar a esa meta.

Héctor se rio un poco y dijo, —No lo dudo ni un momento. Hasta me da lástima por el cáncer por haberse topado contigo.

—Me tengo que ir. Tengo que terminar unas cosas para que pueda ir a ver a mi papá. Estoy ansiosa de contarle.

—Felicidades, Carolina.

Mi papá no estaba en casa cuando llegué, así que prendí la tele por mientras. No me podía concentrar en nada. Mejor la apagué y estuve caminando alrededor de nuestra pequeña sala. Todo estaba tan callado que escuché cuando su carro llegó a la entrada de la casa.

—Hija, ¿Qué haces aquí? ¿te pasó algo?

—No, papi, todo está bien.

—¿Entonces?

Sabía que no lo decía a mal, pero sí me sentí culpable de que no lo visitaba más seguido. Estos dos últimos años había dejado que mi trabajo consumiera mi vida. Sí tenía que bajarle un poco a ese ritmo de vida. A decir verdad, trabajaba lo más que podía para no tener tiempo para pensar. Para evitar pensar en él. Para no pensar en Héctor y lo que pudo ser.

—Lo siento, papi. Sé que he estado muy ocupada. Pero vine porque tengo buenas noticias.

Le conté lo de los resultados y le expliqué lo que eso significa. Se puso a llorar de alegría.

Mi papá era un hombre orgulloso, fuerte, trabajador, todo un hombre típico mexicano. Del tipo que nunca llora. En mi vida, solo me había dejado verlo llorar dos veces, y esas veces fueron sin pena alguna. La primera vez fue en el funeral de mi mamá y la segunda era en este preciso momento.

—¿En serio, mi'ja? —dijo, sus ojos negros mojados brillando con orgullo. Sus arrugas rodando una sonrisa que no quería dejar su cara.

—Sí, papi.

Él estaba sentado. Me arrodillé en frente de él. Descansé mi cabeza en su regazo como cuando era una niña, mientras él acariciaba mi pelo. No me importaba que su ropa estuviera sucia, llena de aceite del taller, o de que se fuera a manchar mi pelo.

—Papi... la pude haber salvado, —dije, mi voz quebrantándose.

Era difícil aceptarlo. Lo volteé a ver. Sabía que no tenía sentido, pero aun así sentí cierta culpabilidad por no poder salvarla. Apenas era una niña en ese entonces. La parte racional de mi cerebro me recordaba que no era mi culpa. Pero la otra parte de mí, la parte que a veces ganaba, esa parte no dejaba que me librara del sentimiento de culpabilidad y de que le fallé.

Él siguió acariciando mi pelo. Mis lágrimas ahora salían libremente. Nuestros sollozos llenando el silencio de la casa.

—Lo sé, hija, sé en qué estás pensando.

—¿Crees que me perdonaría? —pregunté, sabiendo que mi pregunta era totalmente irracional.

—Pero hija, no hay nada que perdonar, —me dijo. —Mírame, —dijo alzando mi barbilla para verme a los ojos. —Carolina Isabel Ramírez Fuentes, no hay nada que tú hubieras podido hacer. ¿Entendido?

—Lo sé, pero si eso hubiera pasado ahora, la podría salvar, —insistí.

—Sí, pero el tiempo hace lo que quiere, —dijo inexpresivo. Me reí, pero salió como risa por la nariz, combinado con mocos de tanto llorar. Creo que era por eso que los Ramírez no llorábamos, nos convertíamos en un desastre.

—Lo que sí sé es esto, ella estaría orgullosa de ti. Casi tanto como yo lo estoy.

~

El hielo sobre mis ojos se sentía bien. Presioné cucharas frías sobre lo hinchado de mis ojos. Después de hablar con mi papá, regresé a casa y lloré hasta quedarme dormida. Esta mañana desperté con los ojos feamente hinchados. No había nada atractivo de la forma en que lloro.

Mi teléfono sonó en la cocina. Me quité una de las cucharas de mis ojos para ver quién llamaba. Era Mandy. Mandy solo llamaba por cosas o muy buenas o muy malas.

—¿Bueno?

—Dra. Ramírez, ¿cree que podría venir al hospital?

—No, es mi día de descanso. Y tiene mucho que no tomo uno de esos.

—Déjeme lo digo de otra forma, tiene que venir al hospital.

Me quité la otra cuchara. —¿Qué pasó, Mandy?

—El Dr. Stuart vino y me pidió que la llamara. Dijo que la necesita ver en su oficina lo más pronto posible.

¿Me había visto alguien abrazar a Héctor? ¿Acaso alguien estaba tratando de reanudar aquellos rumores? No lo podía creer, ya habían pasado dos años. Estaba más que molesta. No podía dejar que pasara esto otra vez. Esta vez tenía más ventaja y nada que perder. Bueno, no más de lo que ya había perdido, el mejor mentor que pude haber tenido en mi carrera profesional.

—Te lo juro Mandy que, si alguien otra vez está tratando de hacerme la vida de cuadritos, me voy con todo y el estudio clínico que estoy llevando a cabo.

—Lléveme con usted.

—Claro que sí. Dile a la secretaria del Dr. Stuart que llegaré en una hora.

Que me espere un poco. No iba a ir a la guerra en pijamas. Iba a verme de lo mejor. Me puse unos pantalones sastre azul obscuro y una blusa blanca recién planchada. Sujeté mi pelo en una cola de caballo bien liza y me puse el labial más rojo que pude encontrar. Casi nunca utilizaba maquillaje, pero si había la posibilidad de que fuera a renunciar hoy, lo haría con estilo.

Cuando llegué, había tres hombres esperándome, el director,

Héctor y un tercero a quien no conocía. Todos se pararon cuando entré a la oficina.

—Dra. Ramírez, le presento al Dr. Drake.

—Buenos días, doctor, —lo saludé con un apretón de manos. —¿Lo había visto antes?

—No, pero puede que reconozca el nombre. Soy el Director de Oncología en el hospital Peak View Metro en California. Usted tiene a dos de mis doctores administrando su estudio ahí.

— ¿Pasó algo con el estudio? —pregunté, sintiendo que mi corazón amenazaba con salirse por mi garganta. ¿Qué otra razón tendría para venir hasta acá?

—Por lo contrario, —dijo el Director, —El Dr. Drake vino apenas recibió los resultados de la segunda fase del estudio.

—Oh, —presioné mi palma contra mi pecho. Entonces era algo bueno.

—Lo sentimos si hicimos que se preocupara, —dijo Héctor, recordándome que aún seguía con nosotros.

—¿En qué le puedo ayudar? —pregunté.

—El Dr. Drake quiere hablar con usted, —dijo el director. —Él quiso ser respetuoso y por eso vino a verme antes de presentarle su oferta oficialmente.

Miré a los tres hombres. Habían estado hablando de mí. Héctor tenía una expresión de culpabilidad y el Dr. Stuart parecía incómodo.

—¿Qué es lo que está pasando?

—Vine a hablar con usted sobre sus planes después de que su contrato aquí termine, —dijo el Dr. Drake.

—Esperaba seguir aquí, —dije, —encontré algo similar para el tratamiento de cáncer de mama. También estaba pensando incluir un componente de psicología—

—¡Perfecto! — me interrumpió. —Vengo con la intención de competir con Heartland Metro por usted. Traigo conmigo una oferta que usted verá es muy generosa.

La forma en que el doctor movía su largo cuello al hablar me recordaba una culebra. Él era alto, delgado y sus movimientos eran precisos, pero raros. Mis instintos me decían que me alejara, pero en vez de eso sonreí. Nunca trabajaría para un hombre que interrumpe a las mujeres cuando hablan, pero si me estaba dando cierta ventaja con el director Stuart. Era mejor para mí que el director pensara que estaba interesada en un hospital de primera clase en California.

— ¿Por qué no le da un tour del hospital? Eso les dará oportunidad de platicar con calma. La contraoferta de Heartland estará lista al final de esta semana. Dr. Medina, ¿podía quedarse un momento más? Hay algunas cosas de las cuales necesitamos hablar.

El Dr. Drake y yo salimos de la oficina. Para el final del tour, lo dejé convencido que estaba interesada en su oferta. Me lo imaginaba arrastrándose de regreso a California seguro de que me tenía en la bolsa.

DE REGRESO A LA NORMALIDAD

—No estás planeando irte a Peak View, ¿verdad? —preguntó Héctor. Me encontró en la estación de enfermeras, descansando un poco entre pacientes.

—Estoy tomando en consideración todas las ofertas.

Héctor entrecerró los ojos, —Estoy seguro de que van a llegar muchas ofertas apenas publiquemos los resultados del estudio, —dijo, su tono serio, pero con una leve sonrisa. Era como si no le importara donde terminara, mientras fuera yo quien decidiera.

—Eso me encantaría, pero no me voy a hacer ilusiones. Ahorita quiero seguir enfocada en mi trabajo.

—Qué diplomática.

—Qué puedo decir, así soy. La diplomática Dra. Ramírez.

Héctor se rio nuevamente, y me pregunté si podíamos volver a llevarnos como antes. Ya los rumores estaban casi extintos. Ahora tenía ventaja para defender mi posición contra el Director de Oncología. Y Héctor aun seguía felizmente casado, su anillo de matrimonio me lo decía.

Chinguesu. Extrañaba a mi mentor, extrañaba discutir nuestras ideas y planear nuevos estudios. Ya no lo iba a alejar más. Bueno, siempre y cuando él también quisiera restablecer nuestra amistad.

Todo regresó a la normalidad más rápido de lo que me pude haber imaginado. Era como si no hubiéramos tenido distanciamiento alguno.

—Disfruto esto, —dijo Héctor

—¿Qué?

—Poder platicar contigo, ya lo extrañaba.

Asentí, —Yo también lo extrañaba.

Se me quedó viendo, como si no me creyera.

—¿Esto significa que podemos ser amigos otra vez? ¿Trabajar juntos en persona?

—Sí, me gustaría mucho eso.

Héctor sonrió, —También me gustaría saber qué ha sido de tu vida, ¿almorzamos juntos?

—Suena bien. Tengo una paciente que ver a la una, así que tendremos que comer en la cafetería de aquí.

—No es lo que tenía en mente, pero está bien.

Caminamos juntos a la cafetería. Traté de ignorar las miradas que nos seguían. Héctor estaba a punto de ir a la línea de comida caliente, pero lo jalé.

—¿A dónde vas?

—Iba a agarrar comida. El anuncio dice que hoy están sirviendo pavo y puré de papas.

—Dr. Medina, ¿acaso nunca ha comido aquí antes? —pregunté tratando de no reír.

Sacudió su cabeza.

—Créeme, no te conviene agarrar de esa comida.

—¿Entonces qué me recomiendas?

—La línea de sándwiches es buena, pero la verdad hay solo una cosa que realmente vale la pena en este lugar.

—A ver, dime.

—Pizza, —respondí

Encontramos dónde sentarnos. Héctor le dio una mordida a su pizza y yo esperé ver su reacción.

—Nada mal, —dijo.

—Ya ve, se lo dije.

—Si, tenías razón. En fin, cuéntame. ¿Cómo has estado?

—Ocupada, —dije, tomando el primer bocado de mi pizza.

—Sí, me di cuenta. Me estaba preocupando de que te fueras a poner mal. Quería preguntarte, pero...

—Pero te había pedido que te mantuvieras lejos de mí.

Asintió con tristeza.

—Lo siento. No sé si manejé esa situación de la mejor manera, pero por lo menos funcionó. Mis colegas me respetan otra vez, y ya no he tenido problemas consiguiendo que los doctores participen en mis estudios clínicos.

—Me alegra de que haya funcionado. ¿No te preocupa que nos vean juntos ahora?

Sacudí mi cabeza. —No. Ahora tengo más opciones. Ya es hora de que el Dr. Stuart decida quién vale más la pena en nuestro departamento.

—Me alegra escuchar que por fin entiendas lo tanto que vales.

Me sonrojé y decidí cambiar de tema. —¿Y tú? ¿Cómo has estado?

Héctor suspiró, —No tan bien como tú. Hubo muchas veces que quise ignorar tus órdenes e ir a hablar contigo, pero mejor tomé más días de descanso.

—¿Ah sí?

—Duele que no hayas notado mi ausencia.

—Estuve muy ocupada con mi trabajo, —admití.

—Lo sé.

— Y... ¿A dónde fuiste durante tus días libres?

—Fui al IFIM a ver cómo iban algunos proyectos que dejé. También fui a visitar a mi mamá en México.

—¿Cómo sigue Marisela?

—Muy bien. Aunque sigue enojada porque te dejé ir. —dijo. De inmediato notó el cambio en mi cara y dijo, —Perdón, no debí de decir eso. No volverá a pasar.

—Salúdamela, por favor.

—Claro. También te quería preguntar sobre Sara. La he visto en el trabajo y se ve bien, pero no me he detenido a platicar con ella.

—Ella está muy bien, está apunto de graduarse con una maestría.

—Y… ¿Qué pasó con el tipo aquel?

—Esa excusa de hombre es historia. Ya no es parte de su vida.

—Qué bueno. —Era dulce que aún se preocupara por mi amiga. Sara tenía suerte de tener a tanta gente que la apoyaba, aunque no se diera cuenta.

Cuando salimos de la cafetería, me sentí mucho mejor, más ligera. Me emocioné de tener acceso nuevamente a las ideas del Dr. Medina. Estaba segura de que nada podía arruinar mi felicidad.

Pero me equivoqué.

~

ERA COMO si tuviera un sexto sentido que le avisaba cuando yo estaba feliz. El Dr. Keach podía sentir cuándo las cosas iban bien entre Héctor y yo. Dos días después se sentó a lado de mí en el auditorio durante una presentación.

Yo había escogido mi asiento para estar al lado del Dr. Bel, a quien respetaba. El Dr. Bel era un excelente cirujano ortopédico, pero no trabajábamos juntos. Él entró al hospital el mismo año que yo, pero al ser cirujano, solo se llevaba con los chicos populares, es decir, los otros cirujanos.

El Dr. Bel y yo charlábamos mientras esperábamos a que

comenzara la presentación. Bueno, hasta que llegó el Dr. Keach. Podía sentir su aliento pestilente en mi cuello.

—Dra. Ramírez, —dijo.

—Dr. Keach, —respondí, no queriendo seguirle la plática.

—Escuché que has vuelto a tu paraíso.

—Si te refieres a que los de Peak View vinieron a verme hace dos días para ofrecerme trabajo en su departamento de oncología, pues sí, estás en lo cierto. Y, a decir verdad, estoy muy contenta con la oferta.

Era obvio que él no sabía de esa parte. Su boca se tensó, —No me refería a eso.

—¿Ah no?

—No, me refería al paraíso entre tú y el Dr. Medina.

—Si te refieres al hecho que los resultados de nuestro estudio clínico sobrepasaron lo que nos imaginábamos y que el departamento de oncología lo está celebrando, pues sí. Así es Dr. Keach. Gracias por notarlo.

Sus fosas nasales se dilataron con enojo. Yo simplemente disfrutaba de verlo frustrado al no poder molestarme.

Volteó a ver al otro doctor y dijo lo suficientemente fuerte para que otros escucharan, —No todos tienen la suerte de poder entrar a la carrera médica y conseguir trabajos gracias a la ayuda de programas de discriminación positiva.

Tuvo que salir con eso. Pinche Dr. Keach. No pudo volver a difundir rumores de Héctor y yo, así que volvió a tratar de torturarme con lo que hacía antes de que llegara el Dr. Medina a Heartland Metro. Esa línea que pensé que ya la había olvidado.

Me quedé helada. Sabía que si me enojaba, él ganaría. El auditorio estaba lleno, pero todos los que estaban cerca de nosotros, estaban poniendo atención a nuestra plática.

El Dr. Bel dio un ligero apretón a mi muñeca y contestó. —Tiene razón Dr. Keach, porque algunos de nosotros llegamos aquí gracias a la ayuda de mami y de *papi* —. No pude evitar que se me saliera una risa. El Dr. Bel continuó, —y algunos de nosotros logramos mantener nuestros empleos solo porque nuestras familias donan miles de millones al hospital, no por ser talentosos. Qué suerte que el nepotismo aún exista, ¿o no, Dr. Keach?

El Dr. Bel terminó de hablar y me dio una sonrisa. De no ser porque ya era casado, me le hubiera montado en ese mismo instante. Bueno, no ahí en frente de todos, pero poco después. ¿Por qué siempre los buenos ya están casados?

Gracias, le articulé y él respondió guiñando el ojo. Para mi suerte, la presentación comenzó en ese instante, sin dejar tiempo para que el Dr. Keach pudiera decir algo más.

Esta semana era la mejor que había tenido en mucho, mucho tiempo.

INFANCIA ETERNA

—Me recuerdas a una amiga que tenía hace mucho, mucho tiempo, —dijo Sofía. —Ah sí, ya la recuerdo. Su nombre era Samanta... no, Sandra...no. ¡Sara!

—Ja. Ja. Qué chistosa, —exclamó Sara.

Había obligado a Sara a ir conmigo a *La Oficina* por unos tragos. Habían pasado dos años de que aquel infeliz la había dejado en el hospital, y desde que ella por fin lo sacó de su vida. Su forma de enmendar su vida fue regresando a la universidad para obtener un segundo diploma y seguir trabajando tiempo completo. Sabía que parte de su objetivo era trabajar para quedar exhausta y no tener tiempo para pensar en el... después de todo, yo había estado haciendo lo mismo.

Pero eso significaba que casi no nos veíamos. Solo la veía cuando nos topábamos en el trabajo por unos cuantos minutos. No estaba segura de que me iba a ir de Heartland, pero era posible que llegara una oferta que no pudiera ignorar. Necesitaba acercarme a mis amigas y disfrutar con ellas por si acaso.

~

Pero el universo no estaba de mi lado ese día. Apenas me senté, sonó mi celular. Era un mensaje de Héctor.

Héctor: *¿Te puedo llamar?*

Yo: *Ahorita estoy ocupada. Salí con mis amigas.*

Héctor: *Es importante.*

Yo: *Está bien, deja salgo.*

Sonaba algo extraño por teléfono.

—Hola, —contesté.

—¿Crees que podrías venir?

—Sí, estoy del otro lado de la calle en …

—No, no al hospital. Estoy en mi casa, —explicó.

—No creo que sea buena idea.

—Te aseguro de que nadie se enterará.

—¿Estás bien?

—No. Necesito suturas.

Su voz sonaba tranquila. Demasiado tranquila. —Héctor... ¿Por qué necesitas puntadas?

—Me corté cuando estaba recogiendo un vaso roto.

—Entonces ve a la sala de emergencias, loco.

—Je, je. No quiero que me vean en este estado. Puede que me haya echado uno que otro trago. Y no se ve tan mal. Lo haría yo mismo, pero no soy zurdo.

Respiré profundamente, sobando mi cien con mi mano libre. —Está bien. Ponle presión a la herida en lo que llego.

—Sí mi doc.

Cuando Héctor abrió la puerta, me quedé pasmada. Su camiseta gris estaba manchada de... no sé de qué. Traía pants grises, los cuales nunca de los nuncas le había visto usar antes. Hasta sus ojeras estaban remarcadas.

—Gracias por venir, —dijo y me llevó a la cocina. Sostenía con firmeza una toalla que cubría su herida.

Tenía razón, la cortada era leve. Solo necesitaría tres puntadas en la parte exterior del dedo meñique. Como todo un macho Alpha idiota, no quiso analgésico. Pude ver que estuvo tomando, pero ya se le había bajado la borrachera e iba a sentir cada una de las puntadas. Especialmente porque la mano es muy sensible al dolor.

No dijimos nada. Pude trabajar rápido y terminé en un abrir y cerrar de ojos. Él ni se quejó. Su mirada estaba perdida, sus pensamientos millas lejos de aquí.

Me levanté para limpiar los materiales que usé e ir a tirar las bolas de algodón. Por primera vez puse atención al estado del cuarto. Dos de las sillas estaban tiradas, la mesa de centro estaba de cabeza, y al otro lado de la isla de la cocina, el suelo estaba lleno de vidrio roto.

—Deja te ayudo a limpiar esto.

—Gracias.

Héctor fue a la sala y se acostó en el sillón mientras yo arreglaba un poco el lugar. Cuando terminé, fui a sentarme en una silla a lado de él.

—Lo bueno que no soy cirujano, —dijo, admirando su mano vendada.

—Aun así, todavía la necesitas para hacer otras cosas de doctor.

—¿Ah, sí?

—Héctor, ¿Qué tienes?

Él me miró con una mirada perdida. —Este no es un buen día para mí. Lo siento, hoy no puedo dar mucho de mí.

—No hay nada que disculpar. Todos tenemos días difíciles.

Asintió. Permanecimos juntos en silencio por unos momentos. Por fin me cayó el veinte. Fue alrededor de esta fecha cuando lo fui a recoger del bar. Esa noche estaba perdido de borracho. No recordaba la fecha con exactitud, pero estaba segura de que era la misma semana. Hasta apostaría mi licencia médica que sí era la misma fecha.

—Héctor, ¿Qué significado tiene para ti esta fecha?

Se sentó, recargó sus codos en sus piernas y cubrió su cara con sus manos. Respiró hondo y por fin me miró. —Carolina, es el peor día del año. Perdona que me veas así.

Asentí. Me sentí afligida. Quería extraer su dolor de su cuerpo, absorberlo con el mío, sanar su dolor para que ya no sintiera eso que sentía.

Me senté a su lado en el mismo sillón y coloqué mi mano sobre su hombro. Repetí mi pregunta, —¿Qué significado tiene esta fecha para ti?

Sus ojos encontraron los míos, ya no pudo detener sus sollozos, —Es el cumpleaños de mi hijo. —Sentí un nudo en la garganta.

—Él ya no está con nosotros, —dije.

—Él estaría cumpliendo diez años, —dijo. —Jake. Fue lo mejor que he hecho. Y ahora ya no está.

Sentí mi mandíbula temblar al ver su dolor. —Lo siento, Héctor, —pero en ese momento mis palabras se sentían tan insignificantes.

Él dio unas palmadas a mi mano que aún seguía sobre su hombro. —También yo lo siento. Caro, te hubieras enamorado de él.

—Estoy segura de que sí. ¿Quieres platicarme acerca de él?

—Él... Él era perfecto, —dijo Héctor. —A él no le importaban las ciencias o cualquiera de las cosas que yo hacía. Él decía que iba a ser un jugador profesional de fútbol. Que jugaría con el *Real Madrid*. Y era bueno, a pesar de solo tener seis años.

—Seguro lo era. ¿Cómo era?

—Se parecía a mí. Y a Andrea. Tenía mi pelo negro y ondulado, también mi tono de piel bronceada, pero tenía las facciones de ella. Piernas largas y delgadas. Medio flacucho. Y si lo puedes imaginar, tenía los ojos más verdes que he visto. Era hermoso.

—Perfecto, —repetí.

—Perfecto.

Pasamos otro momento en silencio, hasta que tomó su celular y me lo dio. En la pantalla había un niño con su uniforme escolar exactamente como me lo había descrito. Tenía una gran sonrisa chimuela, ya que sus dos dientes de enfrente se le habían caído.

—Qué lindo, —sonreí. Él tomó el celular y lo guardó en su bolsillo.

—Cuando falleció, Andrea y yo... no pudimos lidiar con el dolor. Ella me echaba la culpa, y parte de mí también piensa lo mismo.

—¿Por qué?

—Él quería subirse a un árbol. Qué tonto fui. Los niños siempre quieren subirse a los árboles.

—Sí, es cierto.

—Él quería ir más y más arriba. Su mamá dijo que no, pero yo siempre sentí que era muy sobreprotectora.

Mis ojos se abrieron al darme cuenta a dónde iba esta historia.

—Yo crecí con muchos primos, siempre jugando pesado. Hacíamos cosas peligrosas a cada rato. No subíamos a los árboles y de más. Así que le dije que sí, que subiera. Quería que creciera sin miedo a nada.

—Héctor.

—Siguió subiendo, y una rama se rompió. Él cayó. Su cuello se rompió con el impacto. Cuando llegué a donde estaba, ya era demasiado tarde. En un instante, dejó de estar con nosotros.

—Lo siento tanto, —mis lágrimas ya llegaban a mi barbilla.

—Carolina, soy un doctor. ¿Sabes qué tan impotente me sentí al no poder hacer nada para salvarlo? Era un doctor y no podía ayudar a la persona que amo más en el mundo.

Sí, lo sabía, pero esta era su historia. Sólo asentí.

—No la culpo a ella por culparme a mí. Parte de mí sabe que no es mi culpa, pero otra parte de mí me culpa tanto como ella lo hace.

—Héctor, no fue tu culpa, —dije, —eso es lo que hacen los niños, juegan. Hay miles de cosas que pudieran pasarles en cualquier momento. No podías protegerlo de todo.

Me dio una sonrisa débil, —Y esa es la razón por la que este día es tan difícil para mí.

—Está bien no ser perfecto, —susurré. —Tal vez suene raro, pero, ¿te animas a intentar algo? —pregunté.

Él me vio con mirada confundida, pero accedió. Me senté hasta el final del sofá y le dije

—Acuéstate.

—¿Qué?

—Acuéstate y pon tu cabeza en mis piernas.

Se quedó pensando por un momento.

—Ya hemos roto varias líneas profesionales, ¿Qué más da una más?

Sonrió ligeramente otra vez y accedió. Se acomodó y comencé a acariciar su pelo. Era la mejor sensación del mundo. Mi papá lo hacía cuando yo me sentía mal.

—Eso se siente bien, —dijo con un gemido.

—Qué bueno. Ahora, trata de dormir.

Canica se acercó, saltó y se acurrucó al lado de Héctor. Recordé que Héctor dijo que él no escogió el nombre. Sonreí pensando cómo Jake a sus seis años nombró a su nueva gatita. Los ojos de Héctor se cerraron, vencidos por el cansancio. Seguí acariciando su pelo, mis dedos jugando con su pelo negro, salpicado con algunas canas. Qué bello se veía durmiendo. Sus facciones relajándose más mientras el sueño se apoderaba de él.

Sentí un dolor intenso en mi pecho y sabía que era por su dolor. Me le quedé viendo por más tiempo de lo que debería. Su dolor me estaba doblegando.

Lo amaba.

Ya no podía mentirme a mí misma. Estaba totalmente enamorada de él. De no ser así, su dolor no me afectaría a tal grado.

FINAL INFELIZ

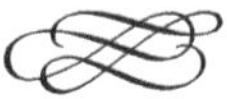

Héctor se tomó el resto de la semana de descanso para dejar que su mano sanara y para tratar de centrarse. Reportó su herida como un "accidente al cocinar." Solo yo supe la verdadera historia.

Pensé que me sentiría rara al guardar secretos con él otra vez, pero no. Se sentía como algo natural.

Tampoco nos vimos afuera del trabajo. Colaboramos con la escritura y revisión del papel que íbamos a enviar al diario médico. A cada rato nos comunicábamos por texto. El primero fue para ver cómo seguía, los demás fueron para distraerme.

Héctor: *Te acabo de enviar una revisión. Porfa, chécala.*

Yo: *Estoy a punto de ver a un paciente.*

Héctor: *Esto es más importante*

Yo*: Nada es más importante que mis pacientes.*

Héctor: *Por favor, cancela el resto de tus citas de hoy. Necesitamos publicar esto antes de que alguien más lo haga por nosotros.*

Yo: *Al rato lo reviso.*

Héctor: *Ni creas que no soy capaz de ir a buscarte y sacarte de ahí sobre mis hombros.*

Yo: *No hagas eso, por favor. Keach no dejaría de jodernos por el resto de su miserable vida. Te prometo que cuando te despiertes mañana, encontrarás el documento ya revisado.*

Estaría mintiendo si digo que no era tentadora la idea de que Héctor viniera por mí y me llevara cargando con sus brazos fuertes y musculosos. Eso sí le daría algo de que hablar a todas las víboras del hospital.

Solo de imaginar... Me llevaría a su oficina a la fuerza, me tiraría sobre su escritorio y... *¡Concéntrate, Carolina!* Regresé a mi realidad, volví a leer lo que decía la tableta y entré a ver a mi paciente.

ME ESTABA CAYENDO DEL CANSANCIO, pero aun así pude responder todos los comentarios que había hecho Héctor. Casi lloraba cuando vi todas sus correcciones y comentarios del documento original. Creo que había más correcciones que texto original. Pero lo logré.

Eran ya las tres de la mañana cuando le envié la revisión, así que no pensé escuchar de él hasta el siguiente día... pero una hora después empezaron a llegar mensajes.

Héctor: *Esto es excelente, Caro.*

Héctor: *¿Tengo permiso de llamarte Carolina otra vez?*

Héctor: *Okey, te acabo de enviar otra revisión.*

Héctor: *Lo siento, apenas me di cuenta de la hora. Seguro ya estás dormida.*

Héctor: *¿Qué estarás soñando? Dime cuando despiertes.*

Héctor: *¿Sabes? No me gustó no poder verte toda esta semana. Aun cuando no nos hablábamos podía verte a lo lejos.*

Me levanté a las ocho de la mañana para salir a correr con Sara, tal y como le había prometido. Una sonrisa invadió mi cara al ver todos los mensajes de Héctor.

Esto iba por un camino muy peligroso. Me sentí rara al no decirle lo que realmente sentía.

Yo: *Soñé sobre la medicina.*

Héctor: *¿En serio?*

Yo: *No, pero tu acceso a mis sueños ha sido negado.*

Héctor: *Uy...está bien.*

Héctor: *Entonces, ¿a qué información tengo acceso?*

Yo: *A lo que yo diga*

Héctor: *Está bien.*

Héctor: *Cuando esto sea publicado en unos meses, ¿aceptarías salir a cenar conmigo? Para celebrar.*

Parpadeé un poco, tratando de terminar de despertar. No estaba segura si estaba leyendo esto con el tono que él quería. Es por eso que me fastidiaban los mensajes de texto. Se queda uno sin la información adicional que viene del lenguaje corporal.

¿Me lo estaba preguntando como mi jefe, mentor o como una cita romántica? A un más importante, ¿era eso importante?

No, decidí que no importaba. Decidí que era hora de que supiera lo que sentía por él, y que me dijera por qué aún traía su anillo de matrimonio. Era claro que su esposa no había regresado a su vida. La casa se veía igual que la última vez que estuve ahí, y si ella hubiera estado ahí, él nunca me hubiera llamado para que le ayudara con lo de su mano.

Él parecía estar en purgatorio. No podía entrar a ni un tipo de relación amorosa conmigo si seguía casado. Pero sí merecía saber que esperaría por él. Y si ya se habían divorciado, tal vez había una esperanza para nosotros. Tenía que ver si sentía lo mismo por mí.

Nosotros. Ya pensaba en un *nosotros*. En ese instante decidí que la verdad tenía que salir a la luz. El documento no sería publicado por unos cuantos meses. Podíamos utilizar este tiempo para volver a establecer nuestra amistad. Esa amistad que fue interrumpida por todos esos rumores.

Yo: *Me encantaría que fuéramos a cenar después de que el papel se publique.*

Héctor: *¿En serio?*

Yo: *Sí.*

Héctor: *¿No te preocupa el qué dirán?*

Yo: *Me vale lo que digan los demás.*

Me sentí como niño antes de navidad. Decidí quedarme en casa de mi papá para que pudiéramos ver la publicación juntos. Sara también vino a quedarse, pasando la noche conmigo. La tomé de sorpresa cuando me levanté como loca en la mañana.

—Es demasiado temprano, —se quejó Sara.

—Tómalo como mi venganza por todas las veces que has hecho que vaya a correr contigo.

—¿Vamos a ir a correr después de esto? —preguntó, aun tratando de terminar de despertarse.

—No. Este día es para mí. Ahora levántate.

Nos apresuramos y bajamos corriendo hacia la sala. Mi papá ya estaba en la cocina preparando café. Puso la laptop en la mesa, ya la había conectado directamente al modem del internet. No quería que fallas con el Wi-Fi pudieran arruinar este momento. Era un hombre práctico.

—Buenos días, papi.

—Buenos días, —dijo, dándome un beso en la mejilla mientras me sentaba enfrente de la laptop

—Aún no sale, —dije.

—¿Qué? — preguntó Sara, sus ojos aun adormilados. Extendió su mano y mi papá le pasó su taza de café.

Había ordenado unas veinte copias impresas del diario, las cuales llegarían en unos días. Mi papá pidió que lo hiciera para poder darles unas a nuestros familiares. No le importaba que la mayoría no entendiera el significado de esto. Pero no le importó, él solo quería presumir los logros de su hija.

Refresqué la página cada diez segundos, cada vez más ansiosa. Al darse cuenta, Sara paró mi mano.

—Dale unos cuantos minutos, ¿no? —dijo, —es más, talvez a Ramiro le gustaría estar aquí.

Corrí a la puerta para ir a buscarlo, pero cuando abrí la puerta, él ya estaba ahí. Soñoliento y en pantalones de pijamas, pero sonriente.

—Buenos días, —saludó Ramiro.

—Buenos días, —saludé dándole un beso en la mejilla. —mi papá ya preparó café.

—Qué bueno.

Todos nos sentamos enfrente del monitor. Mi pierna me temblaba.

—¿Por qué no refrescas la página? —Preguntó Ramiro.

—Ya lo hizo, —dijo Sara, Ramiro respondió con una mueca.

Lo volví a intentar. Esta vez la página tomó un poco más para reaccionar, pero cuando terminó de bajar la página, el artículo estaba ahí.

—¡Eso! —gritó mi papá emocionado, como si estuviera viendo un partido de fútbol.

No. Algo no estaba bien. Dejé que Héctor enviara la copia final y estaba segura de que cometió un error.

—¿Qué pasa? —preguntó Sara.

Ahí, en la pantalla, ante todos nosotros, el artículo decía: *Cambios en Protocolos de Tratamientos de Quimio-radiación para el Cáncer de cuello uterino para Mujeres Menores de Treinta Años de Edad.* Enlistado como investigador primario: *Héctor Medina, M.D.*

Leí los nombres de otros contribuidores. Ahí estaban los doctores de los otros hospitales, incluyendo los de Pike View y Heartland Metro. Estaban en orden alfabético por apellido. Al final de la lista estaba: *Carolina Ramírez, M.D.*

Esto debía de ser un error. Lo tenía que ser. Héctor no me haría esto a propósito.

—Ese hijo de su puta madre, —dijo Sara

—¿Qué está pasando? —preguntó mi papá

—Él está tomando el crédito por el estudio, —contestó Sara.

—¿Qué? —preguntó papá.

—Puso su nombre como investigador primario y enlistó a Carolina solo como una contribuidora. Básicamente está diciendo que todo fue su idea, —le explicó Sara a mi papá.

—Lo voy a matar, —dijo Ramiro

—No. Nadie va a hacer nada. Estoy segura de que esto es un error y esto puede ser arreglado. Podemos solicitar que el diario haga esa corrección.

—¿Lo estás defendiendo? —preguntó Ramiro con gesto de indignación.

—No creo que él sería capaz de hacer esto. —dije, apuntando a la pantalla.

—Espero que estés en lo correcto, aunque no lo creo. —dijo Ramiro y se marchó. Seguro aún estaba demasiado molesto para quedarse ahí.

Respiré hondo.

—Esto es lo que vamos a hacer. Papá, quédese aquí. No le diga nada a nadie hasta que investigue bien lo que pasó. Sara, llévame al hospital.

Mi amiga accedió sin preguntar porque no podía manejar yo. Parte de mí sí estaba entrando en pánico a pesar de que le acababa decir a todos que no hicieran eso. Si esto fue a propósito, iba a explotar. Me sentí un poco mareada, no creía que iba a poder manejar bien.

Las dos subimos al cuarto a cambiarnos. Solo teníamos la ropa del día anterior, pero no me importó.

Encontré la oficina de Héctor bacía. Ni él ni sus pocas pertenencias estaban ahí. Hasta la foto de su mamá había desaparecido. Ahora sí sentí cómo mi pánico creció.

En seguida fui a la oficina del director Stuart. Su secretaria me informó que estaba en una junta.

—Está bien, esperaré, —me senté en una silla frente a ella

por unos veinte minutos. Me paré y empecé a caminar enfrente del escritorio de la secretaria.

—No sé, podría tardar —dijo alzando los hombros.

¡Cuál junta ni que ocho cuartos! Esperaría otros diez minutos, si no terminaba para ese entonces, entraría sin importar quién estuviera ahí.

Cuando pasaron los diez minutos, me metí antes de que su secretaria pudiera detenerme.

—Director, —entre viendo alrededor. No había nadie, ni parecía que él hubiera estado en una videollamada.

—¿Dra. Ramírez? —Alzó su mirada de su monitor, pero no se veía sorprendido de verme.

—Lo siento por entrar de esta forma, pero es algo urgente.

Él señaló el asiento enfrente de él. Me senté y él dijo —No tengo mucho tiempo ahorita, pero le puedo dar unos minutos.

—Hay un error en el artículo que enviamos al diario de medicina.

—¿Ah sí?

Asentí. —Sí. Lo subieron esta mañana en su página web. Están listando al Dr. Medina como el investigador primario.

—Ya veo, —dijo cruzando sus brazos sobre su barriga.

—A mí me pusieron como si solo fuera una contribuidora.

—Dra. Ramírez, no veo cuál es el problema.

¿Estaba hablando enserio? Este era *mi* estudio clínico. ¿Cómo va a estar bien que alguien más tome ese crédito? No lo podía creer.

—Director. El artículo le está dando el crédito de *mi* trabajo al Dr. Medina. Sé que es un error fácil de corregir, pero no encontré al Dr. Medina en su oficina. Quería preguntarle si sabía qué pasó antes de venir con usted, —respiré profundamente, tratando de mantenerme calmada. Tenía que haber una explicación para todo esto. —Lo siento, sé que no debería molestarlo con todo esto, solo estoy entrando en pánico. Le escribiré a los del diario para pedir que lo corrijan.

—Dra. Ramírez, no estoy seguro de cómo decirle esto, pero el Dr. Medina se fue.

—¿Qué?

—Su contrato terminaba al acabar el estudio clínico. Ahora que la segunda fase terminó, él regresó al IFIM.

Sacudí mi cabeza, no podía entender lo que me estaba diciendo, —¿Se... se fue?

Asintió.

Me paré para irme, aun aturdida. El director me detuvo antes de que me fuera.

—Dra. Ramírez, en cuestión a la corrección, usted no va a solicitar nada.

Caí sentada en mi silla otra vez.

—¿Perdón?

—Entre más lo pienso, más me doy cuenta de que es mejor así.

—Con todo respeto, yo he pasado matándome los últimos tres años ejecutando este estudio. Son...

—Tengo que pensar lo que es mejor para el hospital, —me interrumpió.

—Estoy a cargo de investigaciones que van a salvar miles de vidas. Eso es lo mejor para el hospital, —estaba a punto de perder la cordura.

—Es muy bueno para el hospital, sí. Pero a usted aun no la conocen en el ámbito médico. El Dr. Medina ya es bien conocido. Si llegan a salir noticias de que vamos a llevar a cabo la continuación de los estudios del Dr. Héctor Medina, pues eso sería muy buena publicidad para nosotros.

Si hubiera tomado un paso atrás, hubiera apreciado que todo esto no importaba. Lo que importaba era que después de la publicación, los protocolos por todo el mundo serían alterados, dando más oportunidades de salvar millones de vidas.

Aun así, no podía lidiar con el hecho de que estaban robando mi trabajo. El trabajo que podía abrir muchas puertas para mi carrera profesional.

No era por avaricia. Mi ambición provenía del deseo de aprender más y seguir creciendo. Después de este estudio, estaba pensando ir a los mejores centros de oncología para trabajar ahí. Todas esas aspiraciones se las estaba llevando el viento.

—Esto no está bien. Es mi estudio clínico. —me sentí como niña chiquita.

—El ser el director de medicina no es fácil. Tenemos que pensar no en lo que es mejor para uno mismo o para un solo doctor. Tenemos que pensar qué es lo mejor para el departamento y el hospital.

—No voy a permitir esto, voy...

—Dra. Ramírez, piense muy bien en lo que está apunto de decir. Si solicita esa corrección será su palabra contra la del Dr. Medina. El hospital estará del lado del Dr. Medina. No es ni un secreto que él era su mentor y que estaba involucrado en el estudio. Nadie dudaría de que él fue el autor.

El mundo iba en cámara lenta en mi camino de regreso al carro. Sara me esperaba en la entrada.

—Carolina, ¿estás bien?

Sacudí mi cabeza.

—¿Qué pasó?

—Héctor se fue.

—¿Se fue?

—Sí. Su contrato terminó. Se fue. El Director no me va a dejar que solicite la corrección. Héctor se va a quedar con la autoría.

—Eso no puede ser, —dijo Sara, —¿ya hablaste con él?

—No.

Saqué mi celular y le marqué. Él podía explicar todo lo que estaba pasando.

—*El número que usted marcó no está disponible o se encuentra fuera de...*— Colgué y aventé mi teléfono en el asiento de atrás.

Los sonidos a mi alrededor sonaban lejos de mí. Sentía como si estuviera bajo el agua. —Me robó mi... mi estudio clínico, —dije.

Cuando llegamos a la casa de mi papá, Sara me ayudó a salir del auto. Habíamos cambiado de lugares de cómo la traje a casa hace dos años. Me sujeté a ella para mantener balance y apoyo emocional. Sentí cómo la bilis quería subir por mi esófago, pero no permitiré que eso pasara.

—¿Qué pasó? —preguntó mi papá cuando llegamos.

—Me lo quitó. —dije aun sin poder creerlo.

—¿Qué te quitó?

—Todo.

SIETE AÑOS DESPUES DE LA PARTIDA DE HÉCTOR

~

EN CASA

No pude dormir en mi vuelo de regreso a casa después de la lectura. Usualmente caía dormida apenas despegábamos. Pero esta vez no me podía acomodar de ninguna forma, lo cual me dejó demasiado tiempo para pensar en mi encuentro con Héctor, y en nuestro pasado.

Pensé en esa última semana antes de que se marchara. Durante todos estos años he recordado una y otra vez cada palabra que dijo antes de irse. Trataba de conectar los recuerdos como un rompecabezas con esperanzas de entender por qué me traicionó de esa manera. Lo hice una y otra vez, año tras año, sin embargo, nunca pude hallar la respuesta.

No tenía sentido. La persona que él pretendía ser parecía tan genuina, no podía creer que todo fuera mentira. Pero las semanas pasaron y se convirtieron en meses, los meses en años, y él nunca dijo nada. Tal vez tenía que admitir que era un muy buen actor, el mejor, una víbora en el zacate, un maldito que me hizo creer que realmente le importaba.

Lo que pasó después del día de mi destrucción fue fatal y él no estuvo ahí para lidiar con las consecuencias. La humillación fue más que nada interna. La mayoría del personal del hospital no sabía nada, pero los del departamento de oncología y algunos otros doctores cercanos a mí sí supieron lo que pasó.

Las víboras no se hicieron de esperar para empezar con los rumores. La historia era que yo era una cualquiera que trató de meterse con el jefe para avanzar su carrera. El Dr. Medina salió ganando en esa historia. Según ellos, él no quiso nada que ver con todo eso y se fue después de publicar su artículo para poder alejarse de mí.

Lo peor es que todos me echaban la culpa de que el hospital haya perdido a un doctor famoso. Tomaron varios años para que yo pudiera volver a ganar la confianza de mis colegas.

Lo bueno es que tenía a suficientes personas con quien contar, quienes me conocían bien y me apoyaban. De no ser por ellos, no me hubiera quedado en Heartland.

Y luego estaba el Dr. Keach con su bola de amiguitos que no me dejaban olvidar lo ocurrido. Pero el Karma siempre llega a cobrar y él recibió lo suyo. Cuatro años después fue demandado por negligencia profesional y perdió su licencia médica. Lo único que hubiera hecho mejor esa victoria era si no le hubiera tenido que costar la vida a su paciente.

El hospital tuvo que tomar una decisión de qué hacer con Keach, y al no querer recibir mala publicidad, decidieron alejarse de él. Dejaron de aceptar el apoyo lucrativo de la familia Keach y hasta quitaron el apellido de la sala de maternidad. Ese fue uno de los mejores días de mi vida.

Ya había estado ausente toda una semana antes de la lectura debido a un recorrido para promover mi libro, así que no me sorprendió ver que Sara había organizado una cena para darme la bienvenida. Cualquier otro día hubiera estado feliz de verla, pero ahora tenía que compartir las malas noticias. No estaba segura de que quería que estuviera ahí y viera a mi papá explotar.

¿Cómo le iba a decir a mi papá que el fantasma de una de las etapas más duras de mi vida había regresado? Se iba a enterar tarde o temprano. Nunca le podía esconder nada.

La casa olía al paraíso, pero no reconocía el aroma. No parecía ser ni una de las recetas de mi papá.

—Mmm, qué rico huele. ¿Qué hizo de comer?

—¡Mija! —volteó a verme. Aún traía su delantal puesto. Fue y me abrazó.

—Mole, ¿vienes con hambre? Traté de hacer que se esperara esta Sara, pero la comelona de tu amiga no se aguantó. —dijo mi papá apuntando a Sara con un cucharón.

—¡Hola, Caro! —saludó entre bocados. Estaba segura de que ya era su segundo plato.

—¿Desde cuándo sabe hacer mole, a'pá? —le pregunté.

—¡Ja! Quisiera. El mole tarda todo el día, a menos de que compres los que ya están hechos, lo cual no vale la pena. No, esto lo trajo una de las amigas de Sofía.

—¿Quién? —pensé que conocía a todas sus amigas, pero no sabía que alguna de ellas supiera hacer mole.

—Ileana. Trabaja en el bar unos días al mes.

Traté de recordar. Sí, ya la había visto en el bar. Ileana era muy cálida y amigable. Su sonrisa brillaba como el sol. Era difícil no estar de buen humor en su presencia. Y eso que solo la había visto unas pocas veces.

—¿Ella cocinó esto?

—Sí. No trabaja tiempo completo, solo hace trabajos por aquí y allá. El otro día pasé por La Oficina y nos pusimos a platicar, —típico, mi papá haciéndose amigo de la barman. —Ella mencionó que le gusta cocinar y que vive cerca de aquí. Dije que le pagaría si me cocina algunos platillos a la semana. Estuvo de acuerdo en cocinar extra para tu cena de bienvenida. No me imaginé que iba a salir con mole.

Me alegró tanto el corazón el saber que una persona que casi ni conocía pasó su día haciéndonos mole para mi bienvenida. Solo había estado ausente por una semana, así que sentí el detalle como algo especial. Le tendría que dar las gracias cuando la volviera a ver.

Ojalá no tuviera que arruinar esa linda cena con malas noticias. Por lo menos esperaría hasta que termináramos de comer. Se me hizo agua la boca apenas mi papá alzó la tapa de la olla. Ya tenía años de no probar un buen mole. Me serví arroz y una buena porción del pollo bañado en aquella salsa café. Mi papá siguió mi ejemplo y nos fuimos a sentar con Sara, aunque ella ya casi se terminaba el suyo.

—¿Y qué es el mole? —preguntó Sara chupándose los dedos.

—Es un platillo especial que viene de Puebla. Para el mejor mole, tienes que ir a Puebla.

—Pero, ¿Qué tiene esta salsa? Es deliciosa.

—Papi, ¿puede contestarle esa?

—A ver. Lleva cuatro diferentes tipos de chiles que tienes que sofreír. También lleva tomates, —Sara escuchaba atenta. —También lleva cacahuates, pasas fritas, pan molido, semillas de sésamo...

—¿Pasas? ¿pan? ¿en la misma salsa? —Sara puso una mano sobre su estómago, su cara con un gesto de asco. Le pedí a mi papá que siguiera.

—Sí, también lleva canela, manteca, azúcar, muchas especies diferentes...— cuando mi papá dijo manteca y canela, Sara se cubrió su boca como queriendo vomitar. —¿Qué más? ¿Qué se me olvida? Ah, ya sé. Un buen mole también lleva una tortilla bien tostada, casi quemada. Ayuda a darle color. También lleva caldo de pollo.

—Papi, le falta el ingrediente más importante, —dije volteando a ver a Sara.

—¿Cuál? —preguntó rascándose la cabeza. —Ah sí, cómo se me fue a olvidar. También lleva chocolate.

Mi papá sonrió victorioso y Sara infló sus cachetes como pez globo. Sara corrió al baño y gritó, —¿chocolate?

Mi papá y yo nos echamos a reír, —hiciste eso adrede, —dijo él.

—No me aguanté las ganas. A la mayoría de los güeros les gusta el mole cuando lo prueban, pero no aguantan cuando se enteran de que tiene caldo de pollo y chocolate.

—Qué mala eres.

—Es mi venganza, ¿por qué no me advirtió que los frijoles que hacen los gringos son dulces? Casi los escupí cuando los probé por primera vez en la escuela.

Sara se me quedó viendo con cara de pocos amigos mientras regresaba a la mesa.

—No tenías por qué arruinarlo para mí.

—Lo siento, fue demasiada la tentación.

Todos reímos por un buen rato. *¡Ay! ¿Por qué tenía que arruinar el ambiente con malas noticias?* Todos siempre andábamos ocupados y era difícil tener tiempo para pasarla así. Pero nunca me lo perdonarían si iba a ver a Héctor sin decirles.

—¿Qué tienes, mija? —preguntó mi papá, siempre atento a mi estado de ánimo.

—Tengo algo que decirles.

Sara y mi papá me escucharon atentos.

—Vi a Héctor en California.

Sara quedó boquiabierta.

—¿Cómo pudiste hacer eso? ¡Después de todo lo que te hizo! —dijo mi papá.

—Papá, no hice nada. Él fue a una de mis lecturas. No supe que estaba ahí hasta que se acercó a hacer una pregunta.

Eso hizo que se relajara un poco.

—Él quiere que nos veamos mañana, —continué.

—No, Carolina, ¡te lo prohíbo!

—Creo que es mejor que me vaya a mi casa, —dijo Sara. No

le gustaba ver a mi papá en ese estado. —Luego platicamos, Caro.

—Sí.

Gallina, pensé.

Seguí escuchando a mi papá mientras me puse a lavar los platos.

—No estás pensando en ir a verlo, ¿verdad?

—Papi, necesito respuestas.

—¿Después de la forma en que te trató? ¿De todo lo que te hizo? Me rompió el corazón verte en ese estado. Era como si no estuvieras aquí, pero sí lo estabas. Te veías devastada.

Era difícil escuchar todo lo que mi papá aguantó después de que Héctor se fue. El Director de Oncología me dio una semana de descanso mientras las cosas regresaban a su normalidad en el hospital. Durante esa semana no lloré. No sentía nada, estaba totalmente vacía, perdida en una obscuridad profunda.

Después de eso, no mejoré mucho. Hacía lo necesario para poder trabajar, pero me entregué a mi trabajo de una forma que no era sana. Me convertí en un robot. Estaba decidida a recuperar mi reputación superando mi primer estudio.

Durante todo ese tiempo, dejé que mi papá se quedara preocupado. Debió de haberse sentido tan impotente al verme así de deprimida y después al no verme por tanto tiempo.

—Sé que fue difícil, pero las cosas han cambiado.

—¿Qué cambió?

—Yo cambié. Tengo más experiencia. Tengo la ventaja de que ahora sé cómo es realmente. Ahora yo soy la estrella.

Sonrió levemente, —Lo eres, mija, pero no entiendo por qué quieres hablar con él.

—A decir verdad, ni yo estoy del todo segura. Dijo que tenía mucho que decirme y parte de mí aún necesita esa explicación. O por lo menos que me pida perdón.

Ya con los platos lavados y la cocina limpia volteé a verlo. Él me miró con ternura y preocupación, —hija, ¿segura de que solo es por eso? ¿Por curiosidad y por querer una justificación?

—Sí, papi. Tendré cuidado, se lo prometo.

—Dile que más vale que no me lo encuentre por ahí.

Sonreí, —Sí, papi, yo le digo.

SARA FUE quien me despertó la mañana siguiente.

—¿Tu esposo sabe que me llamas a todas horas de la mañana? —me quejé.

— *Mi esposo* aún está dormido en el cuarto. Tú no te preocupes.

—Okey.

—Sé que tu papá ya te dijo hasta lo que no, pero Caro, no puedes estar pensando en ir.

—¿Ya vas a empezar también tú?

—Sí, también yo.

La verdad era que no estaba segura que era lo que sentía. Algo de Héctor hacía que quisiera confiar en él otra vez. No entendía por qué. Sabía que no podía ser tan tonta como caer con la misma piedra, pero había algo en sus ojos...

—Mira, creo que lo viste y dejaste de pensar. Quería hablar contigo antes de que lo vieras otra vez. —continuó.

—A ver, dime, —dije levantándome de mi cama.

—Piensa en claro, Caro. ¿Recuerdas lo que hizo?

—Obvio. Fue hace siete años, pero aún está fresco en mi mente. Tardé mucho en recuperarme.

—Muy bien. Pero solo deja te doy el resumen. Primero trató de seducirte cuando aún seguía casado. Luego dejó que todos anduvieran hablando de ti sin defenderte. Y para acabarla de amolar, se robó la autoría de *tu* estudio. Se fue dejándote lidiando con rumores que casi acaban con tu carrera.

Nada más de escucharla me empezó a doler la cabeza.

Masajeé mi cien y contesté. —Créeme, no se me ha olvidado nada de eso. Mi papá también ya habló de todo esto anoche, pero gracias por preocuparte.

—Aun así, vas a ir a verlo.

—Necesito hacer esto. Necesito respuestas.

Sara suspiró derrotada, —Está bien, pero ten cuidado.

—Sí, te lo prometo.

—Te amo.

—Yo también.

Mi familia era buena para recordarme las mil y una razones para odiar a Héctor. Ya para la hora de arreglarme para ir a verlo, mi sangre estaba a punto de hervir de rabia. Héctor iba a escuchar TODO lo que tenía que decir.

LA VERDAD

El decidir qué ponerme para ir a ver a mi enemigo no fue asunto fácil. No quería darle la impresión de que me arreglé mucho para ir a verlo, pero también necesitaba sentirme segura de mí misma. A lo último opté por unos jeans azul obscuro, un suéter semiholgado naranja quemado y unas botas cafés que llegaban hasta las rodillas. Dejé que mi largo y ondulado pelo cayera y rodeara mis hombros. Me miré fijamente al espejo. *Tú puedes, Caro.*

El otoño apenas se estaba haciendo presente, pero el aire ya se había tornado frío. Cuando llegué, Héctor ya tenía el café listo, esperándome. Él traía un suéter ligero gris, el cual resaltaba sus pectorales y cada músculo en su torso. No que me di cuenta ni nada...pero también traía jeans azules con tenis blancos.

—Carolina, gracias por venir, —dijo.

—Dr. Medina, —saludé fríamente.

—Te puedo traer otro café si este no te gusta, o si ya se enfrió mucho.

Había llegado veinte minutos tarde adrede. Él tenía que saber quién mandaba en esta ocasión.

—Este está bien, —dije sin probarlo.

—Nunca llegas tarde, —comentó.

—Nunca llego tarde a las cosas que son importantes, —dije tomando un sorbo de mi café, y tratando de ignorar el hecho que mi respuesta lo hizo sonreír. —Dr. Medina, me dijo que tenía mucho que decirme, ande pues. Soy una persona muy ocupada. Es mejor que empiece ahora.

—¿Podemos empezar tuteando?

—No

Alzó sus manos en defensa, — Está bien. Así será por ahora.

—¿Qué quiere? ¿Qué está haciendo aquí?

—Vine por ti.

Me reí, ¿en serio me iba a salir con la misma cantaleta? Como si fuera tan estúpida.

—Es en serio. Traté de alejarme todo el tiempo que pude, pero pensé que ya había pasado lo suficiente.

—Hable claro, no tengo tiempo para adivinanzas.

—Perdón.

—Dígame a qué vino.

—Creo que es hora de que escuches mi versión de lo que pasó.

—¿Cuando se fue de Heartland Metro?

Asintió.

—Usted perdió el derecho a decir su parte de la historia hace siete años, doctor.

Cerró sus ojos al escuchar mi frialdad. —Entiendo. Aun así, es importante que te diga lo que pasó desde mi punto de vista. Te debo eso.

—No tiene ni idea lo tanto que me debe.

Héctor se recargó en su silla, limpió sus lentes antes de volver a ponérselos, y comenzó a hablar.

—Está bien. Envié el artículo en el cual trabajamos juntos después de recibir tus últimas revisiones. En ese momento, no lo sabía, pero resultó que el Dr. Stuart tenía un amigo del personal editorial del diario médico.

—Ese hijo de puta.

Héctor asintió.

—Él sabía que estábamos apunto de entregar ese artículo, y contactó a su amigo. Le pidió que cambiara la autoría a mi nombre sin yo saberlo.

—¿Se supone que eso me va a hacer sentir mejor? Que no quería su nombre enlistado como el investigador primario. Bien sabe que podía solicitar que lo corrigieran.

—No lo podía hacer. Tenía las manos atadas.

—Qué conveniente, ¿no cree?

—Carolina, deja te lo explico todo. Creo que estarás contenta de haberlo hecho al final.

Traté de relajarme un poco, pero no podía, —Siga. —contesté.

—Me llamaron del hospital la noche antes de que se publicara el artículo. Cuando llegué, me dijeron que tenía que ir a ver al Dr. Stuart. Cuando llegué a su oficina, me dijo lo que había hecho.

—Le dije que solicitaría la corrección, pero me ordenó que no lo hiciera. En ese tiempo él tenía la ventaja. Créeme cuando te digo que tenía las manos atadas. Tuvimos una discusión muy tensa y le di un ultimátum. O corregía el artículo o me iba de Heartland Metro.

—Él dijo que tu contrato terminó cuando acabó el estudio.

—Eso no era verdad. Tenía un contrato a largo plazo, pero yo reservaba el derecho a terminarlo cuando quisiera. Una de las ventajas de mi posición.

—No es momento para estar de arrogante, Medina. Después de todo, él escogió la autoría, aunque usted se fuera.

—Cierto.

—Aún no entiendo por qué hizo eso.

—Tengo algunas teorías, pero sería mejor hablar directamente con él.

—Stuart ya no está en Heartland. Se jubiló hace unos años.

—Sí, lo sé. Apenas se jubiló, solicité la corrección en el diario de medicina.

—¿Ese fuiste tú? —mi corazón se aceleró. Lo arregló. Ya llevaba tiempo preguntándome por qué me contactaron años después y decidieron hacer esa corrección. ¿Acaso pensaba Héctor que le iba a dar las gracias por ese esfuerzo mínimo?

—Aun así, quiero escuchar sus teorías.

—Está bien. ¿Recuerdas cuando llegaron los resultados? Un doctor de Peak View vino desde California a verte.

—Sí, rechacé su oferta.

—¿No la rescindieron?

—No, ¿Por qué?

—Al Dr. Stuart no le gustó la atención que estabas recibiendo. Él no podía perderte, pero tampoco podía hacerte una oferta que compitiera con la de Peak View y ofrecerle una nueva posición al Dr. Keach al mismo tiempo.

—Él iba a tener que tomar esa decisión tarde o temprano.

—Sí, pero ¿acaso la oferta de Heartland era tan buena como la de Peak View?

—Al principio lo era, pero tenía la condición de que la posición tendría que estar vacante.

—¿Y cambió después de que publicaran el artículo?

—Sí, disminuyó significativamente.

—Y ya para ese entonces habías rechazado las otras ofertas pensando en que te podrías quedar en casa.

—Él solo estaba haciendo tiempo.

—Bueno, eso es lo que yo creo. Pero estoy casi seguro de que así fue. La única otra idea que tenía es que su relación con la familia Keach va más allá de lo que sabemos. Era claro que querían sabotear tu carrera.

—Y sí que lo hicieron.

—Estoy seguro de que fue duro. ¿Qué pasó después de que

me fui?

Tomé la taza entre mis dos manos, buscando el calor del café. Lo miré fijamente a los ojos. —Te llevaste mi reputación contigo, —dije, —me tomó mucho tiempo para poder recuperar la confianza y el respeto de mis colegas. Pasaron dos años antes de que algún doctor quisiera trabajar conmigo en nuevos estudios.

—No sabes lo mucho que lo siento.

—No sé si te pueda creer.

—Eres inteligente, no deberías de creerme. Ni yo me creería si estuviera en tu lugar.

Dejó pasar un poco de tiempo antes de volver a hablar. —A pesar de todo eso, tus siguientes estudios clínicos fueron todo un éxito. Tengo que admitir, los resultados me sorprendieron. Es raro ver dos estudios seguidos que sean exitosos.

—Tenía algo que comprobar. ¿Sabes qué fue lo peor de todo?

—¿Qué?

—¿Recuerdas la propuesta suplementaria que habíamos enviado para darle seguimiento a los primeros pacientes?

—Más o menos.

—Fue aprobada y financiada.

—¿En serio? ¡Qué bien! ¿Qué tuvo de malo?

—Que para todo el mundo, esos eran *tus* estudios clínicos, pero yo era la que estaba haciendo todo el trabajo.

Héctor se rio un poco, —Lo siento mucho. Tengo que recompensarte de una u otra forma.

No pude evitar sonreír. A decir verdad, ese fue mi salvavidas. Me mantuvo ocupada, pude mantener contacto con mis pacientes, y el dinero me mantuvo en Heartland cuando todo parecía decir que me querían despedir.

—¿Me regalas un poco de tu tiempo, Carolina?

—¿Para qué?

—Para mostrarte que te estoy diciendo la verdad. Que nunca te e mentido y que nunca lo haría.

Asentí sin darme cuenta.

—Te vez igual que antes. —dijo cambiando el tema.

Había muchas cosas que pensar así que acepté el cambio de tema.

—No puedo decir lo mismo de ti. Te vez más viejo.

Héctor se rio, —Sí, ya soy todo un viejo. Y lo siento, nosotros los viejos nos quedamos atorados en nuestros hábitos.

Sabía que era once años mayor que yo. Esa diferencia de edad no me importó en ese entonces, cuando quería algo más con él. Mi papá era nueve años más grande que mi mamá y eran la pareja más feliz que conocía.

—No sé qué esperas de mí.

—Nada, solo te pido tiempo.

Aún tenía mis sospechas, pero mis paredes ya se estaban derrumbando con cada una de sus palabras. Todo lo que decía tenía sentido. Vine al café a decirle hasta de lo que se iba a morir, pero en vez de eso, estaba cuestionando todo lo que creí de él durante todos esos años de su ausencia.

—Mira, tengo que ir a hacer algunas cosas.

—Está bien, aun no sé qué pensar de todo lo que me has dicho. Lo pensaré. Aún hay muchas cosas que faltan en tu historia.

—Sí, lo sé, —dijo, —¿podrías ir a cenar conmigo el viernes? Te diré todo lo que falta y trataré de ir ganándome tu confianza otra vez.

—Héctor, no sé. ¿No sería mejor olvidarlo todo?

—No. No cuando aún no sabes la historia completa. Solo piénsalo. Aquí tienes mi tarjeta.

Miré su tarjeta, era sencilla. Tenía su nombre, email y número telefónico. Sentí cómo mi enojo me invadió nuevamente al recordar cuando le llamé y su teléfono ya estaba desconectado.

—No te vayas a quedar esperando. —dije.

—Seguiré insistiendo.

CAMBIO DE MENTOR

Fui a recoger el correo cuando sonó mi celular.

Número Desconocido: *¿Has decidido si aceptas ir a cenar conmigo?*

Este tenía que ser Héctor. No había cambiado mi número y él lo había guardado todo este tiempo.

Yo: *Aún no he decidido nada.*

Héctor: *No me digas que todo lo que dije no trajo más preguntas. Deja te cuento la historia completa.*

Yo: *Ya veremos.*

Él dejó de enviar mensajes después de eso. Regresé a mi apartamento y revisé mi correspondencia. Me sorprendí al ver una carta personal. Mi pulso se aceleró al leer el nombre del remitente: Andrea Carter.

Abrí la carta con manos temblorosas. Leí la carta y después la volví a leer:

~

Estimada Carolina,

Estoy segura de que ya habrás adivinado cuál Andrea escribe esta carta. Soy la misma Andrea que estuvo casada con Héctor. Ahora llevo el apellido de mi segundo esposo.

Sé que es extraño recibir una carta de mi parte, créeme, también es extraño para mí escribirla, pero aún así me estoy esforzando por enviártela porque a pesar de que ya no amo a Héctor Medina, aún me preocupo por él. Es el padre de mi único hijo y deseo que sea feliz.

Marisela me informó que él va de regreso a Kansas City. Estoy segura que va con la intención de volver a conquistarte. Por favor, no te vayas a enojar con Marisela. Solo queremos la felicidad de Héctor y ella me ha convencido que tú eres quien tiene la llave de esta.

¿Lo puedes creer? Estoy tratando de conseguirle una cita a mi exesposo. Mas vale que vaya por una evaluación psicológica.

En fin. Héctor y yo nos llamamos durante las fechas difíciles: el cumpleaños de Jake, la navidad, y ese tipo de fechas. Recordamos a nuestro hijo juntos para mantener su recuerdo vivo. Pero también para asegurarnos de que el otro esté bien. Las últimas veces que hablé con Héctor, me quedé preocupada. No está feliz, y ahora sé que su tristeza proviene de todos estos años que ha estado lejos de ti.

Sé que siete años es mucho tiempo, así que espero no hayas encontrado a alguien más, porque Héctor no lo ha hecho. Si lo amas una fracción de lo que él te ama a ti, entonces te pido que le des una oportunidad.

Si terminan juntos, te prometo no volver a entrometerme. Espero que no te moleste nuestras llamadas anuales, puedes estar segura de que solo son para hablar de Jake.

De tu nueva amiga,

Andrea Carter

~

CUANDO UNA PUERTA SE CIERRA, una ventana se abre. Sé que suena como un cliché, pero es cierto. No le mentí a aquella estudiante cuando le dije que hay mujeres que son grandes modelos a seguir en la industria médica. Son pocas, pero las hay.

En mi caso, me topé con un unicornio de este tipo después de que Héctor se fue. La Dra. Mónica López llegó a Heartland Metro al año de la partida de Héctor. Ella era la Directora de Cardiotorácica. Una mujer, latina y *DIRECTORA.* Le di mil gracias a los dioses y los santos por enviarme a otro mentor, aunque estuviese en otro departamento.

La Dra. López entendía las dificultades con las que tenían que lidiar todas las mujeres y en especial las mujeres de otras etnicidades, en esta área de trabajo tan dominada por los hombres. Ella me ayudó justo cuando sentía que lo había perdido todo. Ella no se andaba con rodeos, así que sabía que siempre podía contar con su opinión franca. Siempre aprecié los consejos que me dio para mi vida profesional y en mi vida personal.

Ella aceptó platicar por un rato entre cirugías, siempre y cuando le trajera algo de comer, así que le traje un poco del mole que había quedado de la noche anterior.

—¡Hola, Carolina! —me saludó la Dra. López desde su escritorio. Traía puesto su uniforme azul cielo y su gorro de cirugía. La Dra. López ya pasaba de los cincuenta años de edad, pero aún era bellísima. Era de baja estatura con cuerpo de botella de Coca-Cola. Su pelo enmarcaba su cara rectangular con rizos que se reusaban a quedar debajo de su gorro. Añoraba verme así de bien cuando llegara a su edad. —¿Qué tal te fue en tu tour para tu libro? —preguntó.

—Bien. En lo que cabe.

—Oh no, ¿qué pasó?

—No mucho en sí, el tour fue genial. Todos los eventos salieron muy bien y pude contener mi miedo a hablar en público.

—Sí, pero te traes algo.

Le pasé su almuerzo. Sus ojos se cerraron con deleite al oler el aroma de la comida. —Ni digas que cocinaste esto.

—No. —lo admití.

—No fue pregunta.

Sonreí, — No, la amiga de mi papá lo cocinó. Está a salvo, no le caerá mal, Dra. López.

Tomó un bocado y gimió con placer. —En serio que me estás salvando la vida, Carolina. Mi última cirugía tardó diez horas y tengo que ver a mi siguiente paciente dentro de dos horas.

—Entonces me apuro, así tendrás tiempo de dormir un poco.

—Pues ya, dime.

—Te quiero pedir un consejo con algo personal.

—Sí, claro. Estamos en confianza.

—El Dr. Medina regresó a Kansas City, —dije.

Su tenedor se quedó a mitad de su camino. —¿Qué?

Asentí y ella dejó su tenedor. Me miró atentamente. La Dra. López sabía todo lo que había pasado con Héctor. Bueno, lo sabía de mi punto de vista. Había escuchado uno que otro rumor cuando llegó y fue ella quien me aconsejó de cómo manejar esa situación. Ella tenía tanta experiencia, más de lo que yo me podía imaginar. Le conté lo que me había dicho Héctor en el café.

—Es posible. —dijo, retomando su tenedor. —Por lo que he escuchado acerca del Dr. Stuart, sus prioridades dejaron el departamento de oncología en un total desastre. Pero la nueva directora de Oncología sabe más de eso. ¿Por qué no le preguntas a ella?

—La respeto mucho y valoro su opinión, pero ella es mi jefa y no platicamos de cosas personales.

—Veo que aun mantienes tus muros alrededor de cosas que no los necesitan.

—Estoy tratando de mejorar.

—Bueno, ¿y cuál es el problema?

—Héctor quiere que cenemos juntos esta noche. Dice que aún tiene cosas que contarme. Estaba tan molesta con él en ese entonces que aún no sé qué hacer.

—¿No quieres cenar con él?

—Al principio no quería, pero tengo tantas preguntas.

La Dra. López comió y pensó por un momento antes de contestar así que aproveché para decirle la otra parte. —Su exesposa me envió una carta.

—¿En serio?

—Sí, es tan raro. Mónica, no sé ni que pensar.

—¿Qué dijo?

—Que quiere que le dé una oportunidad a Héctor.

—Eso sí que es raro, —contestó, pero noté cierto brillo en sus ojos y una ligera sonrisa que se le quería escapar. —Me cae bien esa mujer, se necesita tener cojones para hacer lo que hizo.

Me reí dejando ir la tensión que sentía. —Sí, eso es cierto.

—Caro, la verdad es que no sé ni para qué me quieres. Si callas a tu cabeza por un momento, vas a poder escuchar lo que te dice tu corazón.

Suspiré y masajeé mi cien por un momento. No sabía qué más decir. ¿Qué más podía decir? Ella tenía la razón.

—¿O te gana el orgullo?

—¿El orgullo?

—Si, tu orgullo. No dejes que se te pase esta oportunidad nada más por andar de orgullosa. Te la voy a barajear despacio, sería una estupidez si dejas pasar esta oportunidad. ¿Acaso eres demasiado orgullosa como para ver que se merece tu perdón, ya que su intención nunca fue robarte ese estudio clínico?

—No es eso. No supe nada de él por siete años. NADA. Eso sí es difícil de entender y aceptar.

—Sí, lo veo. Tu orgullo.

—¡No! No es eso.

—Sí, lo es. Tú lo sabes, yo lo sé, las dos lo sabemos. Siempre has llevado ese peso de tener que demostrarles a todos lo que valías. Lo sé porque también yo llevé ese peso durante las primeras dos décadas de mi carrera. La diferencia es que yo no tenía a una mentora inteligente y hermosa para hacerme ver eso.

—¿De qué hablas? Y no le tengo que demostrar nada a nadie.

—¡Ja! Claro que sí. ¿O me vas a decir que no has tratado de demostrarle a cada uno de los hombres de este hospital que tú puedes tanto o más que ellos? Que eso no ha sido tu motivación para sobresalir, que los comentarios de que solo te contrataron para incrementar la diversidad no te molestaron, que siempre dejaste que se te resbalaran esos rumores.

—No veo qué tenga que ver eso con Héctor, —dije.

—TODO, corazón. Vi que tanto trabajaste para que volvieran a respetar tu nombre. Tuviste que demostrarle al mundo y a ti misma que podías sobresalir sin él. Y lo hiciste tan bien, que te engañaste a ti misma. Ahora crees que no lo necesitas. Y antes de que digas algo, no lo necesitas para que crezca tu carrera, pero ¿Qué tal sí *si* lo necesitas dentro de tu vida?

—¿A qué le está tirando, Dra. López?

—¿Qué tal si lo amas?

—Lo amé. Antes. —admití.

—¿En serio crees que ya no? Porque ahorita estoy viendo a una mujer enfrente de mí que está en agonía al no saber si creerle o no. Eso me dice que aún sientes algo por él, ya que si no sintieras algo por él, ya lo hubieras mandado a la chingada.

Cómo me cagaba cuando tenía la razón. La vi con ojos entrecerrados y ceño fruncido.

—Te conozco y a decir verdad, tú ya sabías lo que querías hacer desde antes que entraras a mi oficina.

—Me hablas como si fuera niña chiquita haciendo berrinche.

La Dr. López cerró el contenedor de comida ya vacío y me lo pasó diciendo —Pues eso es exactamente lo que estás haciendo —. Se paró y se dirigió a la puerta. —Si gustas, te puedes quedar aquí por un rato. Yo me voy a uno de los cuartos a tratar de dormir un poco antes de mi siguiente cirugía —. Antes de cerrar la puerta volteó nuevamente y dijo —Caro, cuando ya entres en razón, me gustaría conocerlo.

Cerró la puerta y me quedé ahí sentada, viendo afuera por la ventana. Ella tenía la razón. Como siempre. Me jode, pero era cierto, ya sabía que mi corazón pedía a gritos darle otra oportunidad. Solo que esta tendría que ser la última.

EL RECUENTO DE LOS DAÑOS

—Está bien, acepto cenar contigo, —dije con el auricular en mi oído. Era viernes por la tarde y había esperado hasta el último momento para responder. Íbamos a hacer esto cuando yo lo decidiera.

—No te arrepentirás, te lo prometo, —dijo Héctor.

—¿Dónde nos vemos?

—Yo paso por ti.

—Está bien.

—¿Paso a tu apartamento o a la casa de tu papá?

—Mi apartamento, pero ahora vivo en otro lugar.

Le envié la nueva dirección. Ahora solo quedaba esperar. Me hubiera gustado más esperar en casa de mi papá, pero aún no estaba lista para decirle que iba a ir a cenar con Héctor.

Necesitaba saber qué ventaja tenía el director sobre él. Me percaté de que no quiso decirme la última vez, pero tendría que decirme esta vez. Necesitaba saberlo sin importar que fuera algo personal. Necesitaba saber para entender.

—Te vez hermosa, —dijo Héctor al salir de su carro. Caminó hacia la puerta del pasajero y la abrió ayudándome a entrar. No le había dicho cuál era mi apartamento, preferí esperar afuera. Aun no sentía suficiente confianza como para decirle eso.

Sentí que me había arreglado de más. Llevaba un vestido negro y entallado. Nunca me dijo a dónde íbamos a ir, así que decidí vestirme bien en caso de que fuéramos a algún lugar caro.

—Gracias, —contesté sin hacer comentario alguno de su atuendo. Como siempre, se veía increíblemente varonil. Pantalón de vestir, camisa color vino. Sencillo y bello.

Mi corazón se detuvo cuando estacionó su carro enfrente de su casa. Me sorprendí que aún viviera en el mismo lugar que cuando trabajó en Heartland. ¿Se había quedado con la misma casa todo este tiempo o simplemente tuvo mucha suerte y pudo volver a comprarla todos estos años después?

Le tendré que preguntar luego por qué en ese momento solo estaba enfocada en no ponerme a gritar como loca. Apenas se detuvo, me salí del carro y empecé a caminar alejándome de la casa. Inmediatamente saqué mi celular, lista para pedir un taxi. Estaba loco si pensaba que cenaría ahí.

—¡Carolina! —gritó, Podía escuchar sus pasos acercándose y pronto lo sentí agarrarme del brazo. —¿A dónde vas?

—A mi casa.

—¿Por qué? ¿Qué pasó?

—¿En serio pretendes que vaya a cenar contigo a *tu casa?*

—Escúchame, esto no es ningún plan perverso ni nada por el estilo. Algo me dice que lo que te voy a decir, te va a molestar.

Me quedé con el dedo en el celular, lista para marcar. —¿Me va a molestar?

Héctor asintió, —Sí, y supuse que tal vez disfrutarías tener la libertad de gritarme en privado.

—No creo que esto sea buena idea, —dije.

—Lo siento. Sabía que no te gustaría hacer una escena en un lugar público. Mira, cociné la cena. Lo único que tengo planeado es darte de cenar y sentir tu furia.

—¿Qué cocinaste? —pregunté, la curiosidad ganándole al orgullo.

—Paella de camarones, —dijo.

—Me gusta la paella.

—Lo sé. —dijo con una sonrisa. Mi corazón se derritió un poquito.

Dejé que me guiara a su casa porque soy débil. Pero mantuve mi celular listo en caso de que cambiara de opinión.

—La cociné hace rato. La voy a poner un rato en el horno para recalentarla.

Asentí y tomé la copa de vino blanco que me ofreció. Por lo que vi, ya había quitado la regla de cero alcoholes en su casa.

Cuando me dio la copa, me di cuenta por primera vez de que su anillo de bodas había desaparecido de su dedo. Tomé un sorbo de vino, era divino. Era *vino verde* como notas minerales que me recordaban la brisa del mar.

Admiré la sala. No había cambiado nada desde que lo ayudé a decorar. Así que sí se quedó con la casa todo este tiempo. Me pregunté si había estado en Kansas City todos estos años... pero no, no podía ser. Él había regresado al IFIM.

—No cambiaste nada. —comenté.

—No. No lo haría a menos de que tú lo quisieras.

Me le quedé viendo mientras él regresaba a la sala. Era un comentario extraño. Nos sentamos en el sofá y dejamos las copas en la mesa de centro.

—Es ahora o nunca, Héctor.

—¿No quieres esperar hasta después de cenar? Sería una pena que no disfrutaras la comida por el enojo. Y me la pasé cocinando todo el día, —dijo con cierta picardía en los ojos. Cada vez se me hacía más y más difícil seguir enojada con él.

Héctor arregló la mesa mientras escuchábamos música de Carla Morrison. Su voz era relajante y reconfortante, creando un ambiente agradable mientras cenábamos y tomábamos vino. Sirvió la paella como todo un experto. Se veía demasiado exquisita como para comer, pero aun así le entré con todas las ganas de un moribundo llegando a un oasis.

—¡No! ¿En serio? —exclamó Héctor cuando le conté lo que fue del Dr. Keach.

—Sí. Fue uno de los mejores días de mi vida. No le quiero dar tanta importancia a él, pero sí llega a mis top 20.

—Me hubiera gustado ver eso.

—También a mí. Por lo mismo de que mantenía mi distancia de él, no supe lo que estaba pasando hasta que terminó de pasar.

—Aún así, qué alivio.

—Sí que lo fue. Ya para el final de su tiempo en el hospital, yo ya estaba en una mejor posición. La nueva directora es una mujer y se dio cuenta de su forma misógina de comportarse.

—Me imagino que el Dr. Stuart siempre lo supo, pero que se hacía de la vista gorda. Me imagino que la nueva directora no puede ser comprada con dinero para dejar que sigan pasando ese tipo de cosas.

—Me sorprende que digas eso del Dr. Stuart.

—¿Y eso?

—Tal vez no fue el mejor jefe, pero antes de que mi hiciera lo que me hizo, yo lo veía como un buen hombre. Lo respeté por mucho tiempo.

—Y ahora que ya sabes lo que te hizo, ¿aún piensas así de él?

—No. Creo que es más fácil ahora creer lo peor de él.

—Hay personas que mienten tan bien.

—¿Como tú? —dije entrecerrando los ojos.

—No mi vida, nunca te mentí.

Mis defensas falsearon y parpadeé. ¿Me acababa de llamar *mi vida*? Lo debí de haber escuchado mal. Sacudí mi cabeza, pero sus ojos aún se quedaron fijos en los míos.

—Okey. Ya cenamos. ¿Ya vas a dejar de hacerme perder el tiempo?

—De perdiz, dime si te gustó la cena.

—No estuvo mal, —dije cruzando los brazos.

Héctor se rio y dijo —Creo que te gustó más de lo que quieres admitir.

—No seas engreído.

Se rio otra vez y se paró a recoger los platos. Me di cuenta que estaba tratando de mantenerse ocupado. Estaba nervioso ya que sabía que la conversación no sería fácil. Me quité mis zapatillas y empecé a ayudarle, después de todo, también yo estaba nerviosa.

—Me imagino que mi mamá mencionó a Andrea cuando estuvo aquí.

Traté de no mostrar mi enojo. ¿Acaso no sabía que Andrea me envió esa carta?

—¿Qué tiene que ver tu esposa con todo esto?

—Todo. —dijo Héctor. — Cuando llegué a Heartland Metro, ella y yo llevábamos varios años separados. Todo ese tiempo le negué el divorcio, pero ya sabía que no se podía rescatar nuestro matrimonio. Pero era un terco.

—Por fin lo admites, —dije. Hasta ahora, todo coincidía con lo que había dicho Andrea.

—Lo que necesito que entiendas es que yo fui a Heartland solo por ti. Al principio solo estaba interesado en tu trabajo. Por primera vez en mucho tiempo me sentía emocionado otra vez al saber que un joven doctor había sido inspirado por mi trabajo y estaba llevando sus propias investigaciones a lugares no antes imaginados.

Sonreí al ver cómo se emocionó al hablar. Pero aún no entendía a dónde iba todo esto. Dejé que siguiera.

—Pero luego te conocí en persona y todo cambió. Créeme cuando te lo digo. TODO cambió. Ya no me importaba tanto tener la vida perfecta o la fachada del matrimonio perfecto. Darle el divorcio a Andrea ya no se sentía como una derrota.

—Pero no lo hiciste.

—Pues... sí lo hice. —dijo en voz dudosa.

—¿Qué? —pregunté entre dientes

—Le firmé los papeles el primer año que estuve en Heartland. Los procedimientos fueron finalizados al terminar el año.

—¿QUÉ? —dije, esta vez sin tratar de disimular mi enojo.

—Ya estaba divorciado poco después de haberte conocido. Tenía la esperanza de que pudiera haber algo entre los dos...

—¡Pero nunca dijiste nada! —lo interrumpí —y siempre traías puesto tu anillo de matrimonio.

—El divorcio se finalizó durante el tiempo que no me querías hablar.

—Pero, ¿qué tal después de eso, cuando las cosas habían mejorado entre los dos?

—No podía hacerte eso. Los rumores apenas se estaban calmando y no podía volver a afectar tu carrera de esa manera. Así que seguí usando mi anillo para que los demás creyeran que seguía casado.

—Héctor, debiste de haberme dicho algo, —dije con tristeza. —En ese tiempo quería... quería algo más. —dije.

—Lo sé, mi vida. Nunca fuiste buena ocultando tus sentimientos. Tampoco yo. ¿Por qué crees que los rumores no se dejaban esperar?

—Siempre le eché la culpa a Keach.

—Claro, él los empezaba, pero nosotros le echábamos leña al fuego. Aun cuando era claro que no nos hablábamos, muchos se preguntaban si nuestro amorío había acabado mal.

—Ni me lo recuerdes.

—Yo tampoco, nos hubiera crecido.

Me le quedé viendo con mirada incrédula.

—Tienes que admitirlo, nos deseamos por casi una década. Desde el primer día que te vi en esa sala de conferencias, sabía que necesitaba saber quién eras. Ni me podía imaginar que tú eras la doctora que había venido a conocer. No sé ni cómo describir lo que sentí cuando me enteré que eras tú.

—Habla por ti mismo. Yo no he dicho nada de haberte deseado todo este tiempo.

Héctor se rio un poco, —Corazón, puedes mentirte todo lo que quieras. Lo puedo ver en tus ojos. Lo vi desde el día que nos conocimos.

—¿Ah, sí? ¿Qué viste según tú?

Héctor se acercó a mí, su pecho erguido como el de una fiera al acecho. Di un paso atrás, pero mi cuerpo chocó con la isla de la cocina y no me pude alejar más. Me rodeó recargando sus brazos a mis costados, presionando su cuerpo firmemente al mío.

—El deseo, Carolina, —dijo soltando la repisa y tomando mi cara en sus manos. Alzó mi cara y la acercó a la de él, —lo puedo ver ahora mismo en tus ojos.

Bajé la vista y respiré. Tenía razón, pero me jodía que lo supiera. Los efectos del vino acentuaban la sensación de sus manos sobre mi piel. No podía encontrar mi poder de voluntad para alejarme de él por ningún lado.

Héctor me tomó de la cintura y me subió a la isla de la cocina. Mis ojos se abrieron aún más sorprendida por lo que hizo, pero mis piernas se abrieron por sí mismas, invitándolo a que se acercara aún más. El aire crujía con chispas de electricidad.

Pasó sus manos por mi pelo y las dejó prensadas a la parte posterior de mi cabeza. —Héctor, —dije su nombre casi gimiendo. Mi aliento se me iba y no tenía fuerza para alejarlo de mí. Ni siquiera sabía si lo quería alejar.

—Dímelo. Dime que no me deseabas en ese entonces y dime que no me deseas ahora. Dímelo ahora, Carolina, esta es tu oportunidad. Dime que yo solo imaginé todo eso.

Volteé a ver su cara, podía ver que detrás de su ligera barba, su mandíbula estaba tensa, esperando mi respuesta. —No puedo decir eso, —contesté desafiándolo con mi mirada. —Sería mentira. Sus ojos buscaron en los míos sinceridad, pero lo que encontraron fue una invitación.

Rodeó mi cintura con uno de sus brazos, presionando mi cuerpo con el de él. Su otra mano encontró mi cara. Con su dedo pulgar acarició mi labio inferior, mientras mis manos descansaban sobre su pecho.

—He querido tocarte de esta forma desde hace tanto tiempo —. Su voz se tornó más grave y áspera. Cuando habló, mi piel se erizó y mis piernas se enrollaron alrededor de su cintura por su propia voluntad, acercándolo aún más a mí.

Cuando sus labios por fin tocaron los míos, los últimos nueve años desaparecieron. Cualquier razón para no estar juntos se esfumó. Mi odio fue de un fuego incandescente a una mísera flama a la distancia.

Empezó como un beso tierno, poco a poco explorando mi boca. Su lengua trazando suavemente mi labio. El olor de su perfume y el sabor del vino en sus labios me hizo gemir. Su mano reaccionó jalándome el pelo, haciendo que un escalofrío recorriera mi cuerpo. Era un poco de dolor combinado con placer. No podía quejarme. Ni quería hacerlo.

Mis ojos se abrieron al sentir cómo su pene erecto me rosaba a pesar de las capas de ropa entre nosotros. Sus pantalones, mis medias, mi ropa interior, todo lo que separaba a mi cuerpo de lo que añoraba.

Apreté mis piernas aún más, tratando de acercarlo más a mí como si fuera posible. Necesitaba sentir todo su cuerpo. Me alejó de él jalándome de mi pelo, no soportaba no tener sus labios sobre los míos. Lo necesitaba como nunca había necesitado a alguien.

—Mi querida Carolina, no seas tan ansiosa, —dijo en voz baja. —tenemos todo el tiempo del mundo. Déjame disfrutarte.

Héctor jaló mi pelo aún más, forzando mi cabeza hacia atrás y dejando mi cuello expuesto. Lo agarré de sus anchos hombros para mantener el equilibrio mientras él empezó a besarme desde mi boca, bajando lentamente por mi cuello.

—Te amo, —susurró. Mi cuerpo entero se puso rígido como piedra. Mis manos cayeron a mis costados, recargándose sobre la barra de la isla. Mis piernas por fin lo dejaron ir.

—¿Qué dijiste?

—Te amo. Te he amado ya por mucho tiempo.

Lo alejé de mí y él soltó mi pelo para poder verme bien. Al ver mi cara seria dejó escapar un quejido frustrado y dio un paso atrás.

—Héctor, antes estabas hablando de deseo. El deseo y el amor son cosas muy diferentes.

—Tuviste que darte cuenta, —contestó, ahora con cara de molesto.

—No. No me amabas. Cuando alguien ama a alguien, no lo hace pasar todo lo que tú me hiciste pasar a mí.

—Cuando alguien ama a alguien, hace todo por ella, aunque eso signifique estar lejos de ella por casi una década con tal de no lastimarla.

—¿De qué hablas? —pregunté bajándome de la barra de la isla y reacomodándome mi vestido.

—Carolina, ¿crees que me hubiera quedado contigo sabiendo que eso te lastimaría?

—¿Lastimarme? —sacudí mi cabeza, no tenía sentido lo que me estaba diciendo. —¿De qué hablas?

—Estaba en una situación en la cual llevaba todas las de perder. Si aquella vez de la conferencia me hubiera quedado contigo en el hotel, los rumores se hubieran vuelto una realidad.

—Pero no lo eran, y no hicimos nada malo.

—Pero no importó, ves lo que pasó de todas maneras.

—Héctor, eso no fue tu culpa.

—¡Sí, lo fue! —dijo alterado. —¿Y si hubiéramos hecho todo bien? ¿Qué tal si me hubiera terminado de divorciar y tú y yo nos hubiéramos juntado? Entonces el hospital se hubiera opuesto porque yo era tu jefe. Entonces hubiera tratado de resolverlo yéndome de Heartland. Tal vez hubiera encontrado otro hospital y hubiéramos seguido juntos.

Era una hermosa posibilidad que habíamos dejado pasar. — ¿Qué tiene de malo eso? — pregunté.

—Vamos a ser sinceros, ¿acaso crees que hubieras tenido la carrera que tienes ahora si todos creyeran que te acostaste con el jefe para seguir ascendiendo?

Quería darle una bofetada. Eran tanta las ganas que hasta mi mano sintió comezón por la expectativa, pero la mantuve abajo. —Pero eso no hubiera sido verdad, —repliqué.

—No, pero eso es lo que ellos iban a creer. ¿Y qué tal si hubiera llevado las cosas aún más allá?

—¿A qué te refieres?

—¿Qué tal si te hubiera propuesto matrimonio? Porque eso es lo que quería hacer. Tenía pensado hacerlo el día de nuestra cena de celebración.

—¿Me ibas a proponer *matrimonio?* —mi voz estaba extrañamente calmada, ya que mi furia venía en olas.

—Sí. Pero hablé con el Director y él me abrió los ojos. Él tenía la razón. Carolina. ¿Qué crees que hubiera pasado después de mi final feliz?

—Pues eso ya nunca lo sabremos, —empecé a buscar mis zapatos, pero no recordaba dónde los había dejado. Héctor me seguía por todos lados.

—No seas tonta. El Dr. Stuart no me dijo nada que no supiera yo de antemano, simplemente no lo quería admitir. Y también tú lo sabes.

—No, no sé de qué hablas, pero esta conversación ya se terminó.

—No, aun no. Escúchame. Si me hubieras echo el honor de decirme que sí, nuestra luna de miel hubiera acabado pronto.

—Qué bueno saber que poca fe tenías en nosotros.

—Eso no es a lo que me refiero, Carolina, y bien lo sabes.

Dime, ¿en realidad estarías feliz ahora si todo este tiempo hubieras estado dudando si tus logros eran propios o por ser la esposa del Dr. Medina?

Volteé a verlo otra vez, —¿Eso fue lo que te detuvo?

—Sí, entre otras cosas, —respondió, ya más tranquilo, pero también triste. —La otra parte era la ventaja que tenía Stuart.

—Héctor, por favor dime, ¿Cuál era esa ventaja que era tan importante para ti?

—Tú.

—¿Yo?

—Sí. Él estaba listo para hundir tu carrera si no dejaba mi nombre como autor. Sabes que él podía hacerlo. Es por eso que tuve que esperar para poder solicitar la corrección. Tenía que esperar a que él ya no estuviera ahí. De haberme quedado, él hubiera seguido utilizándote como quisiera y yo no podía dejar que te hiciera eso. Tenía que alejarme. Necesitaba que tú supieras que todos tus logros eran propios. No quería que quedara duda.

—Así que *tú* decidiste por los dos.

—¿Acaso no lo ves? Todo lo que hice, lo hice por ti. Llegué a Heartland por ti y me fui para protegerte. Me he mantenido lejos por la misma razón. Todo lo he hecho por ti. Eres mi vida, —dijo, acercándose a mí, sus ojos tiernos trataban de calmarme.

—No. —sacudí mi cabeza. —Tú decidiste. Perdimos nueve años en los que...

—No hay que perder más años...

—No. Tú no vas a tomar más decisiones por los dos, ¿entiendes?

Le estaba gritando, y estaba tratando de no dejar escapar ni una lágrima. Él me miró como si lo hubiera abofeteado, a pesar de que tuve la generosidad de no hacerlo.

—Me robaste nueve años y ni siquiera tuviste la decencia de decírmelo. ¿Cómo te atreves?

—Lo hice por ti.

Encontré mis zapatos y me dirigí a la puerta. Héctor no se había dado cuenta de que ya había pedido un taxi con mi celular. Ya había recibido la notificación de que mi taxi había llegado.

—No te vayas, Carolina. Aun no terminamos de hablar.

—Hasta ahora tú has decidido todo. Es tiempo de que te des cuenta que no necesito quien me cuide. —respondí y me salí de su casa.

LA PELEA DE LAS PELEAS

El conductor fue el único que me vio quebrantarme. Todas las lágrimas que logré retener en casa de Héctor, salieron como ríos sin fin. El conductor miró varias veces por su retrovisor, preguntando si estaba bien. Solo podía asentir.

Cuando llegué a mi apartamento, ni siquiera fui a mi cuarto. Sabía que no podría dormir. Todo mi cuerpo era como el núcleo de una bomba que estaba a punto de explotar.

Lo amaba y él me había amado, pero nos robó la oportunidad que tuvimos. Yo ni tuve opción. Nunca me había sentido así de impotente.

Era como pasar por las etapas del dolor, pero saltando directo a la etapa de furia. Me fui de su casa porque quería golpearlo y no me gustaba sentir esa violencia que estaba creciendo en mi ser. Violencia avivada por la pasión de lo que había pasado segundos antes.

Empecé a buscar entre las cosas del almacén, y ahí lo encontré. Era la misma caja de regalos de hace ya nueve años. Aún seguía enrollada en papel azul marino y adornada con aquel listón anaranjado.

No quise abrir el regalo enfrente de todos aquel día, y después se me olvidó. Después, quedó entre cajas al mudarme a este apartamento. Para cuando la encontré otra vez, él ya se había ido.

Había pensado abrirla antes, pero nunca lo hice. Me llenaba de coraje al pensar en él y siempre terminaba volviendo a guardar la caja.

Desaté el listón. Con suerte, no será nada que se pudiera echar a perder como chocolates o algo por el estilo. Sentí algo pesado, algo que mis manos reconocían. Al quitar el papel, vi que era un libro. Pasé mis manos por la portada de cuero. Leí el título, era *Jane Eyre*.

Cuando él fue a mi casa en mi cumpleaños, él se quedó congelado viendo mi pared. Siempre pensé que su reacción fue por ver la copia de su investigación. Pensé que él creyó que yo era algún tipo de fanática, pero ahora al ver su regalo me di cuenta de que quedó incrédulo al haber escogido regalarme mi libro favorito.

Mis ojos ardían con lágrimas. Furia y empatía estaban en guerra dentro de mi corazón. Quería perdonarlo y quería sacarle los ojos al mismo tiempo.

Ahorita sería irresponsable manejar a su casa en mi estado. Aún estaba fúrica, pero también me sentía atraída a él a pesar de mi enojo. Casi cogíamos así que aún estaba demasiado alterada.

Dejé que pasaran varias horas para poderme calmar. Ya eran las cuatro de la mañana cuando por fin regresé a su casa.

—¿Carolina? —dijo Héctor tratando de sacudirse el sueño. Su pelo despeinado caía sobre su frente. Traía puesto una camisa blanca y pantalones de pajamas azul cielo.

Entré a su casa sin esperar a que me invitara a entrar. Cerré la puerta y me recargué en ella, usándola como apoyo.

—¿Cómo te atreviste a hacer eso?

—¿Cómo no lo iba a hacer? Si hubieras estado en mi lugar,

también tú te hubieras alejado para no perjudicar mi carrera. ¿O no?

—No sé. Pero primero hubiera hablado contigo.

—No podía hacer eso, —dijo, tragando saliva con dificultad. —Sabía que me ibas a convencer de que podíamos encontrar alguna solución y yo no hubiera tenido fuerzas para negarte. No podía correr ese riesgo. Lo siento tanto.

Se acercó a mí y limpió mi lágrima con su dedo. —Créeme, fue lo más difícil que he hecho en mi vida.

Asentí, pero quité su mano de mi cara. Él mantuvo su mano en la mía y me llevó al sillón. La casa estaba a obscuras. No había prendido ni una luz cuando vino a abrir la puerta.

—Me da gusto que hayas regresado.

—No sé por qué lo hice. Necesitaba calmarme. Tenías razón, sí tenía ganas de ponerme violenta hace rato.

Él se rio un poco. —Mis instintos nunca me fallan, —sus dientes blancos resplandecían en la obscuridad.

—Recuerdo por lo menos una ocasión en la cual te fallaron, —dije, sabiendo que eso era como un apuñalada para él.

—¿Qué tengo que hacer para que me perdones?

—No es difícil para mí el perdonar. Ese no es el problema. El problema es que no sé si pueda volver a confiar en ti, —esa era la verdad. Yo no era del tipo de guardar resentimientos, con una que otra excepción. Era fácil para mí perdonar a mis seres queridos. Pero esto era tan diferente. Era un rencor que no sabía que había ido creciendo todo este tiempo.

—Eso duele. —admitió él.

—Lo siento. No estoy tratando de lastimarte, solo estoy siendo honesta.

—Lo sé —. Un mechón de mi pelo cayó enfrente de mis ojos, Héctor lo quitó y lo acomodó detrás de la oreja. —Aun así, me alegra que hayas regresado. Aunque sea para herirme — dijo.

—Yo... —aclaré mi garganta. —apenas abrí tu regalo, —dije.

Héctor alzó las cejas, —¿mi regalo? —

—Sí, el de mi cumpleaños.

Él pensó por un momento, —¿te refieres al regalo que te di recién había llegado a Heartland, en el día de la carne asada por tu cumpleaños?

Asentí.

—¿No lo habías abierto hasta ahora?

Sacudí mi cabeza.

—Qué raro.

—¿Por qué escogiste ese libro?

—¿El de *Jane Eyre*? A decir verdad, me sorprendí cuando vi su poster en tu cuarto. Pero lo escogí por que tu forma de ser me recordó a Jane.

—¿*Yo* te recuerdo a Jane? ¿Has leído ese libro?

—No te emociones tanto, fue una tarea en la universidad. Pero no estuvo mal el libro.

—No me des más razones para lastimarte.

—Okey, estuvo bueno, ¿feliz?

—No, ni tantito. Y aun no me dices qué te recordó de mí a Jane. No me parezco en nada a ella. Ella es bajita, yo estoy bien alta. Ella es sencilla y tranquila, yo soy intensa... según lo que algunos dicen.

Héctor se rio otra vez, —Sí, tienes razón en todo eso. Pero también eres como fuera de este mundo, como ella. No puedes ser de este planeta, eres tan única. Y más que nada porque, si lo recuerdo bien, Jane esta al par de Rochester, así como tú lo estás de mí. Nunca nadie los entendería con la profundidad que ellos se entienden, ya que ellos no necesitaban palabras para saber lo que había en el corazón del otro.

—Pues le entendiste muy bien para solo ser una tareíta de la escuela. Yo leo esa novela por lo menos una vez al año.

Héctor me miró de reojo, pero no dijo nada.

—¿Y durante estos últimos siete años...

—¿Qué?

—¿No ha habido algún St. John en tu vida? —pregunté.

—No. —contestó, sacudiendo su cabeza. —Sí salí en citas. Especialmente los primeros años. Traté de olvidarte. Pero nunca pude tomar a nadie en serio. Es difícil de hacerlo sabiendo que tu alma gemela está en otra parte.

—Somos científicos. ¿Cómo puedes creer en almas gemelas? —pregunté burlonamente.

—Antes no lo creía, — respondió Héctor poniendo mi mano entre sus dos manos y llevándola a su pecho. La sostuvo con fuerza, sin dejar que la quitara. —No exagero cuando te digo que todo cambió cuando te conocí.

El silencio nos envolvió mientras buscaba qué decir. No sabía por qué había regresado, solo sabía que no tenía la fuerza de voluntad para marcharme otra vez.

—¿Y tú?

—¿Yo qué?

—Me moría de celos al pensar que estabas con Ramiro o con alguien más durante todos estos años. Tomó todo de mí el no venir por ti.

—¿Esto otra vez? —sentí cómo mi furia empezaba a crecer de nuevo. —Siempre lo mismo. ¿Por qué siempre tiene que ser Ramiro? Él es como de mi familia. Siempre lo fue y siempre lo será.

—¿Entonces no estuviste con él después de que me fui?

—¡No!

Héctor exhaló con alivio.

—Si tienes que saberlo, —continué, —Ramiro ha tenido dos grandes amores, ninguna de las dos fui yo. Él ya está felizmente casado y sigue siendo como de mi familia.

—¿Y no ha habido alguien más?

—Al igual que tú, tuve citas, pero nunca nada serio. Estaba enfocada en mi trabajo y la mayoría de los hombres no aguanta mis horarios de trabajo.

Ya mi vista se había acostumbrado a la obscuridad. Podía ver la cara de Héctor y cómo sus fosas nasales se expandían.

—Me mata solo de imaginarte con alguien más, —admitió.

—No seas hipócrita, me acabas de decir que anduviste saliendo con otras mujeres.

—¿Y acaso te gustó escuchar eso, mi vida?

Me volví a acomodar en mi asiento. No, no me había gustado escuchar eso. Quería saber sus nombres, cuánto tiempo estuvieron juntos y todo tipo de detalles que no llevaban a nada. Pero no podía admitírselo.

—¿Regresaste para quedarte conmigo esta noche?

Mi cuerpo respondió antes de que yo pudiera. Mi cabeza asintió sin mi permiso. Él se paró y me ayudó a pararme. Me tomó por sorpresa al alzarme del piso. Mis piernas enrollaron su cintura y mis brazos se prensaron a su cuello. Era increíble la facilidad con la que este hombre me cargaba. Yo no era ligera como Sara, pero él era tan fuerte.

Héctor besó la punta de mi nariz antes de seguir hablando.

—No soportaría verte marchar otra vez. Me volvería loco. Por favor, dime que te vas a quedar conmigo.

—Creo que sí.

—Por lo menos prométeme que no te vas a enojar otra vez conmigo por lo que queda de la noche.

—Bien sabes que no te puedo prometer eso.

Héctor apretó mi trasero, haciéndome gemir, —¿Podrías por lo menos intentarlo? — preguntó.

Asentí. Me quede anonada cuando me llevo hasta su cuarto sin queja alguna.

Ya en su cuarto, me presionó contra la pared. Mis piernas lo soltaron y encontraron el suelo otra vez. Le quité su camisa y mis manos empezaron a explorar su cuerpo.

Sus brazos y hombros eran enormes y su pecho tan firme. Su abdomen se sentía firme pero no marcado. Nunca entendí la obsesión de algunas mujeres con los abdómenes bien marcados. Héctor tenía una cintura delgada. Su abdomen apenas y daba la ligera noción de los músculos bajo su piel morena. Nada exagerado.

Lo que sí me hizo agua la boca fueron los músculos en forma de "v" que sobresalían de sus pantalones de pajamas. Apuntaban hacia abajo, dirigiéndome a mi premio.

Me volteó de repente dejándome sin aliento por un momento. Me recargué sobre la pared para mantener el equilibrio, mientras él bajó lentamente el cierre de mi vestido, acariciando mi espalda siguiendo la línea del cierre.

Maldita sea, Héctor se estaba tardando demasiado. Lo quería YA. Me bajé el vestido hasta la cadera y volteé a verlo sin importarme que no traía sostén. Se rio poco al ver mi desesperación y mis movimientos torpes al querer quitarle los pantalones. Maldito.

—Permíteme— dijo y me cargo hasta su cama. Me tiro sobre el colchón sin más ni menos, me terminó de quitar el vestido y las medias. Tomo un paso atrás para verme mejor. Me di cuenta de que en ese momento estaba toda tirada en su cama portando solo una tanga.

—Carolina, —dijo con voz rasposa, —qué hermosa eres.

Me levanté al escuchar sus palabras. Me senté a la orilla de la cama, le quité su pantalón y sus boxers de un jalón.

Quedó al aire libre. Tragué saliva al ver su erección. Sin decir nada, dejó que lo explorara. Con una mano tomé su pene y lo apreté ligeramente, sintiendo lo duro que estaba. Él suspiró al sentir mi mano. Una gota pre-seminal brilló en la punta. Acaricié la cabeza con mi pulgar y lo traje a mi boca, lamiéndolo, disfrutando su sabor sintiendo cómo mi respiración se aceleraba.

Quería disfrutarlo más con mi boca, saborearlo, pero él se alejó.

—No, no, no, —dijo con malicia, —no voy a durar mucho si sigues así. Primero quiero devorarte por completo.

Tragué saliva. A pesar de que me acaba de negar lo que más deseaba, sus palabras me alteraron y sentí cómo mi sexo punzaba con anticipación.

Me empujó por los hombros lentamente hasta que quedé acostada. Se subió sobre mí en un instante.

Me besó, pero este beso no era como el de antes. No estaba tentando, buscando hacer el amor, ni lleno de ternura. No, este beso era deseo puro. Así como lo prometió, empezó devorando mi boca. Sus labios apretaban los míos, su lengua buscaba la mía con desesperación, cada instante con más ganas. Mi cuerpo se retorcía bajo el suyo.

Su pene estaba sobre mí, acomodado arriba de mi vientre. Mis caderas se subían tratando de bajarlo, queriendo tenerlo dentro de mí. Dejó escapar otra risa al sentir mi desesperación.

—Mi vida, no te desesperes tanto, — dijo reprendiéndome. —Tenemos toda la noche por delante. ¿Cuál es la prisa?

—La prisa, —dije entre suspiros, —es que llevo esperando casi una década —. Seguí moviendo mis caderas sintiendo cómo lo largo de su pene frotaba mi clítoris, buscando mi placer.

Su mirada se oscureció. Me dio miedo lo que vi en ella. Se veía como un hombre salvaje y hambriento. Me gustó.

Trazó mi cuerpo con su lengua, manteniéndome presionada contra la cama. Me soltó al alcanzar mi hueso púbico. Sus manos separaron mis piernas aún más.

Movió mi tanga al lado con su dedo índice. Acarició suavemente la entrada de mi sexo, provocándome y haciéndome retorcer.

—¿Qué quieres, Carolina?

—Te quiero a ti —y lo quería en ese preciso instante.

—Dilo. Dime que quieres de mí. —Su barba raspaba mi entrepierna, mientras sus dedos seguían jugando cerca de mi sexo, sin darme lo que necesitaba. Quería hasta llorar.

—Quiero tu boca, —respondí.

—¿Así? —Metió su dedo más adentro de mí y besó mi entrepierna.

—No, quiero tu lengua sobre mí.

—Ah, ¿entonces quieres algo así? —lamió mi labio mayor, retorciendo su dedo adentro de mí.

—¡Maldita sea! ¡Quiero que lamas mi clítoris! —me sorprendí de qué tan recio lo dije, pero por fin fui premiada. Su lengua trazó círculos sobre mi clítoris gentilmente.

Hizo un suave sonido de *mmm* lo cual causó una ligera vibración. Era algo que nunca había sentido. ¡Él era increíble!

—¡Héctor! —grité de placer, mis ojos en blanco. Movió su lengua más rápido y metió otro dedo dentro de mí, aumentando mi placer más de lo que creí que era posible. Me agarré de las sábanas, mis piernas cerrándose por reflejo. Él sacó sus dedos y volvió a abrir mis piernas tanto como él quería.

—¡No! —dije casi llorando otra vez.

—Entonces no cierres las piernas, ¿entendido?

Asentí rápidamente. Quería que me premiara otra vez. Este no era el respetable y gentil Dr. Medina, este hombre era un salvaje hambriento por poder. Me encantaba a más no poder. Fuera de la cama no se atrevería a darme órdenes, pero aquí era otra historia. Aquí lo obedecía con mucho gusto.

Regresó de nuevo su atención a mi sexo, esta vez empezó con tres dedos estirándome aún más. Estaba tan mojada para ese entonces que no sentí dolor alguno.

Su lengua nuevamente jugó con mi clítoris, cada vez más y más rápido. Arqueó sus dedos hacia arriba encontrando mi punto g. No pude más.

—¡Héctor, basta! Me voy a venir. —Aun no quería venirme, quería sentir su pene adentro de mí cuando me viniera.

—Quiero que te vengas. Quiero que me mojes toda la mano hasta la muñeca.

Sentí cómo mi cuerpo se tensó y cómo desde mi centro

empecé a convulsionar llegando al clímax. Mi cuerpo le dio lo que él quería.

Mis orgasmos venían en olas, enviando espasmos por todo mi abdomen. Mi vagina se contraía alrededor de sus dedos y por fin su lengua se separó de mí.

—Carolina, —suspiró con voz rasposa al sentir esa sensación en sus dedos.

Se paró y empezó a alejarse. —¿A dónde vas? —pregunté casi entrando en pánico.

—Tranquila, solo voy a agarrar un condón.

—Espera, —no podía verlo directamente, pero necesitaba preguntarle. No quería sentir una capa de látex entre nosotros. —Tengo un anticonceptivo, traigo puesto un DIU, —dije, —sé que estoy limpia, no tengo enfermedad alguna. ¿Te gustaría... —no podía ni terminar la pregunta.

¿Qué demonios me estaba sucediendo? ¿En dónde estaba la Carolina que estaba segura de sí misma? Parecía que al estar desnudo los dos, sobresalían características que usualmente nadie conocía de nosotros.

—Carolina, sería un sueño hecho realidad, —respondió quitándome por fin mi tanga. Le di la bienvenida con piernas abiertas mientras él se montaba otra vez sobre mí.

Una de sus manos me tomó por la parte de atrás de mi cabeza, como lo había hecho antes, manteniéndome inmóvil para besarme a su gusto. La punta de su pene jugaba cerca de la entrada de mi vagina. Me retorcía debajo de él, tratando que entrara más en mí. Gemí en su boca mientras me besaba, y me premió dejando entrar otra pulgada.

Estaba entrando lentamente, pulgada por pulgada. Estaba tan mojada que no sentí dolor, solo placer. Justo cuando pensé que no podía llegar más profundo, dejó entrar otra pulgada más, y otra, y otra.

Me reacomodé, acostumbrándome a su tamaño. Nunca había estado con un hombre tan grande. Cuando lo vi por primera vez, pensé que me iba a lastimar, pero no. Me estiró de la forma más placentera de mi vida.

—¿Estás bien?

—Sí. —respondí envolviendo su cintura con mis piernas, empujando su trasero con mis tobillos para que se dejara entrar totalmente.

—Lo que usted pida. —dijo. Se salió casi por completo y se dejó caer con fuerza.

Grité su nombre y lo maldije al mismo tiempo. Él solo gozaba de todo esto. Él ponía atención y buscaba mis ojos cada vez que trataba de evadir su mirada. Me estaba estudiando. Estaba analizando cómo mi cuerpo reaccionaba a todo lo que hacía. Qué era lo que me gustaba y que no. Héctor Medina estaba haciendo una investigación sobre mi cuerpo.

Se salió otra vez solo dejando la punta adentro. —Héctor, no, *por favor*. Vuelve. — supliqué.

Su boca encontró la mía, metiendo su lengua en mi boca antes de dejarse caer en mí otra vez. Gemí aun besándolo, mis ojos cerrados, mi centro nuevamente empezando a sentir esa sensación de que estaba a punto de explotar otra vez.

Mis piernas se tensaron aun envolviéndolo. Mis uñas se enterraron en su espalda. Separé mi boca de la suya buscando aliento. En el momento que incliné mi cabeza hacia atrás, mi vagina se contrajo alrededor de su pene, haciéndome venir nuevamente. Él respondió entrando y saliendo más y más rápido llevándome al éxtasis.

Estaba como un loco ahora. Su mirada era casi siniestra, como de otro mundo. Mi sexo no dejaba de contraerse mientras él seguía entrando y saliendo, más rápido y más fuerte hasta que llegó a lo más profundo y se quedó ahí. Un gruñido se escapó desde lo más profundo de su ser mientras se venía en unísono conmigo. Me di cuenta que se había esperado hasta que yo me viniera otra vez.

Dejó descansar su cabeza sobre mi pecho mientras recobraba su aliento. Mis brazos rodearon su cuello. No pude evitar pasar mis manos por su pelo.

—Nunca voy a dejar que te me escapes otra vez. —dijo entre suspiros aun estando adentro de mí. Besó mi seno izquierdo y alzó su mirada. —Pero, sobre todo, nunca te daré razones para que quieras marcharte otra vez.

EL MAÑANERO

La casa estaba silenciosa. Los rayos del sol entraban por la ventana, calentando mi piel.

Sentí cosquillas en mi nariz y abrí mis ojos. Me había quedado dormida sobre su pecho y los bellos de su pecho me habían despertado. Sonreí al ver que el pelo de su pecho estaba salpicado con canas, al igual que el de su cabeza.

Había caído como piedra la noche anterior. Supuse que él no durmió a gusto con su brazo atorado bajo mi cabeza, mitad de mi cuerpo sobre él y mis piernas enrolladas con su pierna derecha.

Me tallé los ojos, tratando de terminar de despertar. Por fin se movió él, —¿estás despierta? —preguntó, su voz no sonaba adormilada.

—Sí, ¿Cuánto tiempo llevas ya despierto?

—Una hora. —respondió, acariciando mi hombro.

Me alejé de él horrorizada al escuchar eso. —Lo siento mucho, Héctor. Me hubieras despertado. Seguro estabas bien incómodo.

Héctor me abrazó, presionando mi cuerpo desnudo contra el

suyo. —Ven aquí. No estaba incómodo, más bien estaba encantado. Te veías tan serena que no quise despertarte.

—Gracias. —dije aun sintiéndome apenada.

—Aparte que no hubiera podido despertarte, aunque quisiera.

—¿Por qué?

—Porque, mi vida, duermes como muerta. Ni siquiera un tren te hubiera podido despertar. Y ni hablar de esos ronquiditos tan tiernos.

—¡Yo no ronco! —dije tratando de zafarme de sus brazos, ¿pero a quién estaba tratando de engañar? Era la pura finta porque ni loca separaría mi piel de la suya. Me volví a acurrucar en su cuerpo, no recordaba cuándo fue la última vez que me sentí así de segura, o si alguna vez me había sentido así de bien.

Tapé mi boca al bostezar, preocupada por mi aliento mañanero. —Dormí muy bien —admití, acariciando su pecho. Jugué con el vello de su pecho, dándole vueltas con los dedos. Este hombre era *mío...* no lo podía creer. Seguia jugando con sus vellos, cuando el sol se reflejó en algo brilloso entre ellos. Acerqué mi mano a mi cara y me di cuenta que el resplandor venía de un objeto en mi dedo.

Me senté de inmediato y cubrí mi cuerpo con la sábana. Héctor siguió acostado, tranquilo, como si nada, trazando círculos en mi espalda desnuda con su dedo.

—Héctor... ¿qué es esto? —dije alzando y quitando mi pelo que cubría mi cara. Estaba segura de que mi pelo estaba hecho un desastre después de la noche que tuvimos, pero eso no importaba en ese preciso instante. Mi mano portaba un diamante con corte clásico, con una argolla sencilla de platino.

—Es tu anillo de compromiso, corazón. Tuve suerte que duermes así de profundo, si no, no hubiera podido ponértelo sin despertarte.

Corazón, mi vida, mi amor y ahora esto. Tanto había pasado en una noche.

—Pero... ¿cómo? ¿Cuándo?

—Ya tiene rato que lo tenía, —dijo Héctor.

—¿Desde cuándo?

—Este anillo lleva dentro de esta casa ocho años.

—¿Qué? —Mis ojos se empezaron a llenar de lágrimas. ¿A caso aún seguía soñando? Esto no podía ser.

—Al principio solo estaba rentando la casa, pero cuando dijiste que te gustaba la casa, decidí comprarla.

—¿Compraste la casa porque me gustaba?

—Sí, —respondió. Héctor se sentó y me acercó a él, para que los dos pudiéramos recargarnos sobre la cabecera de la cama. Él tomó mi mano izquierda y la besó. —Te la compré a ti, para nosotros. Ya estaba totalmente enamorado de ti en ese entonces y estaba listo para proponerte matrimonio, pero estabas molesta conmigo en ese entonces. Y luego pasó todo lo que pasó.

—¿Ha estado aquí todo este tiempo? —Me le quedé viendo al anillo. Era grande y parecía ser caro, pero no exageradamente. Se veía elegante y clásico.

—Sí, esperando tu regreso. Sabía que algún día lo pondría en tu dedo. O de no ser así, jamás nadie lo utilizaría. El pobrecito estaba tan solo. —dijo bromeando.

—Qué horror, estuvo solo mucho tiempo.

—Sí, de lo peor. —dijo Héctor.

—Y esta casa ¿estuvo vacía todo este tiempo?

Héctor asintió. —No podía venderla. Eso significaría que me había dado por vencido y no lo iba a hacer. Aun cuando traté de convencerme que ya había acabado todo entre los dos, aun así, no me podía dar por vencido. Parte de mí siempre supo que regresaría a ti ya cuando tu carrera estuviera bien establecida. Ya cuando por fin pudiera ser parte de tu vida sin destruirla.

Él tenía la razón la noche anterior cuando me preguntó si yo hubiera hecho lo mismo por él. Por fin empecé a entender qué tanto sacrificó. Me esperó siete años para que yo pudiera sobresalir y que mi nombre fuera reconocido por mis propios méritos, sabiendo que había el riesgo que yo terminara con alguien más. Para mí hubiera sido como morir, pero también hubiera hecho lo mismo por él si yo creía que mi presencia ponía en riesgo todo lo que él había logrado.

Él se había alejado, no solo para que yo aun tuviera mi trabajo, sino que se fue por mucho más que eso. Él también amaba la medicina tanto como yo y sabía que perder mi carrera envenenaría mi alma poco a poco. Él tenía razón, yo lo hubiera escogido a él en vez que a mi carrera, y si eso hubiera causado que perdiera otros estudios clínicos, poco a poco le guardaría resentimiento.

Quité la sábana, dejándonos a los dos descubiertos. Era tan hermoso el contraste de su piel morena con las sábanas blancas a la luz del día. No pude evitar comérmelo con los ojos, mirándolo de arriba abajo.

Me perdí de tanto la noche anterior en la oscuridad. Si, me había cogido rico, con fuerza, hambre, deseo y necesidad, pero solo fueron ruidos y caricias. Había faltado la gloria del poder ver su cuerpo debido a la obscuridad de la noche.

Sonreí al ver su erección y sentí cómo los músculos de mi sexo se contrajeron. Estaba un poco adolorida de todo lo que hicimos la noche anterior. Su miembro se veía aún más grande con la luz del sol.

—Me encanta que me mires así... —dijo Héctor— pero me gustaría aún más que también me toques.

—Tenemos el resto de nuestras vidas, mi vida. No te desesperes tanto. —dije con una sonrisa sarcástica, regresándole sus propias palabras.

Lo tomé de la base de su pene, acercándome a él, dejando que se imaginara lo que estaba a punto de pasar. En realidad, lo haría pagar por toda mi frustración de anoche.

Me acerqué y besé su entrepierna. Bajé un poco y rastreé mi lengua desde su rodilla hasta llegar a la parte superior de su muslo. Después, hice lo mismo con su otra pierna, deteniéndome cerca de donde me quería.

—Veo que no debí de haber sido tan cruel contigo anoche. —dijo Héctor, su respiración acelerada.

—No corazón, no debiste. Fuiste muy *muy* malo conmigo. —dije, provocándolo como él lo había hecho conmigo. Aproveché para disfrutar de su cuerpo, explorándolo y deleitando mis ojos. Me subí un poco, trazando su bello con mi lengua hasta llegar a su ombligo, dándole una mordida a su estómago.

—Puta madre, —dijo con su voz rasposa, —juro que no vuelvo hacerte esperar.

Me alejé y lo observé por un momento mientras me lamía los labios. —¿Quieres que pare?

—¡No! No quise decir eso. Por favor, quiero más.

Ahora veía por qué él había hecho eso anoche. Me gustaba que me suplicara con ese *por favor* alargado. Podía sentir todo el poder y control. Estaba totalmente prendida.

Premié su súplica tomando su pene otra vez en mi mano. Empecé a hacerle una chaqueta, pero me detuve. Quería saborearlo. Lamí su pene desde la base hasta llegar a la cabeza. Dejé mi lengua ahí e hice círculos sobre su cabeza. Podía percibir lo salado de la noche anterior.

Héctor aún estaba sentado, semi recostado en la cabecera. Tenía mi pelo en su mano para poder verme bien, ver todo lo que le hacía. Metí la cabeza en mi boca y la empecé a mamar, pero solo la punta. Movió su cadera, tratando de meter más de su pene en mi boca, pero ahora era yo la que estaba en control.

—No señor, —dije sacándolo de mi boca. —Este es mi show.

—Lo siento, sigue, *por favor,* —suplicó.

—¿Te vas a portar bien? —me senté para que pudiera admirar bien mi cuerpo. Toqué mi pezón con un dedo, trazando círculos a su alrededor. Fui trazando zig zags bajando de mis pechos, a mi vientre, hasta llegar a mi clítoris.

—Sí, me portaré bien. Por favor, déjame tocar... —dijo

tratando de alcanzarme, pero estaba lo suficientemente lejos para que no pudiera tocarme. Seguí jugando con mi clítoris, gimiendo, y deleitándome con su mirada.

—Por favor, Carolina. No seas tan cruel.

Me agaché acercándome a su pene, manteniendo el balance con una mano y masturbándome con la otra. Empecé a mamar su pene, dejando que entrara más profundo a mi boca esta vez. Él rugió (*no manches, en serio rugió*), y yo me grabé ese sonido en mi mente para disfrutarlo después.

—¡Basta, Carolina! —ordenó. No pude evitar obedecerlo. Aún tenía ese poder sobre mí. Gateé hasta llegar a él. Lo besé, dejando que saboreara lo que acababa yo de saborear, sin importar mi aliento matutino. Me valió madres, estaba totalmente prendida y esto estaba bueno. Lo agarré de sus hombros para mantener mi equilibrio mientras lo montaba. Dejé que me penetrara poco a poquito.

Lo ancho de su miembro estiró mi sexo y sentí un dolor al dejar que entrara por completo en mí. Separé mi boca de la de él, tratando de encontrar el aire para atenuar el dolor. Él se dio cuenta de lo que pasaba.

—¿Estás bien, nena? No tenemos que hacer nada si estás adolorida, —dijo, su cuerpo totalmente inmóvil para no lastimarme.

Sacudí mi cabeza.

Sí, me había dolido, pero también se había sentido tan rico, ni loca me detendría en ese momento. Mis caderas empezaron a mecerse con movimientos circulares, haciendo que él gruñera.

—Estoy bien, —dije, —un poco adolorida pero bien—. Ya estaba totalmente dentro de mí, lo cogí hasta que sus ojos se pusieron en blanco y su espalda se arqueó.

Héctor me agarró de la cadera, ayudando a mantener el mismo ritmo. Me subía y bajaba con fuerza, enterrando sus uñas en mi piel. Dolía, pero el dolor estaba envuelto en placer. Nunca me había sentido así de unida a alguien.

Se sentó, su boca encontrando la mía. Gemí al sentir su lengua. Me empujó hasta tenerme acostada y quedó arriba de mí él, manteniéndose conectado a mi cuerpo. Tomó mi pierna derecha y la puso sobre su hombro. El estirón se sintió divino.

—Oh, —gemí, sorprendida por la sensación de la nueva pose. Traté de mover mi cadera, pero tenía todo su peso sobre mí, dejándome sin control alguno, *—Héctor,* —gemí.

—Aquí estoy, nena, —dijo, apoderándose de mis labios otra vez.

Empezó a tomar velocidad, entrando y saliendo más y más rápido hasta que ya no pude aguantar. Mi cuerpo se tensó y sentí llegar a mi clímax. Mi vientre daba espasmos mientras él empezaba a detenerse. La luz del día se extendía por su frente, resaltando la vena que sobresalía mientras él se venía dentro de mí.

Él se bajó de mí y se acostó ya que los dos nos habíamos venido. Estábamos acostados uno al lado del otro. El sudor empezaba a refrescar mi cuerpo, así que me acomodé en su costado, buscando su calor.

Nos quedamos así por un buen tiempo, dejando que nuestra respiración regresara a la normalidad. Después de un rato, Héctor rompió el silencio.

—¿Tomo eso como un *sí*?

SEIS AÑOS DESPUÉS

DÍA DE ACCIÓN DE GRACIAS

EPÍLOGO

Héctor estaba parado en frente de la repisa de la chimenea, donde estaban todas nuestras fotos familiares. Traía en sus brazos a nuestra hija, ya de cinco años de edad. Las piernas largas de Marisela colgaban hasta las rodillas de él. Iba a ser alta, igual que sus padres.

Ella traía puesto un vestido azul obscuro con medias de lana gris. Se veía tan adorable en brazos de papá. Físicamente, se parecía más a mí, pero su personalidad, inteligencia y manierismos eran totalmente de Héctor Medina.

Cuando mi hija nació, Héctor quiso que la nombráramos como mi mamá, pero Marisela llegó a este mundo con mi cara, la cual es igual que la de mi mamá. No iba a poder aguantar ver su cara y llamarla por el nombre de mi mamá, sería demasiado. Mejor sugerí nombrarla en honor a la madre de él. Héctor sonrió y una lágrima escapó de su ojo al escuchar eso. Marisela, quien en ese momento estaba enrollada en su cobijita en los brazos de su padre, cachó su lágrima con su frente.

La Abue Marisela no estaría con nosotros esta vez. Ella ya pasaba de los setenta años de edad y no le gustaba dejar su casa en México, pero prometimos ir a visitarla durante la primavera.

—Papi, ese es mi hermano, —dijo Marisela apuntando a la foto de Jake.

—Sí, —dijo Héctor, —ese es tu hermano mayor, Jake.

—Él está en el cielo, —dijo ella, utilizando palabras que seguro venían de mi padre.

—¿Ah sí?

—¡Sí! —exclamó Marisela con la misma seguridad característica de su padre. —Abue Consuelo lo cuida allá arriba —. Si, definitivamente esto fue obra de mi papá. Héctor se rio un poco. Marisela no se dio cuenta de que los ojos de su padre se habían tornado llorosos, pero yo sí me percaté de eso cuando alejó su mirada de ella para poder respirar hondo.

Mi papá puso su mano en mi hombro. Yo estaba parada bajo el marco de la puerta que llevaba a la sala, mirando a mi familia. —Sabes, mi mamá estaría loca, encantada con su nieta -dije, tomando la mano de mi papá.

—Ella *está* encantada con su nieta, —dijo papá. No estaba segura si realmente lo creyera yo, pero sí me agradaba el hecho de que él lo creía. —Te llegó un paquete, está en la mesa, —dijo él.

Fui a la cocina donde estaba Sofía y su hija Audrey. Estaban untando masa en hojas de elote para preparar los tamales. Agarré la caja que estaba en la mesa para que no les estorbara. Miré cómo Audrey trabajaba muy atenta a lo que hacía, con su lengua saliendo de la esquina de su boca, concentrándose para hacer *el tamal perfecto*. Me reí. Ella ya tenía doce años y se estaba convirtiendo en una hermosa señorita. Pronto su papá y Sofía se las iban a ver negras con todos los muchachitos que andarían tras ella.

—Tía, —dijo Audrey volteando a verme. —¿Van a venir mi Tía Sara con sus hijos?

—Oye, sí, eh, ¿Por qué aún no llegan para ayudar? —preguntó Sofía con fingido enojo.

—No mami, ya sabe que la Tía Sara nunca llega hasta que la comida ya está lista.

Audrey sonó tan seria que mi papá, Sofía y yo nos soltamos a las risas. Héctor y Marisela entraron a la cocina para ver de qué nos reíamos. Los dos también se soltaron a reír cuando le repetí lo que había dicho.

—Sí, hija, —le dije, —sí van a venir la Tía Sara y sus hijos, pero es mejor que lleguen cuando todo esté listo, porque si no, los canijos de sus hijos andarían aquí mientras nosotros aun seguimos arreglando todo.

—¡Ay, no! Eso no, —contestó horrorizada, lo cual nos hizo reír otra vez. Audrey se volvió a enfocar en el tamal que estaba preparando. Ella trató de disimular su interés y preguntó, —¿y la tía Mandy va a venir con Lulu?

¿Y ahora por qué mi sobrina me estaba preguntando por Lucas, el hijo de Mandy? Y peor aún, ¿Por qué se sonrojó al hacerlo? Sabía que eran de la misma edad e iban a la misma escuela aun así se me hacía chistoso verla así de chiveada. —No hija. Lulu esta vez se fue a España para pasar las fiestas decembrinas con sus abuelos. Él se regresa para año nuevo.

Audrey solo alzó los hombros. Cambié de tema para evitar que se apenara si alguien se daba cuenta de lo que le estaba pasando. Le quería echar la mano. Solo espero que Sofía no me la regrese cuando Marisela tenga esa edad y empiece a pensar en chicos.

Héctor bajó a Marisela y ella se fue corriendo con su abuelo. Él le dio una bola de masa para que ella pudiera jugar. Ella empezó a hundir sus dedos en la masa, riéndose al sentir la sensación en sus manos. Salió corriendo a la sala aun jugando con la masa.

—¿De qué es ese paquete? —Preguntó Héctor.

Me había olvidado por completo de la caja que aún traía cargando. —No sé. ¿Me pasas unas tijeras?

—Oye, Audrey, ¿va a venir tu papá a la cena? —preguntó

Héctor mientras me pasaba las tijeras. La carita de Audrey se desinfló. Se mordió su labio, igual que su mamá.

—No, —respondió Sofía, —él está en Alemania por cuestiones de trabajo. Pero va a estar de regreso para navidad, ¿no es así, Audrey? —Socio y pasó su mano por el copete de su hija, haciéndolo a un lado para que no le cubrieran los ojos.

—Sí, cierto, —dijo Audrey de mejor humor.

Abrí la caja y encontré una variedad de dulces mexicanos. Sonreí. Sabía quién los había enviado. La caja tenía dulces de tamarindo, paletas de sandía con chile, chicle de plátano, y varios dulces de cajeta y dulce de leche. Abrí la tarjeta que venía adentro, reconociendo inmediatamente la letra de la persona que me escribía todos los años durante estas fechas.

Para la doctora que me dio la oportunidad para seguir luchando.

Gracias por salvar mi vida.

Con amor y cariño,

Valentina Dennis

—Es de una de mis pacientes, —dije al sentir a Héctor a mis espaldas, tratando de ver lo que había en la caja. Su mano trató de alcanzar uno de los dulces, pero se lo quité con una palmada.

—Estos son *mis* dulces, Dr. Medina.

—¿Ah sí, Dra. Ramírez? —preguntó Héctor, con las manos en las caderas con la voz que utilizaba con Marisela cuando trataba de ser estricto con ella, pero al igual que con ella, no surgió efecto alguno.

Me paré rápido y me fui corriendo rumbo a la puerta del patio de atrás con la caja en mis brazos. Apenas y podía escuchar sus pasos en el zacate, pero sabía que me iba pisando los talones.

Me alcanzó y me atrapó de la cintura con un brazo mientras me hacía cosquillas con la otra mano.

—¡No, papi! —gritó Marisela acercándose a nosotros, —¡se le van a caer todos los dulces!

—¡Basta! ¡Pido paz! —exclamé entre risas, tratando de zafarme.

Héctor se detuvo por un momento, dándome tiempo de darle la caja a Marisela. Sus ojos brillaron de alegría al ver todos los dulces. Se volteó y se fue corriendo con su abuelo.

—Dra. Ramírez, la mitad de lo suyo es mío, —dijo Héctor.

—Todo menos los dulces, —respondí sonriente. Héctor me tumbó al suelo. Mi papá aún no había arreglado el patio, así que caí sobre miles de hojas naranjas y amarillas que habían caído de los árboles. El peso del cuerpo de Héctor sobre mí me mantuvo pegada al suelo. El agachó su cara y me dio un tierno beso. Solo un piquito inocente por ahora...hasta que llegáramos a casa y Marisela se fuera a dormir.

Él me miró con esa sonrisa que me derretía. Pensé en todo lo que habíamos podido crear juntos y lo bello que todo era. Todo lo que habíamos hecho era increíble.

Habíamos empezado como una familia chiquita. Solo mi papá y yo. Pero poco a poco creció. Primero con Ramiro y Sara, después con mis otras amigas, ahora con todos mis sobrinos. Habíamos llenado esta casita con una gran familia y miles de risas.

Estaba ahí acostada, mirando a mi esposo, disfrutando el aire fresco otoñal y sintiéndome eternamente agradecida por la familia que habíamos logrado formar.

CAPÍTULO EXTRA

¿Te gustaría leer el capítulo extra de El Dr. Medina? Visita www.ofeliamartinez.com/librosgratis para leer la historia de cuando Héctor conoció a Carolina por primera vez desde el punto de vista de Héctor.

¿Quieres empezar a leer la historia de Valentina? Continúa leyendo para ver un pasaje del segundo libro de la serie de Heartland Metro Hospital. La historia de Valentina está disponible para la pre-venta y el libro será lanzado el 30 de septiembre, del 2022.

DOCTOR DENNIS

NOTA DE LA AUTORA

Esta es la historia de amor de Valentina y Rory. No es una historia sobre el cáncer. He omitido detalles específicos sobre tratamientos y síntomas porque quiero que mis lectores se concentren en la historia de amor.

Cada paciente con cáncer vive una experiencia diferente. Yo no soy experta, y el caso específico de Valentina y su ensayo clínico descriptos en esta novela son pura ficción.

En los Estados Unidos, el Programa Nacional de Detección Temprana del Cáncer de Mama y de Cuello Uterino ofrece servicios de detección de cáncer a mujeres sin seguro médico. Puedes verificar si cumples los requisitos en www.cdc.gov/cancer/nbccedp/.

DOCTOR DENNIS

CAPÍTULO UNO

Es la máquina o yo. «Te destruiré», le advierto telepáticamente al artefacto expendedor que tenía cautiva mi Pop-Tart. Jamás había probado una de estas en la vida, pero no había comido en todo el día y a la Valentina Almonte iracunda de hambre... bueno, digamos que ni siquiera los objetos inanimados querrían conocerla.

—Entreno con hombres de cien kilos, así que será mejor que me la entregues pronto —mascullo entre dientes mientras pienso en mi entrenador, Chema. El no sabe dónde estoy y de seguro está preocupado. Chema, que pesa cien kilos, y a quien solo logré derribar una sola vez. Debería llamarlo hoy, pero no hasta que haya comido. A Chema tampoco le agrada la Valentina iracunda de hambre. Sacudo la máquina expendedora con toda la discreción posible.

Cuando ya me estoy preparando para empezar a patearla, alguien carraspea para captar mi atención. Giro y me encuentro cara a cara con un hombre pelirrojo y con pecas que supera mi contextura de un metro setenta por diez centímetros. Sorprendida, clavo la mirada sobre este apuesto extraño de penetrantes ojos verdes. Tiene la nariz y los pómulos cincelados como los de una estatua romana de mármol. Nunca vi a una persona pelirroja tan de cerca y los hombres inteligentes de barba siempre me pierden. Lleva lentes, así que debe ser inteligente. Eso dicen las reglas, ¿cierto? Sin embargo, hay algo muy varonil en él, primero la barba corta y segundo, para confirmarlo, una voz grave, inesperada dada su contextura delgada.

—Toma —dice, extendiéndome dos billetes de un dólar.

—Mmm, no, gracias —contesto, muy consciente de los últimos resabios de mi acento español que nunca logré eliminar del todo.

—Por favor —insiste—. Temo por su vida. —Apunta a la máquina expendedora y sonríe con suficiencia mientras vuelve a extenderme los billetes.

Inclino la cabeza, sin saber si aceptar o no (mi cerebro no logra decidir qué decirle a este apuesto extraño) y él pasa raudo por mi lado para insertar los billetes en la máquina. Su brazo roza el mío y doy un salto hacia atrás como esquivando el golpe de un oponente.

—¿Qué querías? —me pregunta con una amplia sonrisa.

Le señalo el paquete de galletas que cuelga de lado en un rincón, atrapado por la garra del resorte del mecanismo.

—La Pop-Tart —le digo. Qué vergüenza siento. Al fin conozco a alguien en los Estados Unidos, a alguien guapo, y él acaba comprando mi refrigerio cautivo.

Cuando este cae, él se inclina para rescatar mi premio y yo no le miro el trasero. Ni un poco. Si lo hubiese hecho, cosa que no sucedió, debería admitir que tiene un trasero bastante bonito escondido en sus pantalones de mezclilla claros.

—¿Esperas a algún familiar? —me pregunta al darme la Pop-Tart.

Nerviosa, miro la sala de espera vacía a mi alrededor. No estoy lista para contárselo a nadie, incluso a un desconocido, así que me encojo de hombros y cambio de tema.

—Gracias, eh... ¿Cómo te llamas?

—De nada. Soy Rory —dice, y la sonrisa se le irradia hasta los ojos. Me extiende la mano y yo la tomo con la mía.

—Valentina. Un gusto conocerte.

Él se ajusta la tira de la mochila sobre el hombro y me pregunto si será un universitario porque parece tener unos veinte.

—Valentina —prueba mi nombre en su boca—. Es bonito. Creo que no conozco a ninguna Valentina.

«Excepto por la salsa», pienso.

—Es mexicano —digo abruptamente.

—¿De ahí eres? ¿De México?

Asiento con un movimiento de cabeza.

—Bueno, gracias de nuevo por la galleta. Te agradezco.

Yo ya estoy en camino hacia mi lugar en la sala de espera cuando me grita:

—No hay problema. Y tranquila con la maquinaria, tigre.

Sentada en mi lugar, observo a Rory, cabello de fuego, alejarse y dejar la sala de espera. Me desarmo en la silla y abro el paquete plateado. Mi estómago responde al sonido con un gruñido y la boca se me hace agua. He visto las Pop-Tarts en los programas de TV de Estados Unidos muchas veces, pero cuando tuve edad suficiente para viajar al norte, ya estaba entrenando.

Mi rigurosa dieta consistía en una alimentación sin gluten, sin azúcar, sin lácteos y todos los otros «sines» de moda que mi entrenador Chema me tiraba encima. En su momento intenté negarme, pero él no me entrenaría si yo no seguía sus reglas al pie de la letra.

Chema es un codiciado entrenador de artes marciales mixtas y yo no iba a desperdiciar la oportunidad de entrenar con él, así que prometí que cumpliría el plan de comidas si él me aceptaba en su equipo. Me entrena desde mis dieciséis, y luego de ocho años trabajando juntos, ya es más un hermano mayor que un entrenador.

Si él me viera ahora, a punto de comer una megagalleta con mucho gluten, mucha azúcar y muchos lácteos, yo acabaría haciendo lagartijas durante días como castigo. Sonrío y doy un sustancioso bocado. Se me tuerce la cara y se me arruga la nariz. Quizá debí ir de a poco con el azúcar después de ocho años de abstinencia.

Sí. Ocho años sin azúcar. No fue un sacrificio. Bueno, lo fue al principio, pero era un sacrificio que estaba dispuesta a hacer si eso significaba que un día llegaría a la UFC.

Solo logro comer media Pop-Tart antes de tener que tirarla, totalmente empalagada, y me pregunto cuál es la palabra en inglés para esa sensación nauseosa que provoca el exceso de azúcar. El motor de búsqueda en mi teléfono no tiene respuesta y abandono la duda.

—Valentina Almonte —llama una mujer joven y la sigo a través de unas puertas dobles hasta llegar a un pequeño consultorio.

—Por favor, toma asiento —me dice con una cálida sonrisa.

Esta mujer debe tener mi edad, y esa familiaridad me relaja un poco.

—Soy Amanda, pero puedes llamarme Mandy. Hablamos por teléfono.

—Sí, te recuerdo. Me hiciste el cuestionario de elegibilidad cuando me anoté para el ensayo clínico.

—Exacto. Soy la asistente de investigación de la doctora Ramirez —.Vuelve a sonreír y divide su atención entre mi rostro y la pantalla de su computadora mientras lee mi historial médico.

—Debo confirmar la información que ya nos has proporcionado.

—Bueno —le contesto. Aprieto los puños y luego los relajo, repito el movimiento varias veces. Agrego a mi técnica de relajación unas inspiraciones profundas y me preparo para lo que sigue.

—Por favor, dime tu nombre completo.

—Valentina Almonte.

—¿Edad?

—Veinticuatro.

—¿Ciudad de residencia?

—Bueno, era la Ciudad de México, pero viviré en Kansas City lo que dure el tratamiento más los seis meses siguientes para la recuperación.

—¿Algún cambio en los síntomas?

—Nada más allá del leve dolor de espalda que ya informé.

—¿Cambió la frecuencia o la intensidad del dolor de espalda de algún modo?

—No, es igual.

—Por teléfono me contaste que no habías recibido ningún tratamiento. ¿Eso cambió?

—No recibí ningún tratamiento para el cáncer. No. Solo tomo analgésicos de venta libre para el dolor de espalda, pero no todos los días.

—Gracias —dice Mandy—. Sé que es extraño porque ya nos proporcionaste toda esta información, pero déjame advertirte. Mucho doctores, enfermeras, hasta el personal no médico del hospital te pedirán que confirmes la misma información una y otra vez. Por favor, tennos paciencia. Es la política del hospital.

La tranquilizo con una sonrisa.

—Claro —le digo—. No hay problema.

—Sí tengo unas dudas con respecto a tu elegibilidad —dice Mandy, y se me cae el alma a los pies.

No. No me puede rechazar ahora. Es mi mejor oportunidad. La única que quiero aprovechar. No pueden echarme del ensayo clínico antes de siquiera empezar. Siento que se me seca la boca mientras intento concentrarme en sus palabras. Yo elegí este ensayo —y a la doctora Ramirez— porque es el tratamiento de cáncer de cuello uterino más agresivo que hay, y yo quiero ser lo más agresiva posible.

—El tuyo es un caso especial, y la doctora Ramirez accedió a hacer una excepción por ti, pero quiero reiterarte que este proceso será muy difícil. ¿Estás segura de que no cuentas con ningún sistema de apoyo? ¿Una amiga, quizá? Necesitarás a alguien que cuide de ti después de las internaciones y que te lleve a casa en coche cuando estés demasiado sedada después de las citas.

—Puedo contratar a alguien si es necesario. Eso sonó muy *stuck-up*. Así se dice en inglés, ¿no? ¿Como muy «presumida»? —Mandy asiente—. Solo quería decir que tengo familia en México que está pagando mi tratamiento y mis gastos mientras esté aquí. Podré contratar enfermeras y choferes si es necesario. Además mi departamento queda a solo dos calles de aquí. No pondría en juego mi oportunidad de participar en este ensayo. Si te preocupa el dinero, entiendo que mi tratamiento no está cubierto por el ensayo clínico. Como no tengo seguro médico, ya deposité varios pagos, pero si quieres, no tengo problema en pagarlo todo por adelantado.

Mandy relaja la mirada, pero su pena no me molesta tanto como me molestaría la de cualquier otro. No podría soportar que mamá o papá me miraran así. Definitivamente no podría soportar que Chema ni mi hermana Pilar me miraran así, por eso no les conté nada de todo esto.

—Es más que eso —dice Mandy—. Necesitarás apoyo emocional.

—No quiero que nadie sepa. Al menos que no quede de otra, si el tratamiento falla, por ejemplo.

—Bueno, yo solo sigo el protocolo. Debo asegurarme de que tendrás todo el apoyo necesario. Pero si dices que lo tienes todo arreglado, te tomo la palabra.

—Gracias. Te lo agradezco mucho. De verdad. En serio —la tranquilizo.

—Bueno, entonces, ¿estás lista para conocer a la doctora Ramirez?

Asiento con un movimiento de cabeza y Mandy me lleva a una sala de examinación. Allí espero, temblando bajo la bata de hospital que ella me dio antes de irse, hasta que la doctora Ramirez anuncia su llegada con un golpecito a la puerta.

—Adelante —digo.

Ingresa una hermosa e imponente amazona. Aprieto los labios para no quedarme mirándola boquiabierta. Es alta y tiene piernas musculosas, como las que yo mataría por tener —puedo notarlas incluso a través de los pantalones. Yo soy peso mosca con mis 55 kilos, pero apuesto a que ella sería peso gallo, o incluso pluma, si fuese luchadora. Lleva una bata blanca sobre el conjunto azul. Tiene el cabello sujeto en una coleta de mechones marrón oscuro que casi le llegan a la cintura, y tiene las cejas más expresivas que he visto en una mujer.

—Hola, Valentina. Soy la doctora Ramirez. ¿Prefieres español?

—Inglés está bien.

La doctora Ramirez sonríe con aparente alivio y continuamos en inglés.

—Bien, soy la doctora Carolina Ramirez. Es un placer conocerte —dice. Sus ojos color ámbar me sostienen la mirada, y no puedo evitar devolverle la sonrisa. Ya me siento cómoda.

La doctora Ramirez toma la silla del rincón y la desliza para sentarse frente a mí.

—Revisé tus gráficas, y parece que tu caso encaja perfecto con el ensayo —dice.

Suelto un suspiro, ya me siento más tranquila confirmando que hice lo correcto al venir aquí y buscarla.

Termina el examen físico y el examen pélvico, y vuelvo a sentarme erguida para cerrarme la bata. Me envuelvo con la delgada tela que no logra abrigarme en absoluto.

—Volveremos a hacerte unos estudios por imágenes. Entonces, si no ha habido cambios, podremos comenzar el tratamiento esta semana como parte del ensayo.

Lo que ella quiere decir con «cambios» es que el cáncer no haya progresado. Todavía existe la posibilidad de que esto salga mal, pero asiento porque la presencia de la doctora Ramirez es tranquilizadora de algún modo, y me siento más calmada de lo que anticipé.

—Como parte del protocolo del ensayo, tengo que volver a preguntarte —me dice—. ¿Estás segura de que comprendes que el tratamiento de este ensayo clínico es más agresivo que el tratamiento tradicional? Todavía puedes optar por esa opción. Este ensayo te golpeará bastante.

—Lo sé, doctora. Quiero atacar esto con la mayor agresividad humanamente posible.

—Me preocupa una sola cosa —dice—. Lo siento, debo insistir, eres muy joven y no tienes hijos aún. ¿Comprendes que es muy probable que la radiación impida que puedas concebir naturalmente?

—Sí. Mandy volvió a leerme todas las opciones de planes antes del ensayo.

—Estoy dispuesta a esperar unas semanas en caso de que quieras congelar tus óvulos.

—¿No corremos el riesgo de que el cáncer se propague aún más?

—Ese riesgo existe, sí, pero si para ti es importante tener la posibilidad de procrear en el futuro, quiero asegurarme de estar velando por que tengas una vida feliz también.

Sonrío. Quiere asegurarse de que si me salva la vida, no me está dejando en una horrible.

—Mire —contesto—. Nunca pensé seriamente en tener hijos. Quizá algún día quiera, pero no necesito que sean biológicos. Hay muchos niños en el mundo que necesitan buenos padres. —No le confieso que amo más a mi familia elegida que a la de sangre—. Estaré muy feliz de adoptar si en algún momento tener hijos se vuelve algo importante para mí.

—Bien, entonces, manos a la obra.

Cuatro horas de espera y varias tomografías después, al fin puedo salir del hospital. Fue todo sentir el metal frío, temblar y esperar en salas de espera, pero no es mi primera vuelta. Ya pasé por todo esto en México cuando fui diagnosticada por primera vez.

Estoy de pie frente al hospital, sin saber qué hacer luego. Hace menos de veinticuatro horas que estoy en Kansas City y, probablemente por primera vez en mi vida adulta, no tengo un cronograma que cumplir.

Saco el teléfono y pido un auto con mi aplicación de servicio de autos. Le pido al chofer que me lleve a cualquier calle que tenga varios concesionarios y me deja frente a una de marca Ford. Observo por un momento el bullicioso bulevar, atestado de agencias de autos, y tantas opciones me intimidan. Me encojo de hombros. «Cuando estés en Roma... o en este caso, los Estados Unidos». Entro en el concesionario Ford y un señor amable me vende un usado pero confiable Ford sedán. Podría comprarme uno nuevo, pero no quiero aprovecharme.

Había solicitado que me entregaran los muebles en el departamento, pero no llegarán hasta mañana. Me doy cuenta de que necesito algunas cosas esenciales, así que abro la aplicación de navegación en el teléfono y me voy en mi nuevo auto con dueño previo. El vendedor insistió en que no era un «usado».

Después del mercado, necesito tres viajes para llevar las provisiones a mi nuevo departamento vacío. Me sorprendió mucho cuán cara es la renta en los Estados Unidos, pero estar cerca del hospital era una prioridad. Elegí un departamento con dos habitaciones, porque llegado el caso, podría rentar una de las habitaciones para abaratar un poco mis gastos. Podía pedirle a mi hermana dinero hasta cierto punto sin levantar sospechas. Sé que ella me prestaría sin pestañar si le dijera lo que estaba pasando, pero no estoy lista para contarle.

Me lanzo sobre la cobija color crema en la alfombra blanca, dudando de si podré dormir en el suelo. Siempre hay una primera vez para todo, supongo. Cuando comience con la quimio y la radiación, el vino estará prohibido, así que no me reprimí en absoluto en la sección de bebidas alcohólicas de la tienda.

Descorcho la botella de merlot y tomo un trago directo de la botella sentada en mi departamento oscuro. El departamento queda en el segundo piso y da al lado más ajetreado de la calle. Hay dos restaurantes y una pequeña tienda de libros usados justo debajo, y me pregunto si ellos dirán que los libros también tuvieron «dueños previos».

La ventana ocupa del techo al suelo y el frescor del vidrio me calma la piel cuando apoyo el brazo para mirar hacia la calle. Hay un par de bares, y ya es esa hora en que la gente comienza a mirar dentro con amplias sonrisas y miradas coquetas.

Es una ciudad hermosa, y desearía haber venido en otras circunstancias. Ahora lo único que me llevaré de suvenir serán los amargos recuerdos del tratamiento contra el cáncer.

Le doy un buen trago a la botella de vino, sin preocuparme de las gotas que se escapan por los costados de la boca y salpican la cobija blanca. Compraré una nueva mañana. Apoyo la frente contra el vidrio y abrazo la botella de vino contra mi cuerpo mientras observo las luces de la ciudad.

El teléfono está en modo silencio, así que no lo escucho cuando suena, pero el estridente brillo de la pantalla sobre el departamento oscuro me alerta de la llamada entrante. Tapo la luz con una mano mientras agarro el teléfono con la otra. «Pili» se lee en la pantalla, el apodo de mi hermana Pilar. Le digo Pili desde que yo tenía cuatro años y lo ha odiado desde entonces.

—¿Tini? —Escucho del otro lado de la línea cuando atiendo. Odio el apodo que ella me puso tanto como ella odia el que le puse yo. Ambas nos beneficiaríamos con una tregua, pero somos demasiado cabezas duras.

Revoleo los ojos.

—Hola, Pili. ¿Cómo estás?

—Prometiste llamarme cuando aterrizaras ayer, y no tuve noticias tuyas —se queja Pilar.

—Lo siento. Estuve ocupada entrenando todo el día. Estaba a punto de llamarte, por cierto...

—Claro, me imagino —resopla—. ¿Y?

—Y, ¿qué?

—¿Cómo va todo? ¿Ya te instalaste? ¿Cómo es el nuevo entrenador? ¡Cuéntame las novedades!

Al ser mi benefactora, supongo que merece la información.

—Acabo de llegar, pero sí, todo está bien —miento—. Me dieron las llaves del departamento ayer, los muebles llegan mañana, y estuve entrenando todo el día.

—¿Los muebles llegan mañana? —grita horrorizada, y alejo el teléfono de la oreja por un segundo luego de su grito—. Deberías haberte hospedado en un hotel hasta entonces. ¿Necesitas más dinero? —pregunta.

—No. Me diste más que suficiente. No te preocupes.

Un millón de dólares debería cubrir el tratamiento y los gastos de vivir en Estados Unidos, ¿no? No podría pedirle más. No podría, ni siquiera sabiendo que me daría cinco veces esa cantidad sin pestañear.

—Te oyes cansada.

—Sí, entrenar después de volar todo el día sí que te deja agotada, ¿sabes? —Nunca le mentí a mi hermana antes de mi diagnóstico y me sorprende lo fácil que sale todo esto de mi boca ahora.

—¿Y cuándo le contarás a Chema?

Se me escapa una mueca.

—Pronto. Necesito encontrar el momento adecuado para...

—El momento adecuado era cuando estabas aquí. *En persona*. Odio decirte esto, Tini, pero fuiste un poco mierda al no ir de frente con él. Se merece saber que conseguiste agente y entrenador nuevos. Básicamente lo *ghosteaste*.

No está diciendo nada que no sea verdad con eso de que soy

una mierda, pero nada del agente ni del entrenador es verdad, es mi coartada. Me masajeo las sienes.

—Lo sé. Créeme que lo sé. Se lo diré pronto.

—Te extraño —me dice.

—Yo también. —Me inunda la culpa por dejarla sola. Mi cuñado no la deja salir con amigas y yo soy una de las pocas visitas que él le permite. La dejé más sola que nunca. Él no le habría permitido acompañarme en mi tratamiento. De eso estoy segura. No a menos que él pudiera venir también y si hay una última persona en el mundo que quisiera ver, ese es Felipe Conde, seguido de cerca por mi papá—. Te llamaré más seguido —le prometo.

—Buenas noches.

—Adiós, Pili.

Ya desapareció la mitad de la botella de vino y descarto el resto en el lavabo antes de ir a dormir. Acostada en mi improvisada bolsa de dormir junto a la ventana clavo la vista en el techo. Con inspiraciones profundas, repito mis intenciones una y otra vez en los ecos del departamento vacío, exactamente como lo haría antes de cualquier pelea.

—Volver a pelear. Destrozar el cáncer. Volver a pelear. *Vivir.*

DOCTOR DENNIS

CAPÍTULO DOS

No hay nada apetitoso en mi refrigerador. Luego de una investigación exhaustiva, compré víveres para subir de peso. Mis 55 kilos son puro músculo, y sé que perderé peso cuando comience con la quimio y los rayos. Necesito subir de peso antes de empezar el tratamiento. Me la pasaré genial engordando después de pasar toda mi vida adulta haciendo malabares con los alimentos para ganar músculo y perder grasa. Compré todas las cosas que sugirió internet, todo alto en calorías, proteínas y grasas, pero bajo en volumen. Observo los huevos, las aceitunas, la mantequilla, la mantequilla de maní, (¿por qué hay tantas mantequillas?), los aguacates y la leche entera. Nada parece combinar con nada, así que cierro el refrigerador y me baño y alisto para desayunar fuera.

El servicio de entrega de muebles no llegará hasta las diez, así que tengo tiempo de explorar el barrio y comer algo. Apenas si cerré los ojos anoche pensando en mi red de mentiras, pero no quiero desperdiciar más de mi preciado tiempo durmiendo.

~

La ciudad de Kansas es plana. Al menos comparada con los edificios altos de mi ciudad natal. No hay ni una estructura en este barrio de más de cinco pisos, excepto por el hospital que llega a unos largos siete pisos y se destaca por sobre toda la calle. Además, a diferencia de mi ciudad, hay verde en casi todas las calles.

Me sorprende encontrar un gimnasio no muy lejos de mi departamento. Miro por la ventana, con muchas ganas de entrar, pero ¿con qué propósito? No puedo obtener una membresía. No es un gimnasio de luchadores de ningún tipo, pero sería mejor que nada. Veo entrar a hombres y a mujeres, y recibo algunos saludos amigables. Podría pagar una membresía por solo una semana y venir a levantar pesas hasta que comience el tratamiento. Estoy a punto de abrir la puerta cuando escucho una voz detrás de mí.

—Ni se te ocurra. —Giro como una niña atrapada con las manos en la masa y me encuentro con la doctora Ramirez y Mandy mirándome fijo. La doctora tiene los brazos cruzados sobre el pecho, y una de sus cejas arqueada en modo de advertencia. Mandy, con los labios apretados, se aguanta la risa por este intercambio.

—Yo, eh... yo no iba a entrar...

—Claro que sí —dice la doctora Ramirez.

—Sí, tiene razón —contesto totalmente avergonzada.

—Deberías estar descansando y tratando de subir todo el peso posible esta semana.

—Lo sé. Lo sé. Lo que no sé es cómo evitar hacer lo que nací para hacer —les sonrío tontamente a las mujeres, y todas ignoramos mis ojos llenos de lágrimas.

—Vamos de camino a desayunar —Mandy interviene justo a tiempo para evitar que se rodaran esas lágrimas—. Tú vienes con nosotras. —No es una pregunta. Me toma del brazo y enlaza el suyo con el mío, arrastrándome lejos del primer lugar que se sentía como en casa desde que llegué aquí.

—¿Irán a trabajar hoy? —pregunto mientras me siento frente a las dos mujeres mirando sus menús.

—Sí —dice Mandy—. Desayunamos juntas los lunes por la mañana. Puedes acompañarnos cuando quieras.

—Gracias, quizá lo haga —digo, aliviada por tener alguien con quien hablar además de la botella de vino.

—¿Así que de verdad eres luchadora de la UFC? —pregunta Mandy con mucho interés y volumen en la voz.

—Mandy —la regaña la doctora Ramirez—. No creo que Valentina quiera hablar de eso.

Miro a las dos mujeres que no podían ser más diferentes. Mandy es bajita y tiene el cabello ondeado sin control de color marrón chocolate oscuro. Parece la cabellera de una bruja que se agita con sus movimientos. Tiene la piel tersa, de un tono marrón claro. Su rostro rectangular termina en una quijada de igual forma y tiene una de las sonrisas más amplias que vi jamás. Tiene casi mi altura, es definitivamente mucho más baja que la doctora Ramirez.

Son radicalmente opuestas más allá del físico también. La doctora Ramirez se mueve con gracia y se sienta con una postura impecable, mientras que Mandy se ve un poco desalineada y se sienta encorvada, lo que la hace parecer aún más bajita. Pero lo que le falta en altura, Mandy lo compensa con volumen. Mandy habla *fuerte*. Tanto que es casi vergonzoso y no puedo evitar mirar a los otros comensales cuando ella habla.

Respiro profundo y le contesto a Mandy.

—No, no era luchadora de la UFC *todavía*. Estaba empezando a acerarme antes de... de que todo esto pasara.

—Lo siento, amiga —dice y se estira por sobre la mesa para tomarme la mano.

Sonrío por su elección de palabras y espero que sea sincera porque, por el amor de Dios, voy a necesitar una amiga.

Cuando el mesero se acerca a nuestra mesa, la doctora Ramirez me quita el menú de las manos y frunzo el entrecejo.

—Yo ordenaré por ella —dice la doctora Ramirez—. Dos huevos fritos grandes. *Hash-browns* de papa, tostadas texanas con mantequilla, dos rodajas de tocino y, para acompañar, un panecillo con salsa de carne, si te parece.

—¿Y para usted, señora? —le pregunta el mesero a la doctora Ramirez.

—Para mí, un omelette de claras de huevos y espinaca con rodajas de aguacate y media toronja —dice la doctora.

Parpadeo hacia ella y Mandy da un latigazo hacia atrás con la cabeza en una sonora carcajada tan magnífica que varias filas de mesas giran para mirarnos. Me hundo en la silla.

El enorme desayuno que colocan frente a mí no se ve para nada apetitoso. Le doy un golpecito al plato y la montaña de comida se menea un poco.

—¿Tengo que comer todo esto, en serio? —pregunto.

—Todo lo que puedas, dentro de lo razonable —contesta la doctora Ramirez.

Me llama la atención un pegote de algo blanco que parece tener trocitos de salchicha.

—¿Qué es *esto*? —pregunto. Se ve nauseabundo y, a presar del hambre que tengo, el estómago se me retuerce con solo verlo.

Mandy vuelve a reír.

—Es un panecillo con salsa de carne —dice con una sonrisa brillante llena de dientes—. Bienvenida a los Estados Unidos.

—De ninguna manera comeré eso —digo.

—Está bien —me contesta la doctora Ramirez—. Pero come lo más que puedas del resto. Bebe una malteada luego, si puedes, como refrigerio. Cuando te cueste comer grandes cantidades, agradecerás poder beber unas calorías.

—Es verdad —agrega Mandy—. Dentro de unas semanas, me

estarás pidiendo que te compre este mismo desayuno pero no serás capaz de digerirlo.

Tomo el tenedor y el cuchillo, uno en cada mano. «Tú puedes, Vale». Me doy ánimos a mí misma, y Mandy estalla en risas otra vez. Levanto la vista enojada y ella cierra los labios.

—No es tan malo —dice Mandy—. Ya verás.

Y en verdad no lo es. Es grasoso, y no estoy acostumbrada a eso, pero me detengo cuando estoy satisfecha y la doctora Ramirez asiente con aprobación ante la cantidad que logro devorar.

—Bueno, señoritas —dice—. Tengo que ir a trabajar. Mandy, ¿por qué no te tomas la mañana libre? Hace tiempo que no aprovechas tus días de vacaciones.

—Gracias, jefa —dice Mandy entre bocanadas de los panqueques que ordenó, antes de que la doctora Ramirez nos deje solas.

Cuando pedimos las cuentas, el mesero nos informa que nuestros desayunos ya han sido pagados.

—La doctora Ramirez es así de generosa —dice Mandy—. A veces, demasiado generosa. La gente suele pasar por encima de ella.

—No aprovecharse. Anotado.

En el camino de salida, le pregunto a Mandy algo que se me ocurrió durante el desayuno.

—Oye, ¿está bien que socialicemos fuera del hospital?

—No con la doctora Ramirez. Hoy estuvo bien, pero ella no pasará el rato con nosotras regularmente. Tiene que mantener una distancia entre su vida personal y sus pacientes. Pero yo puedo.

—¿No te meterás en problemas?

—No. Yo no manejo el cuidado de pacientes ni nada de eso. El hospital no tendrá problema si somos amigas, si eso es lo que te preocupa.

Ya en la banqueta, Mandy se para frente a mí.

—Entonces, ¿qué quieres hacer? Parece que tengo la mañana libre.

Me encojo de hombros.

—Planeaba explorar un poco el barrio.

—Genial. —Mandy comienza a enumerar sugerencias sobre todas las direcciones que deberíamos tomar cuando veo el destello de una cabellera pelirroja que viene en nuestra dirección. El hombre que venía caminando por delante entra a un negocio y entonces logro ver a Rory claramente —el chico que rescató mi Pop-Tart. Está concentrado en su teléfono y todavía no nos ha visto, y por alguna razón, no quiero que lo haga.

—Vayamos allá —suelto divertida, la tomo del brazo y la arrastro al otro lado de la calle, a la tienda de libros usados. Por la ventana, veo a Rory pasar caminando, inmerso en una multitud de personas.

Ya a salvo dentro de la tienda, Mandy me mira divertida.

—Bueno, loca. ¿Qué fue eso?

—Es un chico que conocí el otro día.

—¡Uy! ¿Un chico? ¿Cuál es? —Estira el cuello para observar al grupo de personas cruzando la calle—. ¿Es guapo?

—No importa. Tampoco es que pueda tener novio ahora, ¿o sí?

—No, pero disfruta del deseo sexual mientras lo sientas. Confía en mí. Se tomará unas pequeñas vacaciones cuando comiences el tratamiento. Cada persona lo maneja diferente, pero te cambiará mucho el cuerpo. El sexo será lo último en lo que pienses.

Es tan directa que me sorprende, así que cambio de tema.

—Bueno, tengo que regresar. Hoy me entregan los muebles.

—Ah, iré contigo. Puedo ayudarte a acomodar las cosas.

—No es necesario, de verdad.

—Quiero hacerlo. —Y así sin más, Mandy se invita sola a mi casa.

Mientras caminamos a mi departamento, me doy cuenta de que no sé su nombre completo.

—¿Cuál es tu apellido?

—¿En caso de que tengas que darle una descripción mía a la policía?

—¿Qué? ¡No! —digo riendo—. Es solo que me gusta saber los nombres de mis amigos.

—Gomez. Amanda Gomez.

Cuando entra a mi departamento, Mandy silba.

—Qué bonito —brama Mandy pero estira las sílabas de la palabra «bonito»—. Sabía que tenías dinero, pero esto... creo que viven solo cirujanos en este edificio.

Me tenso. Ella ya sabe que el ensayo clínico es para pacientes con seguro o para aquellos que paguen los depósitos para el tratamiento y las internaciones en el hospital por adelantado y de su propio bolsillo. Esto no debería sorprenderla.

—Lo siento —se apresura a disculparse—. Estoy trabajando en mis filtros. No me sale muy bien todavía.

—¿Qué edad tienes? —pregunto.

—Veintiocho.

—¿Veintiocho? No lo aparentas. —Es difícil de creer que ella sea más grande que yo. Río nerviosa—. No te preocupes por el filtro, y no, no soy rica. Mi hermana lo es. Ella está financiando mi tratamiento.

«Sin saberlo», pienso, pero no le ofrezco a Mandy esa información.

—¿Ah, sí? ¿A qué se dedica? —Mandy camina por el departamento en un tour autogestionado mientras conversamos. Sonríe ampliamente cuando ve la cocina con su isla de mármol y los electrodomésticos nuevos. Los azulejos blancos de la pared de la cocina al estilo subterráneo le llaman particularmente la atención. Luego recorre habitación tras habitación, emitiendo sonidos de apreciación en cada una.

—Nada. Eso suena mal. No quiero decir «nada». Es ama de casa.

—No hay nada de malo en eso —dice Mandy con su sonrisa amplia, llena de dientes, que ya empieza a agradarme.

Se mete una goma de mascar en la boca y habla mientras mastica.

—Mi mamá es ama de casa también. Es maravillosa. ¿Así que tu hermana se casó con alguien de dinero o algo así?

—Algo así. Quiero decir, sí. Su esposo tiene una empresa en México pero ella tiene su propio dinero.

—¿De qué? —pregunta Mandy.

Ay, no bromeaba con eso de no tener filtro. ¿Será normal que los de Estados Unidos hablen así de dinero?

—Es su dote —digo como si fuera lo más normal del mundo, pero sé que no lo es.

—¿Su *dote*? —A Mandy se le cae la quijada, dejándome ver la goma de mascar rosada en su boca —. ¿Como en Jane Austen y esas mierdas?

Me río.

—Sí, México tuvo colonizadores también. Trajeron sus ideas de dotes con ellos.

—¡No me digas! —dice y se desploma al suelo apoyando la espalda contra la pared como respaldo.

—Sí te digo —contesto.

—¿Tú también obtendrás uno? —me pregunta.

—¿Un qué?

—Un dote.

Arrugo la nariz y sacudo la cabeza.

—No, no lo creo. Hay una cláusula que dice que mi padre debe dar su aprobación a mi futuro marido y para mi papá eso significa que él puede elegirlo.

—¿O sea que tu papá es quien tiene dinero?

Le dedico una mirada asesina.

—Sí, así es —contesto resignada.

—Entonces tenía razón antes. Eres una chica adinerada.

—En realidad, no. Empezaba a conseguir patrocinadores y a manejar mi propio dinero que *ganaba* antes de enfermarme.

—Oye, no te lo tomes a mal. Es curiosidad pura. Me importa una mierda si tienes dinero o no.

—Dices mucho la palabra «mierda».

—Sí. Me gusta decir malas palabras cuando no estoy en el trabajo o en casa porque son los únicos momentos en que puedo hacerlo.

—¿Por qué no puedes decir malas palabras en casa? —pregunto.

—Tengo un hermano bebé de trece años.

«¿Todavía vive en casa de los padres? ¿A los veintiocho?». No puede ser cierto, pero no me siento cómoda como para hacerle preguntas tan personales.

—Sabes que es probable que él diga malas palabras ya.

—Claro que sí, dice «mierda» mucho más que yo. Pero mis padres todavía piensan que es un dulce e inocente angelito.

—Entiendo.

—¿Dónde te fuiste? —Mandy chasquea los dedos frente a mi cara cuando me quedo callada por un largo momento.

Estoy ahora sentada junto a ella en el suelo y me doy cuenta de que me abstraje de la conversación.

—Lo siento. Es que estaba pensando en lo que me espera.

—No te preocupes. La doctora Ramirez es excelente. Estarás bien.

—¿Cómo es que sabes tanto? Quiero decir, mencionaste lo de las calorías que debo comer y beber y luego lo del deseo sexual. ¿Las asistentes de investigación suelen saber tanto sobre los ensayos?

—Sí. También llevo la base de datos de eventos adversos. Si algún participante de las pruebas experimenta efectos secundarios, me llama a mí y yo los agrego a la base de datos. Hay ciertos efectos adversos habituales, pero si algo inesperado sucede, tenemos que monitorearlo detenidamente.

—Ya veo.

—¿Puedo preguntarte algo?

Le dedico otra mirada asesina.

—Tengo la sensación de que lo harás incluso si digo que no.

Su sonrisa dentada se amplía, pero su cara se pone seria.

—¿Por qué no les dijiste nada a tu familia ni a tus amigos?

Lo pienso por un momento, buscando las palabras adecuadas.

—No quiero que esto me defina. Era una estrella en ascenso en mi campo, así de *fresa* como suena. Todas las personas en mi vida me ven como una persona fuerte. Ahora no puedo ser la enferma.

Suena el timbre y acaba con nuestra conversación. Estoy feliz de no tener que seguir explicando algo que estoy aún intentando entender yo misma. Voy hacia el intercomunicador y la voz de un hombre llena la habitación.

—Tengo una entrega para Valentina Almonte.

—Soy yo. —Presiono el botón para darles acceso al edificio.

Tres hombres musculosos entran y salen del departamento para ingresar todos los muebles que podría necesitar. Incluso compré una segunda cama para la habitación de invitados. Cuando hice la compra en línea, elegí habitaciones de muestra amobladas completas porque nunca fui buena para la decoración de interiores. A Pilar le habría encantado ayudarme, pero cuanto menos supiera, mejor. No quise arriesgarme a un desliz y que ella comenzara a sospechar.

Como sentíamos que estorbábamos más de lo que ayudábamos, Mandy y yo nos pegamos a la ventana de la sala. Algunos de los muebles debían ser ensamblados. Uno de los hombres se mete en la habitación para comenzar con eso mientras que otro se arrodilla frente a nosotras para armar el sofá por módulos.

—Qué bueno que vine —dice Mandy. La miro y encuentro un brillo en su mirada. Es divertido hasta que deja ver sus intenciones.

—Ve a hablar con él —susurra.

—¿Qué? ¡No!

—¿Recuerdas lo que dije sobre el deseo sexual? Él está buenote. Hazlo.

Entro en pánico porque, aunque estamos susurrando y la sala es grande, él está cerca y estoy segura de que puede escucharnos.

—Bueno, eres muy lenta. ¡Me lo quedo para mí!

—¿Qué? ¡Mandy! —le advierto, pero ella solo lleva una mano a la cadera y revolea el cabello por sobre el hombro como respuesta.

—Oye —se dirige al hombre—. ¿Cómo te llamas?

Él, alto, moreno y apuesto, levanta la vista con una gran sonrisa. Se había presentado cuando les abrí la puerta, pero Mandy estaba en el otro extremo de la habitación.

—Chris, señora —contesta.

Mandy camina hacia él.

—Nada de «señora». Me llamo Mandy. —Chris se pone de pie para estrecharle la mano, y la conexión de ese apretón dura un poco más de lo debido.

Chris es mucho más alto que Mandy, lo que me permite verle los ojos divertidos con el coqueteo de ella. Finalmente Mandy le libera la mano y comienza a escarbar en su bolso. Veo la punta de un papel que ella saca de ahí y le extiende.

—Pronto habrá una exposición de mi arte. Eres bienvenido. —Ella le da lo que yo asumo es un panfleto—. No lo guardes aún —dice ella y sigue escarbando en su bolso.

Chris estira un poco el panfleto frente a él para quitarle las arrugas y le echa una mirada. Su boca dibuja una sonrisa.

—Así que eres artista, ¿eh?

—Sí, soy pintora. De paisajes y retratos más que nada. Dame.

—Estira la mano para que él le devuelva el panfleto y comienza a escribir algo—. Mi teléfono. —Le devuelve el panfleto a Chris —. Sabes, por si quieres ver un adelanto antes de la exposición. —Mandy gira y comienza a caminar en mi dirección. No le quita la mirada de encima mientras Chris continúa trabajando y entrando los muebles a mi nuevo hogar, ambos sonriendo como bobos todo el rato que les toma a los tres hombres amueblar mi departamento.

—Señora —me llama el hombre que parece estar a cargo. Él tiene una planilla en la mano—. ¿Podría firmar aquí que recibió todo lo que ordenó?

—Claro. —Firmo y los hombres se van. Mandy se asoma por la ventana hacia la calle para verlos irse.

—No tienes vergüenza —bromeo.

Gira hacia mí y me guiña un ojo.

—A ese me lo comeré crudo —dice, y yo río.

No quiero reacomodar demasiado los muebles, así que Mandy y yo probamos el sofá.

—¿Así que eres artista? —pregunto.

—Sí. Soy asistente de investigación y trabajo en la mesa de informes del hospital para poder tener seguro médico pero algún día viviré solo de mis pinturas —dice mirando soñadora hacia la nada.

—Me encantaría ir a tu exposición también.

—Pues claro que vendrás —dice revoleando los ojos —. Tengo que irme. Me queda medio turno por cubrir.

—Gracias por todo, Mandy. Es agradable conocer a alguien aquí.

Mandy me sonríe.

—Nos vemos pronto, ¿sí? Y oye, piensa en lo que te mencioné —dice mientras gira el picaporte.

—¿Sobre qué?

—Haz una maratón de sexo esta noche y luego deja que tu

cuerpo descanse durante los dos días anteriores a comenzar el tratamiento.

Le arrojo uno de los almohadones del sofá pero solo golpea la puerta cuando ella ya está al otro lado.

Ya sola, intento recordar cuando fue la última vez que tuve algo de acción. Me he sentido tan perdida y en *shock* desde mi diagnóstico que el sexo ha sido lo último en lo que he pensado. Tengo la suerte de no haber sufrido ninguno de los síntomas vergonzosos que muchas mujeres sufren en mi situación. Quizá una noche de insensata imprudencia me ayude a sentirme viva de nuevo. «Todavía no me morí», me recuerdo a mí misma. Y lo más lejano al acto de morir es el acto de hacer el amor.

Nunca he tenido una relación seria que haya durado demasiado. He vivido más que nada en el gimnasio. Por suerte, el gimnasio de Chema está lleno de hombres ardientes para elegir y tengo una reserva de amigos con derechos para llamar de emergencia cuando necesito sacarme las ganas o relajarme después de un entrenamiento pesado.

Suspiro al admitir que ha pasado demasiado tiempo, y esa reserva está muy muy lejos en la ciudad de México. ¿Quizá pueda ofrecerle a alguno de ellos un vuelo pago para que venga aquí?

No. No solo era de muy desesperada, también perdería un día o dos hasta que él pudiera llegar y mi tratamiento empieza en tres días. Sin mencionar lo irrespetuoso que sería usar el dinero de mi hermana para eso cuando ella cree que está patrocinando a una futura campeona de la UFC. Parece que será el bar.

En la tarde me baño y me pongo un par de calzas de falso cuero con una camisola de seda de color azul marino. Tengo los pechos algo pequeños, así que me siento cómoda sin sujetador mostrando un poco el escote. Odio usar tacones así que opto por unas botas de motoquera negras que llevo sin atar y sueltas.

La única «cosa de chicas» que disfruto es el maquillaje. No suelo usarlo porque vivo entrenando, pero ahora parece ser la oportunidad perfecta.

Con un delineador de carbonilla negra me hago un ahumando de ojos. Para los labios, elijo un tono besable apenas más oscuro que mi color natural tostado para darle un poco de vida a mi cara.

De pie frente al espejo, me miro de cuerpo entero. Mis delgados y tonificados músculos por los que tanto trabajé para perfeccionar me envían a un estado emocional que no esperaba. Me veo genial y sé que no me volveré a ver así por mucho tiempo, o quizá nunca más. No puedo ni imaginar las muchas maneras en que me cambiará el cuerpo y me siento agradecida con Mandy por sugerir esto para poder disfrutar de mi cuerpo, esta versión de mi cuerpo, una última vez. Parpadeo para contener las lágrimas antes de que puedan arruinarme el maquillaje.

Como no quiero llevar bolso, guardo mi identificación y mi tarjeta de crédito en el bolsillo trasero. Anudo la llave del departamento en los cordones de una bota y salgo.

Veo varias opciones para elegir al caminar por mi calle. Por alguna razón que no logro explicar, camino hacia el hospital en lugar de alejarme de ahí. No había notado que había un bar justo al frente de la entrada a emergencias. «Astuta elección de ubicación», pienso.

El cartel de la puerta es de letras sencillas con luces led y dice «*La Oficina*». Parece que encontré mi bar.

DOCTOR DENNIS

CAPÍTULO TRES

Es temprano, y el bar no está ni al cuarto de su capacidad. Me es fácil encontrar un lugar en la barra, y saco mi tarjeta de crédito para abrir una cuenta.

Una cantinera tan hermosa que me entorpece las palabras se acerca a tomarme el pedido. Tiene el cuerpo de una modelo, y no puedo descubrir de qué raza es. Tiene un rostro de otro mundo, la piel clara, y lleva el cabello negro con un corte sobre los hombros que es perfecto. Sus hermosos labios carnosos se vuelven a mover, y repito en mi cabeza lo que ella dijo: «¿Qué te sirvo?».

—Eh, lo siento. Un Whisky Sour, por favor.

Ella se lleva mi tarjeta de crédito y regresa con mi bebida unos minutos después.

—Toma —dice—. Me gusta tu acento.

—Gracias —siento la cara caliente y no es por el whisky.

—¿Hablas español? —me pregunta directamente en español.

Levanto la cabeza de un latigazo por la sorpresa. Su español es impecable.

—Sí —le contesto. Volvemos a hablar en inglés luego de eso —. ¿De dónde eres? —le pregunto.

—Soy chicana. Mi mamá es mexicana y mi papá es chino. Desconcierta a la gente, lo sé. —Ríe relajada después de decir esto—. No te he visto por aquí. ¿Trabajas en el hospital?

—No. Soy nueva en la ciudad —contesto.

—Soy Sofia —me dice la cantinera y extiende la mano hacia mí—. Soy la dueña de este lugar.

Le doy la mano y sonrío.

—Valentina. Un gusto conocerte.

—Bienvenida a la ciudad de Kansas. Avísame cuando quieras otro, ¿sí?

—Gracias.

Sofia se aleja para coquetear con dos clientes un par de lugares más allá en la barra. Pobres infelices, no saben que ella juega con ellos para que compren más bebidas. Sonrío. Me agrada esta mujer.

Bebo mi trago a pequeños sorbos y recorro el lugar con la mirada buscando la potencial compañía para una sola noche. Alguien musculoso y atractivo que no sienta la necesidad de pedirme mi número de teléfono luego. Alguien que esté solo y, lo más importante, que sea soltero. Nada en el menú me resulta apetitoso todavía, así que pido un segundo trago y bebo muy lentamente mientras espero que el lugar se llene.

Un par de hombres se acercan a intentar conquistarme pero no son mi tipo. No siento atracción física, y si Mandy tiene razón y este es mi último adiós por tiempo, entonces quiero algo delicioso. Digo, a alguien delicioso. A la mierda. Los hombres objetualizan a las mujeres todo el tiempo, así que tengo cero problema en objetualizarlos a ellos esta única vez. Estarán haciendo un servicio a la humanidad, decido. ¿Lo harían si lo vendo como una especie de servicio de «Pide un deseo»[1] pero para adultos? No. Eso de seguro les mataría las ganas.

Un tercer hombre se acerca a hablarme, claramente ebrio. Resisto el impulso de revolear los ojos. «¿Se le parará estando tan borracho como parece estar? Probablemente no». Sonrío y hago todo lo posible por ser amable, aunque odio que ese sea mi impulso.

Se balancea apenas, pero lo suficiente como para que yo lo note. Tiene el cabello negro brilloso, peinado hacia atrás con gel, como si estuviéramos viviendo en los noventa o algo así.

—¿Puedo invitarte un trago? —pregunta.

Le señalo el mío, mostrándole que está aún por la mitad.

—Tengo. Igual, gracias. —Sonrío con cortesía y miro hacia otro lado, con la esperanza de que comprenda la indirecta.

—Ay, me gusta tu acento. ¿De dónde es, *señorita*? —pregunta.

Ahora sí revoleo los ojos y bebo un trago de mi whisky.

—Soy de México. ¿De dónde eres tú? —pregunto con intención, aunque en realidad no debería seguirle la conversación.

Sofia me mira con ojos inquisidores. Revoleo los ojos y niego con la cabeza como diciendo «Yo me arreglo, gracias». Inclina la cabeza y sé que ella lo sacará de ahí si él se alborota demasiado. Con suerte, podré lograr que se aleje sin hacer una escena. Estoy aquí para atrapar a un gran pez, después de todo. No pescaré nada si me veo envuelta en semejante escándalo antes de que la noche siquiera comience.

—Soy de aquí, de los Estados Unidos de América. —Sonríe y siento escalofríos porque parece que estuviera a punto de golpearse el pecho con los puños cual Neandertal. Es de algún modo apuesto, alto, de cabello oscuro y ojos celestes. Si no estuviese tan borracho, y no hubiese abierto la boca, podría haberlo considerado como mi juguete para esta noche.

—Soy el doctor Keach —agrega. Cuando dice «doctor», entiendo que espera que esté impresionada.

—En realidad, estoy esperando a alguien, si no te importa... —digo sin terminar la frase, con la esperanza de que esta vez sí entienda la indirecta.

—Ay, vamos. Te ves muy exótica, como una latina picante. —Dice «latina» en un tono de burla que asumo que es su intento de imitar mi acento. Siento que me sale fuego de la nariz y cuento hasta diez.

Este idiota parece no darse cuenta de que podría dejarlo en el piso llamando a su mamita en menos de diez segundos. «No uses tu poder en civiles, Valentina», me recuerdo a mí misma las lecciones de manejo de la ira de Chema. «Déjalo para la jaula. Nunca en la vida real».

—Podemos pasarla bien, cariño —dice arrastrando las palabras.

—Lo siento, amigo. Está conmigo. —Una voz demasiado grave para el cuerpo del que salió nos hace voltear a los dos. Vuelvo a mirar cuando veo a Rory, que está en proceso de apoyar su mano en la parte baja de mi espalda. No hace contacto conmigo, en cambio, deja su mano detenida flotando a medio camino. Quiere que el ebrio se lo crea y está actuando bien.

—Como te dije antes —le suelto al doctor Keach—, estaba esperando a alguien.

—Bueno, bueno, no pasa nada. —Levanta las manos en el aire para demostrar su rendición y se aleja caminando hacia atrás, chocándose con un par de personas antes de girar en la dirección opuesta.

—Gracias —le digo a Rory.

—No hay problema. Parecía que no te estabas divirtiendo.

—No, pero lo tenía bajo control.

—No tengo dudas —me retruca Rory—. Pero pensé que podía ahorrarte algo de tiempo.

Recorro su cuerpo con la mirada, de la cara a los pies. Trae unos pantalones de mezclilla y una camiseta gris, pero se ve prolijo. Mantiene la barba rojiza corta perfecta y se lo ve fresco, como si acabara de salir de bañarse. Me servirá bien. Muy bien, de hecho.

—Es la segunda vez que me salvas esta semana —le digo.

—Ya me parecía que te había visto antes.

—¿La máquina expendedora? —le recuerdo—. Me compraste una Pop-Tart.

—Cierto. Eres tú. —Entrecierra los ojos como si intentara ubicar mi cara en aquel escenario.

—En tu defensa —le ofrezco—, me veo mucho mejor esta noche.

Sonríe con satisfacción aceptando mi flirteo embarazoso. «Dios, soy malísima para esto». Mi reserva de hombres para llamados de emergencia es mucho más fácil de manejar. Solo tengo que enviarle un texto a uno de ellos, elegido al azar así no hiero los sentimientos de nadie, y preguntar: «¿Estás libre para coger esta noche?». Por alguna razón no creo que esa metodología funcione con Rory.

—¿Puedo invitarte un trago? —pregunto.

—Eh... —Él mira hacia un grupo de hombres sentados a una mesa en un extremo del bar.

—Oye, no te preocupes. —Me entristezco un poco, pero sigo sonriendo—. Solo quería agradecerte por la Pop-Tart y por venir a rescatarme esta noche. Déjame invitarte un trago, solo eso. Puedes llevártelo y disfrutarlo junto a tus amigos.

—No, eso no es lo que... Déjame ir a despedirme y regreso.

Mi corazón se agita y no comprendo esta nueva sensación. Debe ser el whisky.

—Claro, puedo ir ordenándolo. ¿Cuál es tu veneno?

—¿Cerveza?

—Listo.

Le pido una cerveza, y Sofia la tiene lista antes de que él regrese. Giro en la banqueta para observarlo de pie cerca de la mesa con sus amigos. Ellos estallan de risa, y uno de ellos lo palmea en la espalda. Al tener la piel clara, el enrojecimiento brillante de su cuello es muy evidente, y sonrío. Él se masajea la nuca como si pudiera sentir el calor ahí. Es adorable, en verdad.

Rory es un poco nerd y delgado, y vaya que es guapo. Espero que me lleve a casa esta noche. Si esto falla, tengo que hacerme una nota mental para recordar ir a la tienda de juguetes para adultos a primera hora de la mañana.

Sonriendo toma asiento en el taburete junto al mío.

—Gracias —dice mientras toma su cerveza y da un largo trago. Está nervioso y trata de ganar tiempo. Es adorable.

—Es lo menos que podía hacer —contesto iniciándole conversación. Parece perdido, sin saber qué decir a continuación, entonces continúo yo—. ¿Eres de la ciudad de Kansas? —le pregunto para empezar con un tema seguro, que espero que lo impulse a charlar.

—No —contesta—. Soy de Minnesota —todo su rostro se ilumina cuando piensa en su hogar, y sé que elegí el tema de conversación adecuado—. Estoy aquí por trabajo. Ya hace unos años que vivo aquí.

—Me encantarían algunos consejos de qué lugares visitar. Es recién mi segunda noche en Kansas. ¿Sofia? —llamo su atención, y ella mira hacia nosotros de inmediato. Sonríe con intención cuando nos ve a Rory y a mí y yo le indico mi vaso vacío.

—Ay, Kansas es genial. Te encantará —dice Rory.

Comienzo mi tercer trago, y Rory se queda en silencio. Frunce el ceño como si estuviera pensando en algo y no supiera si decirlo o no.

—¿Y? —finalmente dice—. ¿Qué estamos esperando? Vamos.

—¿A dónde? —pregunto.

—Te mostraré la ciudad de Kansas.

—*¿Esta noche?* —Apoyo mi trago en la mesa y me limpio la boca con una servilleta.

—No hay como el ahora.

Inclino la cabeza de lado. «¿Este tipo habla en serio? ¿Acaba de decir "No hay como el ahora"?».

—Vamos. Traes buen calzado para caminar. Hagámoslo.

—¿Puedo al menos terminar mi trago? —pregunto.

—Sí, claro. La noche está en pañales.

Casi escupo mi bebida. «¿Solo habla en clichés?».

—¿En serio acabas de decir eso?

—¿Qué cosa?

—¿«La noche está en pañales»? Es un cliché tremendo —le informo.

—Necesitaré mucho más que eso para impresionarla, ¿cierto, señorita Valentina...? ¿Cuál es tu apellido?

—Almonte. ¿Y tú intentas impresionarme, Rory...?

—Dennis —dice—. Y sí. Quizá sí esté intentando impresionarte.

Me muerdo el labio y lo miro fijo a sus ojos verdes color jade que se oscurecen. El tercer trago me está llevando al territorio de «ebriedad leve», y empujo el vaso lejos de mí. Al mirarlo fijo a los ojos, me doy cuenta de que tiene pecas hasta en los ojos.

—¿Qué estás mirando? —me pregunta.

—Tienes pecas en los ojos. Hay unas motas marrones nadando en lo verde.

—Ah, eso. —Toma otro trago de cerveza—. Mi madre solía decirme que era caca.

—¿Qué? —Casi grito al preguntar, con los ojos grandes por la sorpresa.

—Sí, cuando era niño, había logrado convencerme de que esas manchitas marrones eran motitas de caca flotando en mis iris. Alegaba que era porque yo decía «muchas mentiras de mierda». —Sonrió con suficiencia y bebió de la botella de cerveza una vez más.

Inclino la cabeza hacia atrás al reírme. Este hombre es chistoso.

—Tu madre no se anda con vueltas. Tipa dura —digo.

—Lo es de verdad.

Ambos reímos y nos relajamos. No recuerdo sentirme así con nadie en una primera cita.

—Creo que no terminaré mi bebida después de todo —le digo. Ambos nos ponemos de pie y deposito la mano sobre su pecho. Es firme, se eleva la temperatura de mi cuerpo con esa sensación.

—Rory —digo en un susurro.

—¿Sí?

—Si salimos esta noche, espero que comprendas que tengo intenciones de llevarte a la cama antes de que esta cita termine. No vengas conmigo si eso no te interesa.

Arquea las cejas y empuja sus lentes más alto en la nariz para poder verme mejor. Se le afloja la mandíbula y sé que a su cerebro le cuesta arrancar. Salgo del bar sin mirar atrás con la esperanza de que él salga detrás de mí.

Entro a la calidez de la noche y tomo una bocanada profunda de aire. No pasan ni tres segundos y Rory ya está a mi lado.

—Lo siento —dice—. Me tomaste desprevenido.

—Estás aquí, ¿así que entiendo que estás interesado?

Asiente.

—Eres muy frontal, ¿cierto?

—En realidad, no. Pero no tengo tiempo para perder —digo llanamente porque es la pura verdad.

Sigue leyendo en el próximo libro. *Doctor Dennis* se publicará en septiembre del 2022.

NOTAS

DOCTOR DENNIS

1. En referencia a «Make-A-Wish», organización sin fines de lucro que cumple los deseos de niños y niñas con enfermedades graves que amenazan sus vidas.

AGRADECIMIENTOS

Quiero dar gracias a todas las mujeres en mi vida que me han inspirado con su fuerza, gracia y amor. A la mujer que inspiró mi nombre, la primera Ofelia, a Lety, Aida, Crystal, Melissa, Aubrey, Anny y Liz. Todas ustedes me han demostrado lo que significa ponernos nuestras coronas las unas a las otras. No tengo las palabras adecuadas para expresar lo mucho que las quiero.

También, les quiero agradecer a mis lectores de prueba, este libro no existiría sin sus sugerencias. Chris y Claudia ¡son de lo mejor!

Muchas muchas gracias a los editores de Midnight Owl Editors. Su equipo increíble salvó este manuscrito.

Y por último, gracias a mi pareja y mejor amigo, Robert. Nunca has entendido mis sueños, pero los nutres con tu amor y los ánimos que me das. Gracias por crear un espacio donde pueda escribir y por traerme chocolates y refrigerios cuando estaba atiborrada con fechas de entrega. Sobre todo, gracias por ser mi príncipe azul y darme mi *"y fueron felices para siempre"*.

ACERCA DE LA AUTORA

Ofelia Martinez escribe novelas románticas con latinas al mando. Ofelia es originaria de la frontera de Texas y México, y ahora reside en Missouri a lado de su pareja y su perro, Pixel.

Este es el primer libro de Ofelia.

Ella adora leer, disfrutar de un buen tequila y ricos chocolates. Está orgullosa de compartir su cumpleaños con Usagi Tsukino. Cuando no está escribiendo, uno la puede encontrar creando artes visuales.

Visita OfeliaMartinez.com para aprender más de ella.

facebook.com/OMartinezAuthor
twitter.com/OMartinezAuthor
instagram.com/omartinezauthor

www.ingramcontent.com/pod-product-compliance
Lightning Source LLC
Chambersburg PA
CBHW020337310726
48979CB00015B/2407/J

* 9 7 8 1 9 5 4 9 0 6 1 4 3 *